Muerte junto al Loira

JEAN-LUC BANNALEC

Muerte junto al Loira

Traducción de
Marta Mabres Vicens

Grijalbo

Papel certificado por el Forest Stewardship Council®

MIXTO
Papel | Apoyando la silvicultura responsable
FSC® C117695

Penguin Random House Grupo Editorial

Título original: *Bretonischer Ruhm*
Primera edición: julio de 2024

Printed in Spain – Impreso en España

ISBN: 978-84-253-6613-0
Depósito legal: B-9138-2024

Compuesto en La Nueva Edimac, S. L.

Impreso en Black Print CPI Ibérica
Sant Andreu de la Barca (Barcelona)

GR66130

Para L.

C'hwezhet an avel e-lec'h ma karo
Pa ra glav e c'hleb atav.

El viento sopla por donde quiere,
cuando llueve, todo se moja.

REFRÁN BRETÓN

El primer día

—Ante todo, debemos acabar con un prejuicio criminal.

Dupin aguzó el oído. La joven levantó la barbilla en actitud combativa.

—¡Ese que afirma que no hay vinos bretones!

Debería haberlo imaginado.

—¡Por supuesto que los hay! —La enóloga, de melena lisa, rubia, hasta los hombros, adoptó una actitud severa—. Y, además, se cuentan entre los mejores, más famosos y más conocidos del mundo.

Algo que se podría decir también de cualquier otra cosa que fuera bretona; con todo, tratándose de vino, era una tesis audaz: Dupin conocía unos viñedos al sur de Saint-Malo y un par de viñas en el golfo de Morbihan, dos zonas muy bonitas, sí, pero ¿famosas en el mundo entero?

—Me refiero, por supuesto, a los vinos del Loira.

Cómo no.

Justo donde estaban. Junto al Loira, no muy lejos de su desembocadura, al oeste de Nantes. Aunque, en ese preciso instante, se encontraban bajo tierra, en una sala abovedada, envueltos en una luz agradable, la de un candelabro enorme y antiguo. En todo caso, bajo tierra. Algo que no era precisamente del gusto de Dupin: a él no le iban ni las cuevas ni los túneles, ni siquiera los sótanos normales y corrientes.

—La mayoría de la gente no es consciente —afirmó la enóloga con tono de reproche— de que el Loira, el río más largo de Francia, es, de hecho, genuinamente bretón. No solo desemboca en la Bretaña tras recorrer mil doce kilómetros, sino que los últimos cien están en la campiña bretona.

¿Y los otros novecientos doce? ¿Acaso no eran más que los que el Loira atravesaba por la Bretaña?

Fuera como fuese, Dupin debía admitir que, de hecho, nunca había sido plenamente consciente de aquellos últimos cien kilómetros bretones. De hecho, era posible que a la mayoría de la gente, bretones incluidos, les pasara lo mismo. El departamento Loira Atlántico había dejado de formar parte de la Bretaña a mediados del siglo XX a raíz de una reforma administrativa que lo había segregado. Y eso a pesar de que la región llevaba miles de años siendo una zona fundamental de la Bretaña. De todos modos, para una buena parte de la población nada había cambiado, ni siquiera tras ese acto administrativo tan frío. Por supuesto, Nantes —en otro tiempo la orgullosa capital bretona— y sus alrededores, incluida Guérande y sus salinas legendarias, seguían formando parte de la Bretaña. Independientemente de cómo lo viera el resto del mundo.

—Ya el nombre de Loira —siguió diciendo con entusiasmo la enóloga— proviene del bretón: *Liger* significa «río regio». Hoy en día el Loira es uno de los últimos grandes ríos naturales de Europa. Y en cuatrocientos de los mil kilómetros de río se cultiva vino. Eso son más de setenta mil hectáreas, y así ha sido durante unos dos mil años. Desde los tiempos de los romanos.

Hizo una pausa para tomar aire.

—La extraordinaria diversidad de paisajes del Loira se refleja en la variedad de sus vinos, todos ellos con un denominador común: una frescura, un sabor afrutado y una elegancia únicos. Piensen en los vinos de Sancerre o Pouilly-Fumé, de la parte alta del río, que nos deleitan con los clásicos sauvignon blanc.

A Dupin le encantaba pensar en los clásicos sauvignon blanc.

—O los vinos de Touraine, Saumur y Anjou del Loira medio. Allí no solo destacan los castillos idílicos, sino las variedades autóctonas de la uva blanca chenin blanc y de la uva tinta cabernet franc.

También los vinos de chenin blanc y los tintos de cabernet franc eran pensamientos especialmente gratos para Dupin.

La enóloga clavó la mirada en los nueve participantes —Claire y Dupin entre ellos— en la cata de vinos que se celebraba en La Fontaine aux Bretons, una finca situada en el extremo sur de Pornic.

Claire y el comisario llevaban tres días casados. El enlace había tenido lugar el jueves anterior, en el registro civil de Concarneau, ¿dónde si no? Tras una divertida fiesta celebrada la noche del sábado en el Amiral —¿dónde si no?— la tarde del día anterior habían partido de luna de miel. Tal y como habían planeado, llegaron justo a tiempo para cenar en la terraza, en medio de un frondoso jardín de hierbas aromáticas, envueltos por una mezcla embriagadora de delicados aromas de salvia, tomillo, romero, estragón, menta y mejorana. Una comida extraordinaria. Con creaciones que daban cuenta de muchos de esos aromas.

En torno a las nueve el sol se había puesto con un alarde espectacular de tonalidades en rojo sangre, que iluminó el cielo durante largo rato. Un atardecer de verano perfecto allí en la *Côte de Jade*, la Costa de Jade, en el extremo sur de Bretaña; la brisa soplaba suave, y por la noche la temperatura era un poco superior a los veinte grados.

En cambio, por la mañana, al despertar —apenas una hora

atrás, poco después de las once—, llovía a cántaros. Un aguacero cada vez más intenso hasta que habían bajado a esa bóveda.

La enóloga se centró entonces en el último tramo del Loira:

—En la región comprendida entre Nantes y la desembocadura impera la uva melón de Borgoña, una variedad conocida también como la muscadet. Este vino, servido bien frío, acompaña magníficamente las ostras y, de hecho, todo el marisco. ¡Algo que confirman incluso los gourmets más famosos!

Dupin estaba convencido: a nadie se le ocurriría discrepar. Claire y él habían saboreado aquel vino a fondo la noche anterior. Primero con marisco y luego, sin él.

—Esta región, el Pays de Retz, al sur de la desembocadura del Loira, alberga muchos más tesoros que la muscadet; por ejemplo aquí, en La Fontaine, está la grolleau gris, una variedad de uva muy antigua y extremadamente rara. Y las cepas también son antiguas, llevan ya treinta años en nuestro viñedo situado junto al mar. Le Clos du Rocher. Suelo calcáreo y arcilloso. Si alguien aún no lo conoce, échenle un vistazo después de la cata. Las uvas son grises: una variante de la uva blanca grolleau, y antes solían utilizarse solo para mezclas. Un destino lamentable que han padecido no pocas grandes variedades de uva.

Su expresión era de vivo disgusto.

—Nosotros, en cambio, dejamos que la uva desarrolle todas sus cualidades por sí sola. Elaboramos un grolleau gris cien por cien puro. Yo siempre digo que es el vino de verano perfecto, ideal para todos los días.

Dupin estaba listo para probarlo. Aquella enóloga era tremendamente convincente. Incluso había logrado hacerle olvidar la bóveda estrecha. Un efecto secundario nada desdeñable.

—El grolleau es también un acompañamiento fantástico para las ostras y el marisco, así como para el pescado y las carnes blancas. Lo único importante es que hay que mantenerlo siempre a una temperatura de entre 8 °C y 10 °C ¡Nunca más! —La mujer adoptó una mirada embelesada—. En nariz predomina el aroma a miel y frutos maduros, con superioridad de la fruta de la pasión, aunque con el equilibrio justo para dejar suficiente espacio al albaricoque y la pera. Y, por supuesto, a los cítricos, la clásica nota de la grolleau. Pero hablo demasiado.

Sobre todo, había conseguido que a Dupin se le hiciera la boca agua.

—Elaboramos también un chenin blanc fabuloso y dos tintos. Todos nuestros vinos juegan con los elementos de este emplazamiento tan especial, donde la tierra y el mar se fusionan de forma intensa. Uno de los tintos es de cabernet franc, también una uva muy antigua de la que procede la cepa merlot. De una astringencia extremadamente escasa, se puede beber ya siendo vino joven. Y también tiene que estar a una temperatura baja adecuada.

A Dupin en verano le entusiasmaban los tintos jóvenes y frescos. Siempre le habían gustado, y en los últimos años eran casi una moda.

—La otra uva tinta es la abouriou autóctona. Deliciosamente afrutada: con un toque de grosella, pero sobre todo de fresa y frambuesa. Un vino de color rojo intenso a causa de las uvas, que son casi negras. Son, además, redondas como canicas, y muy jugosas.

La situación empeoraba por momentos, Dupin salivaba cada vez más y más. En un ligero ataque de melancolía pensó en todas las copas que estaba dejando escapar.

—Una acidez extraordinariamente baja. ¡Simplemente fenomenal! —Las mejillas de la enóloga habían adquirido el color de un tinto—. ¡Ah!

Hizo una pausa dramática muy significativa.

—Hay tanto que contar, tanto que saber. Un gran aficionado al vino dijo en una ocasión: «Quien sabe disfrutar de verdad, ya no bebe vino, saborea su misterio». Así es: catar un vino es todo un arte. Y, como cualquier otro arte, requiere conocimiento y habilidad. De todos modos, no consiste en una complicada labor detectivesca, sino que, en principio, es muy simple, como el propio vino: zumo de uva cuyo azúcar se convierte en alcohol. Y, en cambio, su diversidad es casi ilimitada.

Suspiró.

—¡En el mundo existen más de diez mil variedades de uva! De ellas, dos mil quinientas están oficialmente autorizadas para la viticultura; doscientas en Francia, el centro de la cultura del vino. Sin embargo, la mayor parte de la producción, en torno a los dos tercios, se limita a apenas diez variedades. Ya solo por esta razón nosotros apostamos por variedades antiguas y raras que ofrecen un enorme potencial de sabor. Permítanme que les aconseje: ¡láncense a descubrir esa diversidad inmensa! Cada variedad de uva es diferente, especial, única. ¡Qué riqueza!

A estas alturas el tono de la enóloga era de absoluto arrebato.

—De todos modos: las variedades de uva solo son uno de los muchos factores que definen un vino, su carácter y su sabor. Se empieza con el carácter del suelo y la ubicación. Las mismas variedades de uva en distintos lugares pueden tener un sabor completamente distinto. A diferencia de lo que podría pensarse, los mejores vinos no se dan en suelos particularmente fértiles, eso solo produce banalidades impecables, sino todo lo contrario: se dan en sitios donde las vides sufren. Donde se les exige el máximo. Solo esto crea carácter. Situaciones límite, como aquí, en el Atlántico abierto. De todos modos, el factor decisivo es el viticultor. Su *savoir-faire*, sus ideas, su visión y su capacidad para llevarla a cabo.

Dibujó una gran sonrisa.

—Por supuesto, la experiencia enológica depende también de las condiciones específicas de la cata. Basta pensar, por ejemplo, en una temperatura inapropiada: apenas unos pocos grados de más pueden arruinar la variedad de uva más delicada. Además, por supuesto, el sabor del vino es algo personal. ¡Así pues, no permitan que ningún experto les intimide! Hay quienes gustan de blancos frescos y de acidez acentuada; otros, en cambio, los prefieren más bien suaves. Sin embargo, la acidez, en sí, no es negativa, pues va asociada a aromas deliciosos como el del limón, la piña, el albaricoque, el melocotón, la grosella, el kiwi o incluso la manzana. Otras personas, en cambio, disfrutan con los tintos fuertes.

Dupin, por su parte, era de tintos aterciopelados, los potentes y de alta graduación.

—Lo cierto es que cada uno debe encontrar el vino que mejor casa con su cuerpo, su modo de ser y su espíritu.

Otro suspiro de la enóloga. Del fondo de su alma.

—Pero volvamos a nosotros. El objetivo de hoy es educar el paladar. Afinar sus sentidos respecto a los aromas. Y proporcionarles nociones básicas sobre cómo describir adecuadamente un vino.

Un ejercicio que a Dupin se le había antojado imposible.

—A continuación, degustaremos de forma consecutiva los cuatro vinos de nuestra Fontaine.

¡Por fin había llegado la parte práctica!

—Y añadiremos un muscadet del Domaine du Lac, del que es propietario un viticultor amigo. Este muscadet, ganador hace poco de una prestigiosa medalla de oro, se cultiva directamente a orillas del lago de Grand-Lieu, a menos de media hora de aquí.

Ahora era Dupin quien sonreía de oreja a oreja. En dos días, Claire y él estarían bebiendo ese muscadet allí mismo, en el mismísimo Domaine du Lac. La segunda parada de su viaje.

La enóloga miró a su alrededor; a su vez, los asistentes a la cata contemplaron los enfriadores de vino repletos de botellas de vino que había sobre la mesa.

—Como saben, somos una bodega ecológica, y esto significa que trabajamos nuestras dos hectáreas de forma estricta sin herbicidas ni pesticidas. Ni, por cierto, máquinas. Lo hacemos todo de forma manual.

Claire ya le había explicado a Dupin todo eso de manera exhaustiva. Cécile Cast, la propietaria del hotel La Fontaine aux Bretons, era una amiga suya que había conocido a través de Anne, una médica de Nantes, cardióloga como ella. Ya el año anterior Cécile los había invitado a Claire y a él a visitar su heredad: viñedo, hotel y restaurante, todo en un mismo sitio. Aunque ganas de ir no les faltaban, no habían tenido ocasión. Esta vez, en cambio, todo encajó a la perfección. Una luna de miel junto al Loira, entre viñedos: no podía haber nada más hermoso.

—Y ahora abramos nuestros diarios de vino, estos cuadernos rojos que tienen delante.

A Dupin le pareció que la voz de la enóloga había cambiado. ¿Dónde había ido a parar su entusiasmo? De hecho, tras ese largo preámbulo, él contaba más con un buen trago de vino que con un libro de catas.

Delante de todos los asientos de la mesa de madera, estrecha pero impresionantemente larga, había un pequeño montón de objetos: un libro de bolsillo sobre los vinos del Loira, un folleto sobre La Fontaine aux Bretons, una plantilla circular y, precisamente, el mencionado diario de vinos. De color rojo burdeos, tenía en la tapa el dibujo estilizado de un sacacorchos en negro. Escrito encima se podía leer *Diario de vinos* en gruesas letras negras. Ciento cuarenta y cuatro páginas.

Dupin lo abrió de mala gana.

—Cada página está dedicada a un solo vino. Empezaremos

con la información básica: nombre, fecha y lugar de la cata, el contenido alcohólico y la variedad de la uva. A continuación, verán unas escalas de cinco niveles para valorar el cuerpo, los taninos, la intensidad del sabor, la acidez y el dulzor.

Aquello iba empeorando por momentos.

—Como saben, en sí la cata tiene cuatro fases. En primer lugar, la impresión visual. ¡Bebemos con los ojos! Luego está el bouquet. ¡La nariz aún bebe más! En tercer lugar, está el sabor, y en cuarto lugar el final en boca. Hay que analizarlas todas. A continuación, encontrarán además un espacio para anotaciones más extensas.

Cuando Claire le había contado la idea de hacer una cata de vinos, él se había mostrado entusiasmado. Adoraba los vinos, sobre todo los del Loira. Por otra parte, jamás había estado en esa zona, lo cual era una omisión imperdonable. Tenían planificada por lo menos una cata en cada una de las paradas de su viaje de nueve días. Dupin se había imaginado todo aquello como algo muy agradable: en todo caso, no había imaginado ni anotaciones extensas, ni análisis en cuatro etapas, ni graduaciones de cinco niveles ni ningún dato técnico. Con todo, quince días atrás había sentido cierto recelo por vez primera. Claire le había sorprendido con un obsequio para preparar el viaje, el libro *Le nez du vin*, esto es, la nariz del vino. Una obra enorme en volumen y peso. En realidad, un método exhaustivo para entrenar el olfato y la capacidad de descripción. Un intenso ejercicio de cata de vinos. Claire no dejaba de hablar maravillas del libro. Su principal atractivo eran los cincuenta y cuatro frasquitos de «sabores primarios» propios del vino que venían con la obra. Claire le había explicado que, en realidad, había más de mil sabores. A ella, como a Dupin, le desagradaba mucho la petulancia de algunos expertos, pero le encantaba el enfoque científico. En cambio, la pasión de Dupin estaba exclusivamente orientada a la perspectiva práctica.

—¡Vamos allá! —La enóloga adoptó de pronto el tono de voz de una maestra—. Primero, la información básica. Empezaremos con el grolleau gris.

Bien pensado, tal vez era preferible no tomar directamente un trago largo. Se habían levantado tarde y no habían tenido tiempo de desayunar como es debido antes de la cata. Por el momento, en el estómago solo tenían café. Entre los asistentes circularon varias botellas de grolleau, todas a temperatura ideal. Todo el mundo se aplicó en hacer anotaciones, Claire incluida.

—Por si se están preguntando qué son esos pequeños cubos negros que tienen en cada sitio: se trata de escupideras profesionales para catas.

Algunos participantes asintieron con la cabeza, los demás la miraron sin comprender.

—Dejemos clara una cosa —expuso la enóloga que instantes atrás había parecido tan agradable—: ¡En las catas de vinos no se bebe! El vino se saborea y luego se escupe en estos recipientes.

No es que Dupin se hubiera propuesto emborracharse aquel mediodía con un grupo de desconocidos, pero tampoco se lo había imaginado así.

Entonces un joven bajó por la empinada escalera de caracol. Las paredes de la bóveda eran de tierra, con piedras desnudas asomando aquí y allá. Unos pilares de acero apuntalaban la obra. El aspecto debía de ser muy similar a principios del siglo XIX cuando se construyó la bodega. Por supuesto, todo tenía un aspecto muy atractivo; con todo, se dijo Dupin, para él la arquitectura sólida era otra cosa.

—¿Hola? Estoy buscando a un tal señor Dupin.

—¡Soy yo!

Todos lo miraron.

—Una llamada telefónica para usted. Una señora. Ha dicho que es urgente.

Dupin se levantó de un salto, no sin reparar en la mirada desaprobatoria de Claire. Pero ¿qué se suponía que debía hacer? Sacó el móvil. No había cobertura; ni una sola barra.

—¿La señora ha dado su nombre?

—No. No ha querido.

Aquello no era propio de Nolwenn. ¡Qué raro!

El joven giró sobre sí mismo y volvió a subir los peldaños.

Dupin fue hacia la escalera de caracol. Poco después, se encontraba ante el mostrador de recepción.

El hombre le entregó un teléfono inalámbrico.

—¿Diga?

—¿Señor comisario?

—Al aparato.

Conocía esa voz, pero no era la de Nolwenn, su eficiente secretaria.

—Al habla la señora Claudel.

Su vecina en Concarneau, que para entonces ya había cumplido los noventa.

—Su casa está en las últimas, señor.

—¿Cómo dice?

—Su casa. Que está siendo destruida.

—¿Destruida?

—Por arriba. Por la estructura de madera.

Tras comprar la casa, habían encargado una reforma del techo y habían añadido una hermosa ventana en voladizo en el tejado inclinado. Una remodelación hecha de madera natural.

—¿Qué quiere decir, señora?

—Un *pic vert,* señor, un carpintero verde. Ya sabe. Esos pájaros lo agujerean todo. No se andan con chiquitas —añadió la señora Claudel. Por el modo en que lo decía, era como un monstruo de una película de terror.

—¿Cómo dice?

—Los años anteriores estuvo entretenido en casa de Corinne y François. El otoño pasado tuvieron que sustituir esa hermosa fachada de madera por una de plástico. Horrible, pero eficaz.

—Yo… ¿Qué quiere decir con que lo agujerean todo?

—Oh, bueno, que ese pájaro carpintero suyo se dedica a abrir unos agujeros circulares en la madera y en el aislamiento de detrás. Ahora mismo ya hay cuatro.

—¿Cuatro agujeros? —El tema parecía realmente grave.

—Eso es justo lo que le acabo de…

—Pero ¿por qué? ¿Acaso busca insectos?

—¡Qué va! Si ahí no hay nada. Y lo sabe.

Una pausa.

—Quiere construir un nido.

—¿En nuestra casa?

—Eso mismo.

Sonó como si la señora Claudel dijera: «Por fin ha caído en la cuenta».

—¿Y por qué cuatro? ¿Cuatro nidos? ¿Uno para cada estación?

—¡Menuda tontería! Quiere impresionar a las hembras. Cuantos más nidos, mejor. Y si nota que el material aislante no es conveniente para el nido, lo intentará de nuevo en otro lugar. Solo para comprobar que allí hay el mismo material y…

—Bueno, entonces seguro que pronto abandonará.

Al otro lado de la línea resonó una carcajada casi histérica.

—¿Abandonar? ¡Ni en sueños! Usted no se lo puede imaginar. Corinne y François solo pasaron fuera de casa un fin de semana largo, y el domingo a última hora ya tenían ¡nueve agujeros! ¡Y poco después fueron dieciocho! ¿Sabe lo caro que puede llegar a resultar eso? Quiero decir, ¿sabe cuánto acabaron pagando? ¡Cincuenta y dos mil euros!

—¿Cincuenta y dos mil euros?

—No hay aseguradora que costee tal cosa. Y, además, es muy feo. En fin, lo hecho, hecho está. De todos modos, señor comisario, debe actuar de inmediato. Si el pájaro carpintero nota que nadie se lo impide, seguirá sin más. Y tras el viaje de miel, ya no habrá más alegrías.

—Luna de miel, señora Claudel.

Ya antes de la partida, la señora Claudel hablaba siempre del «viaje de miel».

—En fin. Yo solo le quería informar.

Parecía molesta.

—Me ocuparé de este asunto, señora Claudel. Muchas gracias.

—¡Mucha suerte!

La señora Claudel colgó.

Dupin se quedó de pie parado, sin saber qué hacer.

De pronto su rostro se iluminó. Por supuesto, esa era la solución.

Se apresuró a marcar el número de teléfono.

—¡Oh! ¡Pero si es el feliz comisario! ¿Qué tal, jefe?

Su primer inspector empleó un tono atrevido.

—Le Ber, le necesito.

Si alguien sabía cómo resolver ese problema, ese era Le Ber. Ya había auxiliado a Dupin en varios enfrentamientos con la fauna salvaje bretona. Además, siempre de forma respetuosa con la naturaleza. Y así debían proceder también con ese nuevo agresor.

—Un pájaro carpintero verde está atacando nuestro tejado, Le Ber. La remodelación de la parte de arriba. Ya ha hecho cuatro agujeros.

Silencio.

—¿Le Ber? ¿Hola?

¿Acaso la conexión se había interrumpido?

—Sigo aquí, jefe. —Un tono apesadumbrado—. Eso tiene muy mal arreglo.

Dupin había contado con una reacción distinta.

—Pero, Le Ber, debe de haber algún modo de frenarle los pies a un pájaro carpintero.

—¿Con franqueza, jefe?

—Por supuesto, Le Ber.

—No lo hay.

—¿Qué quiere decir con eso?

—Al final, solo le queda un remedio: sustituir la madera por un material sintético. WPC o algo parecido. Por desgracia, resulta bastante feo a la vista.

Claire jamás permitiría algo así.

—Debe de haber maneras de espantar a un pájaro carpintero, Le Ber.

—Eche un vistazo por internet y en las redes sociales, jefe. Encontrará miles de consejos. Hay quien recomienda poner *heavy metal* a todo volumen; otros, envolver el edificio con toda suerte de redes; los hay que sugieren colocar cada dos metros a diferentes alturas búhos falsos de tamaño real, el enemigo natural del pájaro carpintero. Sin embargo, este último método es controvertido. Se dice que los pájaros carpinteros se acostumbran a él.

Ninguna de esas cosas era una opción.

—De hecho, nada de esto ayuda realmente, jefe. A lo sumo, a corto plazo. El pájaro carpintero es un animal listo. Usted ya sabe lo inteligentes que son la mayoría de las especies de aves.

El último caso de ambos había girado en torno a pájaros, entre otras cosas.

—Pero no permita que eso le arruine la luna de miel.

Era más fácil decirlo que hacerlo.

—Labat y yo iremos de inmediato a su casa. Nos pasaremos por ahí de vez en cuando en los próximos días.

No era, ni mucho menos, una solución de verdad, pero era mejor que nada.

—Muchas gracias, Le Ber. Es todo un detalle por su parte.

Ciertamente lo era.

—No se merecen, jefe. ¡Que lo pasen muy bien!

Dupin colgó.

Pensativo, se encaminó de regreso al mundo de las profundidades.

Todavía estaba en el escalón superior cuando oyó la frase siguiente: «¡Y ahora, vamos a ponernos con la rueda de los aromas!». La enóloga, sin duda, se refería a aquel disco de cartón que cada uno tenía en su sitio.

Claire parecía muy contenta.

A estas alturas las copas ya contenían vino auténtico, y no solo teórico. Un avance muy del gusto de Dupin.

—Ninguna asociación de sabor es errónea —declaró la enóloga con tono magnánimo—. Las impresiones sensoriales son subjetivas. ¡No se cohíban!

Dupin no se sentía cohibido, solo tenía la necesidad urgente de tomar un buen trago de vino.

—Vayan paladeando a partir de los aromas superficiales hasta los más sutiles y escondidos. Con un vino blanco, presten atención primero a la uva o al aroma floral. Después, concéntrense en las notas verdes o vegetales, por ejemplo, té negro, pimienta verde, menta u otras hierbas aromáticas. Veamos, ¿cuáles son los primeros pasos? —preguntó la enóloga a una señora de aspecto entusiasmado que tenía a su lado.

La respuesta no se hizo esperar:

—¡Agitar la copa y mirar! ¡Y luego, agitar la copa y oler!

La enóloga asintió satisfecha.

Dupin se había vuelto a sentar educadamente. También tenía la copa llena. Además, a su lado estaba una de las botellas.

—Ningún sentido está tan marcado en nosotros los humanos como el olfato. —La enóloga adoptó un aire filosófico—. Y, por otra parte, ninguno de ellos escapa tanto del lenguaje. ¡De ahí, estos ejercicios! A los humanos, más del ochenta por ciento de lo que llamamos sabor nos llega por la nariz, en concreto, de hecho, por el olfato; esto significa que solo percibimos el veinte por ciento por medio de la boca y el gusto en sí. La lengua apenas distingue entre seis sabores: dulce, salado, ácido, amargo, umami y graso. ¡La nariz es determinante! Incluso en las relaciones interpersonales sobre quién nos gusta y quién no; de quién nos enamoramos y de quién no; y de qué personas no podemos percibir el olor.

Claire ya se lo había explicado con anterioridad con el gran libro de los aromas: el sentido del olfato estaba relacionado con el sistema límbico, el cual, en el fondo, regía más de lo que uno querría y le gustaría.

—Y cuando tomen el primer y, sobre todo, pequeño sorbo: ¡dejen siempre la boca algo entreabierta! —La enóloga volvió a lo concreto—. El vino, como nosotros, los humanos, necesita oxígeno. Nada de gárgaras; llévenselo de un lado a otro de la boca.

Tras ello dirigió una mirada severa a su alrededor.

—¡Huelan y saboreen a conciencia! Y luego, escupan el vino. Y huelan y paladéenlo varias veces. ¡Concéntrense ahora en la nariz y la boca! Más adelante hablaremos de la vista. Expresen en voz alta sus impresiones gustativas. Sin filtros, con espontaneidad; luego ya lo trataremos de manera sistemática. ¡Adelante!

Los participantes se acercaron la copa a la boca con cierta reverencia.

De forma respetuosa, cada uno de ellos tomó un sorbo y procuró escupir en el recipiente al efecto del modo más discreto y elegante posible. Entonces se hizo el silencio. Pero fue solo un instante.

—¡Heno!

—¡Almendra!

—Cítricos, pomelo.

Todo el mundo parecía querer intentarlo. Se produjo un gran revuelo.

—Melocotón.

—¡Levadura! ¡Levadura!

—¡Membrillo!

—¡Excelente! —elogió la enóloga—. ¡Sigan así! Ya lo decía Robert Louis Stevenson: «El vino es poesía embotellada». Y él sabía de lo que hablaba. En esos tiempos, la tripulación del barco que se dirigía hacia la isla del Tesoro incluso buscó inspiración en el vino.

Y en bebidas alcohólicas de todo tipo, se dijo Dupin.

Apuró la copa de un solo trago. Nadie reparó en ello. Además, se dio cuenta de que Claire tampoco había escupido. A Dupin eso le animó a servirse otra copa mientras a su alrededor seguían sucediéndose asociaciones libres:

—Manzana, seguro. Del tipo Granny Smith.

—A mí me parece más bien pera.

—¡Lichi!

—Anís y alcachofa.

Al comisario aquello le parecía un poco arbitrario. Aunque eso, por supuesto, no desmerecía en sí al vino. Aquel grolleau gris era magnífico. Y, en efecto, Dupin notaba el sabor de la pera. Sobre todo tras la segunda copa, que también se bebió de un trago. Cuando lo hizo, la mirada de la enóloga se detuvo un instante en él. Le pareció advertir en el rostro de ella una leve sonrisa de satisfacción.

El segundo día

El fabuloso grolleau gris fue el tema principal de la jornada anterior. Un día de dicha completa, con un aperitivo muy temprano y una cena que se prolongó hasta bien entrada la noche. Entre la cata de la mañana y el aperitivo, un largo almuerzo en la terraza, regado de nuevo por ese vino estupendo, tan digestivo. Después de almorzar, se habían tumbado en aquel jardín encantado para tomar el sol, que había ahuyentado la lluvia con todas sus fuerzas. Por regla general, Dupin solía rehuir la ociosidad, era física y mentalmente incapaz de soportarla.

—Así que este es el truco —observó Claire—. Se me debería haber ocurrido cuando estuvimos de vacaciones en la Costa del Granito Rosa: mantener continuamente un cierto nivel de alcoholización en temperaturas veraniegas.

De hecho, tras el largo almuerzo su intención había sido dar un paseo por la costa. Algo que, por supuesto, tampoco llegó a producirse. Al menos, antes del aperitivo habían conseguido dar una vuelta por la amplia finca. Aquel era un mundo muy sosegado y completo: suaves hondonadas, estanques de color verde oscuro, un arroyo, bosquecillos y prados silvestres. Estaban también los huertos y jardines de hierbas aromáticas y, por supuesto, el viñedo. Había además muchos animales. Caballos, ovejas, conejos, cobayas, cerdos, pavos, gallinas, ranas, ocas y patos. Con todo, los favoritos de Dupin eran, sin duda, los dos burros, Tristán e Isolda. Por prudencia, aún no le había comentado nada a Claire del pájaro carpintero. Antes quería hablar de nuevo con Le Ber. Quizá entonces el problema ya estuviera resuelto. Le Ber era perfectamente capaz de obrar milagros.

Ese día, a las once en punto de la mañana, Claire y Dupin estaban sentados en el romántico y frondoso jardín del hermoso edificio principal de La Fontaine, en cuya planta baja había un restaurante y una pequeña tienda. El hotel, construido hacía apenas un año, se encontraba detrás del edificio principal. Anteriormente, solo había habido unas pocas habitaciones para huéspedes.

El mar se veía desde todas partes; la vista alcanzaba hasta la isla Noirmoutier, situada a unos veinte kilómetros que se adentraba en el Atlántico con su forma plana y alargada. El trecho de costa entre Noirmoutier y Pornic formaba una bahía inmensa. La bahía de Bourgneuf.

Para desayunar, Claire y Dupin habían escogido sentarse a una mesa de la docena que había en medio de la profusión de plantas aromáticas. El comisario jamás había visto tal exuberancia de arbustos de este tipo entremezclados con flores de todos los colores. Las sillas de color verde oscuro eran extremadamente cómodas, a lo que contribuía, sin duda, que la superficie del asiento era de mimbre ligero. Unos altos muros de piedra desgastados resguardaban aquel jardín extenso; una puerta de hierro forjado abierta atraía la mirada sobre el viñedo, invitando así a dar un paseo entre las viñas y admirar de este modo lo que luego uno bebería.

—¿Qué te parece convertir el abouriou tinto en el centro de interés del día de hoy?

Claire sonrió a Dupin.

—Fantástico.

Aunque no tenían previsto realizar ninguna cata ese día, nada les impedía dedicarse precisamente a ello. El día anterior ya habían probado aquel vino, y habían quedado entusiasmados. Claire y Dupin coincidían en que debían tomarse en serio la insistente llamada de la enóloga a explorar la enorme diversidad de variedades de uva y no contribuir a la peligrosa reducción de la biodiversidad en la Tierra.

—Me parece que deberíamos dedicar cada día de nuestro viaje a una uva en concreto.

—Excelente.

Dupin sirvió café para Claire y para sí mismo. Con un chorrito de leche caliente. Perfecto. Ideal, además, para mojar en él una napolitana de chocolate. Dos abejorros revolotearon en torno a las tazas; parecían disfrutar del aroma tanto como Dupin. En alguna parte debía de haber algunas bandadas de pájaros, ya que se oía un piar alegre; sin embargo, no había ni un solo pájaro. Curioso. Ya el día anterior, eso le había llamado la atención.

Dupin ese día se había puesto una gorra; el termómetro ya había alcanzado los veintinueve grados; con todo, ese día era uno de aquellos en que el tiempo era genuinamente bretón, esto es, cambiante en grado sumo. Cualquiera habría jurado que el resto del día iba a ser tan soleado como entonces. Y diez minutos después llovería a cántaros. Luego, en cuanto uno ya estaba bien acomodado en su sofá, el sol de nuevo lo atraería al exterior... En todo caso, un bretón auténtico nunca se dejaba engañar por esas cosas.

Dupin estaba absorto en la lectura del periódico.

—¿Sabías que el restaurante tiene un pescador propio que se ocupa en exclusiva de la pesca del día?

El móvil de Dupin sonó. Él ignoró la llamada.

Claire y él habían acordado unas normas estrictas sobre la actitud que adoptarían respecto al trabajo durante su luna de miel. Ambos habían dicho a sus colegas que solo estarían disponibles en caso de emergencias absolutas. Dupin además había tenido que prometer que se mantendría al margen por completo de cualquier hecho delictivo o sospechoso que se produjera durante el viaje. En ningún caso la situación debía acabar como seis años atrás, cuando se habían ido de vacaciones juntos. Curiosamente, aunque no por sorprendente menos cierto, Dupin no sentía ninguna necesidad de averiguar lo que estaba ocurriendo en la comisaría de Concarneau...

—Si fuera algo grave, lo sabría.

Dupin dejó que el teléfono sonara y no respondió.

—En marcha. Vamos a dar un paseo. —Claire se levantó—. Y a nadar.

Ella adoraba nadar. Igual que Dupin.

—Por supuesto.

Al punto él se levantó y se puso a su lado, con una toalla de baño azul y blanca bajo el brazo con la que envolvía el bañador. Claire llevaba el biquini debajo del vestido.

—Cécile recomienda que vayamos en dirección sur. Dice que eso nos permitirá hacernos una idea perfecta de todo el paisaje. Y mañana, en dirección hacia Pornic.

Habían planeado esos días para ir sin prisas. No sería hasta el final de la semana cuando, tras una parada junto al mar, reemprenderían el viaje hacia Saumur.

—Esta noche cenaremos en ese restaurante del que tan bien habla Cécile; no está lejos, justo junto al camino de la costa.

Dupin no tenía nada que objetar. Hablar de la siguiente cena durante el desayuno formaba parte ya de sus costumbres como pareja. Y no tenía nada de original: todos los bretones hacían lo mismo. Las pequeñas crisis de la vida cotidiana se superaban con más facilidad cuando mediaba una perspectiva culinaria.

Empezaron a andar y, tras cruzar la gran puerta de hierro forjado, atravesaron el viñedo directos hacia el mar.

A su llegada dos días atrás, habían atravesado Pornic en coche y el lugar les había parecido precioso. Era una pequeña localidad con mucho encanto y pátina. Era pintoresca, desde luego, pero no en exceso. Ya entonces Dupin había localizado dos o tres cafeterías perfectas para ellos.

Era sorprendente: conforme uno se aproximaba desde el sur a la desembocadura del Loira el paisaje se volvía absolutamente llano. Solo poco antes de llegar a Pornic el terreno volvía a recuperar las colinas propias del paisaje bretón. La Bretaña no era plana en ningún sitio; con una cota máxima de trescientos ochenta y cinco metros, tampoco era montañosa, pero en todas partes el terreno era ondulado, con constantes cuestas suaves arriba y abajo, sobre todo a lo largo de la costa. «La Bretaña empieza justo ahí, en Pornic», había afirmado Nolwenn con tono solemne la semana pasada. Era algo que se podía ver, sentir, experimentar.

El sendero impresionante reseguía fielmente las innumerables curvas de esa costa escabrosa. Con pinos, cedros y cipreses imperturbables elevándose majestuosos; robles centenarios deformados, adelfas grandes como árboles, magnolias, agaves, helechos y hierba.

A mano derecha, el camino descendía en una fuerte pendiente hasta el agua, donde con la marea baja se alternaba la arena con unas losas de granito grises y oscuras. Por todas partes había calas de arena recónditas. El precio por llegar a esas playas de ensueño era un arriesgado descenso por senderos de tierra. En ese lugar, cualquiera podía tener una cala para sí, idílicamente rodeada de rocas escarpadas. La arcilla, fina y clara, que quedaba entre tierra firme y la isla Noirmoutier hacía que las aguas tuvieran un aspecto levemente lechoso. Ese lodo confería al agua unos tonos azulados, verdosos, turquesas incluso. Unas tonalidades que Dupin no había visto nunca aún en la Bretaña. Normalmente, la claridad cristalina del Atlántico bretón hacía resaltar los colores volviéndolos puros, fuertes y nítidos. Aquí esos tonos se mostraban rotos, eran más delicados. Y, aunque el sol en ese instante se había escondido tras unos nubarrones espectaculares, se podía apreciar el color que daba nombre a esa parte de la costa: el famoso verde jade.

El Atlántico, encerrado en la gran bahía por tres lados, chapaleaba sereno; no había ni un asomo de olas, casi parecía un mar interior. Lo que más caracterizaba ese tramo costero eran las llamadas *pêcheries*. Hasta entonces Dupin solo las había visto en postales e ilustraciones de libros. Se trataba de unas estructuras de pesca de madera, unas construcciones elegantes sostenidas sobre unos postes elevados y finos, audazmente integradas en el paisaje, accesibles en ocasiones solo a través de pasarelas largas y estrechas. Tenían todas un balcón y un brazo de grúa de madera del que pendía una sola red rígida. La forma de esas construcciones guardaba relación con el particular método de pesca de la región.

Se alzaban por encima del mar cada treinta o cincuenta metros, con unas siluetas que evocaban esculturas misteriosas o insectos gigantescos. Entonces, cuando la marea estaba baja, la mayoría se hallaba en tierra firme.

—¡Qué maravilla! Sería fantástico, Georges: tener una casita diminuta en el mar, sobre unos postes. Con una mesa y dos sillas en el balcón. Nos sentaríamos cada tarde para ver la puesta de sol con algo de vino, una baguete y queso.

Claire y Dupin quedaron admirados del paisaje.

Dupin comprendió entonces lo que Nolwenn le había querido decir cuando había afirmado que allí era donde empezaba la Bretaña. De pronto, allí asomaba ese carácter agreste, aquella peculiaridad bretona tan única. Algo difícil de expresar, pero claramente perceptible: áspero, abrupto, libre. Un poder primigenio. En la naturaleza, en el paisaje, en el mar, en el cielo. Algo que no había en el sur, hacia Burdeos. Pero que se hacía presente a partir de Pornic. Aunque algunos paisajes bretones recordaran el Mediterráneo o el Caribe, la naturaleza se negaba a desprenderse de aquella autenticidad escabrosa.

—Por cierto, esta técnica de pesca se conoce como *pêche au carrelet* —le contó Claire—. Es un arte de pesca con red muy antiguo. En el año 2021 fue inscrito oficialmente en la lista del patrimonio cultural inmaterial de Francia. Cuando sube la marea, se bajan las redes y los pescadores aguardan unos minutos; luego, las vuelven a levantar súbitamente.

En las últimas semanas Dupin había visto varios libros sobre Pornic y alrededores en la mesilla de noche de Claire cuyo lema era: «Solo se ve lo que se conoce».

—Se pesca todo lo que nada junto a la costa: anchoas, congrios, lubinas, cangrejos, merluzas, sardinas y lenguados.

¿Qué más se podía pedir? La selección era suficiente para un sinfín de cenas deliciosas.

—¡Allí! —Claire se detuvo—. ¡Allí está! ¡Nuestra cala!

La vegetación espesa apenas permitía entrever a qué se estaba refiriendo Claire. Una franja de arena especialmente brillante, en forma de media luna, flanqueada por dos formaciones rocosas planas de color gris claro sobre las que se erguían sendas *pêcheries*. Tenía un aspecto especialmente atractivo.

—Y por aquí se baja.

Claire señaló un camino de piedras que se apartaba del sendero. Al cabo de tres minutos ya habían alcanzado la playa. Un pequeño paraíso, solo para los dos.

Nadaron contentos adentrándose mucho en el mar. El agua era suave, aterciopelada. Un poco más cálida que en Finistère, estaba, al menos, a veintitrés grados. En cualquier caso, seguía siendo inequívocamente atlántica: salada, yodada, refrescante.

No fue hasta que empezaron a nadar de regreso cuando el silencio contemplativo se truncó.

—Es tu móvil, Georges. Vuelve a sonar.

—Da igual.

Dupin lo decía en serio.

Al poco rato, el teléfono enmudeció.

Acababan de salir del agua cuando volvió a sonar.

—Vamos, mira quién puede ser —le instó Claire.

—No tengo ganas.

—Tal vez es algo importante.

De mala gana, Dupin sacó el móvil de su zapato izquierdo, que era donde lo había guardado.

—Es Nolwenn.

—¿No deberías contestar?

—¿Por qué?

—Para quedarte tranquilo.

—Estoy tranquilo.

Al instante siguiente Dupin respondió la llamada.

—¿Qué ocurre, Nolwenn?

—¡Ah, señor comisario! Buenos días. Supongo que todo va de maravilla.

Dupin se sintió aliviado. No podía haber ocurrido nada malo.

—Pues bien, ya lo dejo tranquilo.

—¿Qué pasa?

—¡Nada, nada de nada! Todo está tranquilo. Ni el menor incidente. Solo que tengo la impresión de que no se toma en serio el asunto del pájaro carpintero.

¿Cómo? ¿Había llamado para eso?

—Y, eso, señor comisario es un error garrafal, verá usted…

—¿Le puedo llamar más tarde, Nolwenn?

Dupin aún no le había contado nada a Claire sobre el pájaro carpintero. Y la tenía justo a su lado.

—Este asunto es extremadamente urgente, señor comisario.

—Yo…

La llamada estridente del teléfono de Claire interrumpió a Dupin.

Claire sacó su móvil del bolso y se apartó unos pasos.

—Le llamaré por la tarde, Nolwenn. Se lo prometo.

—Le destruirá toda la casa, señor comisario.

A él todo aquello le parecía una exageración.

—Un pájaro carpintero en celo… Hay tantas historias que le podría contar…

Dupin no le preguntaría nada de eso.

—Pero mi marido ha tenido una idea, y me gustaría contársela. No es completamente legal, pero él ya ha utilizado este método varias veces. Y debo decir que de manera eficaz.

—Me gustará mucho oírlo. —Así era—. Pero eso será luego.

—Está bien, señor comisario; así pues, le dejo que regrese a su luna de miel otra vez. Nueve días pasan rápido.

—Gracias, Nolwenn.

Dupin había colgado tan rápido que no tenía la certeza de que su secretaria hubiera podido oír todas sus palabras.

—¡Georges!

—¿Sí?

Dupin se volvió hacia Claire.

—Cécile… Era Cécile.

Claire había palidecido por completo.

Algo malo había ocurrido.

—Brian, es decir, el exmarido de Cécile. —Claire hablaba despacio, de forma mecánica—. El enólogo, ¿sabes? El del muscadet que probamos ayer. De ahí adonde íbamos a ir mañana. Anoche Cécile estuvo con él en su casa. Era el cumpleaños de él. Han continuado manteniendo una relación muy estrecha.

Ella se interrumpió.

—¿Y bien?

—Acaban de llamar a Cécile. Lo han encontrado hace un cuarto de hora. Junto al lago, no muy lejos de sus viñedos. Muerto. De un tiro. Al parecer, de escopeta. Había salido a correr.

—¿Cómo dices?

Claire había empezado a vestirse rápidamente.

—Es un asesinato, Georges. Un asesinato atroz.

Lo que estaba diciendo Claire parecía absolutamente irreal.

—Cécile está destrozada. Debo ir a su casa a verla, Georges. ¡Date prisa!

—¿Una desafortunada casualidad? ¿Un accidente con un cazador furtivo? Eso no tiene ni pies ni cabeza.

Aunque el dolor se reflejaba en el rostro de Cécile Cast, ella seguía estando fuera de sí. Y no hacía ningún esfuerzo por ocultarlo.

El comisario de Nantes, Gaspard Lelouche, un hombre alto y delgado, de porte aristocrático, pelo levemente ondulado y corto, en la mitad de la treintena, vestido con un traje informal de verano de color beige, se encontraba en una posición difícil. Dupin casi sintió lástima por él.

Según le había contado Nolwenn cuando volvieron a hablar por teléfono durante el viaje, Lelouche era comisario desde hacía poco. Procedía de Angers, un tramo más arriba del Loira, donde, al parecer, había realizado una labor policial especialmente encomiable. El año anterior había sido ascendido a inspector en Nantes, la capital del departamento. Dupin no lo conocía, y, al parecer, él a Dupin tampoco.

—¡Un accidente con un cazador furtivo! ¡No puede hablar en serio!

Cécile Cast, con su pelo rojo recogido de forma descuidada y un vestido lila, se apartó del comisario y se acercó al fallecido.

Brian Katell, de cuarenta y dos años, la misma edad que su exmujer, yacía en el suelo cerca de una barca de madera. El lago de Grand-Lieu se encontraba a menos de treinta minutos de Pornic. En la orilla norte del lago, allí donde estaban entonces, las viñas del Domaine du Lac de Brian Katell se extendían hasta el lago.

Entretanto se había congregado un grupo numeroso: el comisario Lelouche, Cécile Cast, Claire, Dupin, el administrador del viñedo de Brian Katell, el capitán de la gendarmería de Bouaye, una joven policía, un forense, la jefa de la policía científica y dos de sus colegas.

El cadáver tenía un aspecto espantoso. El forense estaba arrodillado junto al cuerpo sobre la hierba mojada. La jefa de la policía científica y un colaborador suyo estaban inspeccionando la barca, y otro colaborador examinaba el lugar donde habían encontrado restos difusos de huellas, a unos diez metros de distancia, sobre la hierba espesa debajo de un roble.

—El caso es que en la zona junto al lago de vez en cuando nos las tenemos con cazadores furtivos —repuso el comisario Lelouche a la objeción de Cécile—. Mi colega en la gendarmería me ha informado al respecto. No es algo frecuente, pero ocurre. Es posible que mientras estaba corriendo el señor Katell hubiera sorprendido a un cazador furtivo y este le hubiera disparado. Una desgracia.

—¿De verdad piensa usted que alguien mataría a sangre fría —Cécile Cast clavó la mirada en los ojos del comisario— solo para no ser denunciado por caza furtiva?

La ira le había devuelto el color al rostro. Cuando Claire y Dupin habían llegado, la habían encontrado en estado de shock. Pálida, angustiada, temblorosa.

—Tal vez el señor Katell amenazó al cazador furtivo y quiso llamar a la policía. —El comisario Lelouche hablaba con un tono de voz provocadoramente tranquilo.

El móvil de Katell había sido localizado sobre la hierba, junto al cadáver, pero nadie conocía el código de desbloqueo.

—Señora Cast, el año pasado en las Landas un cazador furtivo disparó a dos agentes durante un control policial —le explicó el comisario a la amiga de Claire—. Y no fue un incidente aislado.

Dupin se negó a hacer ningún comentario. Desde que habían llegado al lago, se había mantenido en silencio por sistema, y no tenía la menor intención de apartarse de ese proceder.

—B & P, Baschieri & Pellagri. Perdigón de caza, 3,5 milímetros de diámetro.

La jefa de la policía científica, una mujer menuda y de pelo negro, se les había acercado sosteniendo en una mano una bolsa de plástico con una pequeña pieza metálica de color oscura y una tableta en la otra.

—Treinta y tres gramos por cartucho. Hierro dulce, más duro que el plomo, pero sin plomo y bastante más ligero. Totalmente respetuoso con el medio ambiente. Se suele emplear para la caza acuática. Calibre 12/76, cobertura bastante uniforme en todas las condiciones meteorológicas. Una munición perfecta para cazar patos. En este caso, 3,5 milímetros es lo óptimo. Para tener un efecto mortal el diámetro del perdigón debe ser mayor que si fuera de plomo, por lo menos, tiene que medir 3,25 milímetros, aunque es mejor que sea de 3,5 milímetros.

Entregó solemnemente al comisario la bolsa con el trocito de perdigón.

—Solo en la barca, hemos encontrado once como este. Teniendo en cuenta el patrón de distribución allí, el lugar donde se ha hallado el cuerpo de Brian Katell y también el patrón de distribución de las balas en su cuerpo, podemos suponer que el disparo se realizó desde debajo del roble.

Se frotó la sien.

—Solo se disparó un tiro. En la cabeza. El efecto mortal de una carga de perdigones así llega hasta los treinta o treinta y cinco metros aproximadamente, en función del arma, por supuesto; en todo caso, a una distancia de diez metros Katell no tuvo la menor posibilidad.

Aquella era una información extremadamente precisa, Dupin estaba habituado a algo totalmente distinto.

También el forense se había expresado con más detalle del habitual entre los representantes de su gremio. Había establecido la hora de la muerte en más o menos las seis y media, con un margen de error de una hora. Igualmente él suponía que Katell había muerto en el acto. Viendo el tremendo aspecto que presentaban el cuello y la cabeza de la víctima, resultaba creíble de inmediato. La parte superior del tronco se encontraba intacta: solo el cuello redondo de la camiseta azul marino que vestía estaba hecho jirones; en cambio, el resto de la camiseta y los pantalones cortos negros no habían sufrido daño alguno. Si la hora era correcta, entonces Brian Katell había pasado allí unas cuatro horas y media tirado antes de que el vigilante lo encontrara. Era, ciertamente, una zona muy solitaria.

—Ya lo ve. —El inspector parecía satisfecho—: Todo encaja. Caza furtiva de patos. Aquí hay muchos.

Lelouche deslizó la mirada por el lago.

Durante el trayecto hasta allí, Claire le había explicado que el lago de Grand-Lieu era el más grande de Francia, aunque al principio Dupin no había querido creerlo. Un lago de agua dulce. A menos de veinte kilómetros de la costa. Contemplándolo desde allí, apenas era posible adivinar su extensión. Además, era completamente distinto a los lagos que Dupin conocía. Aunque solo fuera porque no había mucho que ver de él. Unos gigantescos tapices verdes cubrían su superficie, y muchas plantas estaban en plena floración. Extensiones de intenso color amarillo repletas de pinceladas de color púrpura de las mentas acuáticas y los lirios. Como si Monet hubiera creado ese paisaje. Verde en todas sus gamas: desde el verde más delicado hasta un intenso tono neón. En las orillas crecía toda una espesura de carrizos de los más diversos tamaños; alisos deformes, sauces llorones aquí y allá. En los puntos donde las aguas refulgían, estas parecían teñidas, brillando fosforescentes en un tono azul verdoso intenso e irisado. Era sobrenatural. A ello había que añadir que el lago de Grand-Lieu parecía estar inmóvil y su superficie, tirante como una sábana planchada, almidonada y extendida de manera meticulosa. Absolutamente intangible, lejos de parecer una masa de agua con vida. Tampoco en la orilla se apreciaba ningún atisbo de movimiento. Ahí no llegaba el ruido del mundo habitual, y sí, en cambio, el concierto ininterrumpido del canto de los pájaros. Un sonido que lo envolvía todo.

—Es imposible que usted piense esto —repuso Cécile Cast al comisario—. Este lago es una reserva natural y está especialmente vigilado. A menos de media hora hay varios lugares legales donde practicar la caza, incluida la de patos. Y sin peligro de multa. Si realmente uno quiere dedicarse a esta actividad tan salvaje…

—Por lo que sé, hay algunas personas que sí tienen licencia de caza para esta zona, señora. —El comisario se mantuvo completamente impertérrito—. Ya solo por eso, probablemente a nadie se le ocurriría llamar a la policía por el mero hecho de oír un disparo cerca del lago.

—Esto no son más que disparates. —Cécile Cast ahora tenía lágrimas en los ojos, al parecer, tanto de tristeza como de rabia—. Solo los Guerlain pueden cazar aquí. Son los únicos. Y no lo hacen. Hace mucho tiempo que dejaron de hacerlo.

La legendaria familia de perfumistas era una institución cultural; todo el mundo de esas fragancias, artísticamente creadas, constituía una parte importante de la cultura francesa. Sus sofisticadas composiciones pertenecían al refinado arte de vivir *à la française*. A finales de los años cincuenta del siglo XX, Jean-Pierre Guerlain, uno de los grandes patriarcas de esa saga de perfumistas fundada a principios del siglo XIX, empezó a comprar tierras a los viticultores que se acercaban peligrosamente al lago, creando así una gran reserva natural. Probablemente las consideraciones ecológicas pesaron menos que su pasión por la caza del pato. Entusiasmado por la singularidad del lago, no tardó en crear su propio paraíso privado de caza y prohibió estrictamente todo acceso público al lugar. Hizo una excepción: los pescadores tradicionales del lago, con sus barcas alargadas de madera, conservaron su oficio. En los años sesenta, Guerlain se había construido una villa de caza en una pequeña isla a orillas del lago donde acudía regularmente con amigos para cazar patos. Por lo demás, se preocupó siempre de preservar el singular hábitat natural. Al acercarse el final de su vida, Guerlain legó el lago al Estado, aunque impuso unas condiciones estrictas: el lago debería mantenerse para siempre como una reserva natural inalterada. Los pescadores tradicionales conservarían el derecho de pesca, y la descendencia de Guerlain, el de caza. Un derecho del que no hizo uso ninguno de ellos. La familia además donó al Estado la villa de caza, que fue convertida en un centro de interpretación para acercar a los visitantes el extraordinario ecosistema de aquel entorno lacustre: una de las zonas acuáticas y de humedal más ricas en especies de toda Europa. Un proyecto pionero. Allí encontraron refugio además un buen número de especies animales y vegetales poco comunes. Si Dupin lo había entendido bien, solo había dos puntos de acceso al lago: la antigua villa de caza de los Guerlain y el término llamado de Pierre Aigüe, cerca de Saint-Aignan. Los pescadores aprovechaban varios canales que regulaban el nivel del agua del lago de una forma ingeniosa.

—¿Y usted? Dígame, ¿cuál es su opinión, señora Cast? —El comisario pasó al contraataque—. ¿Qué quiere decir exactamente con esos comentarios?

Lelouche se plantó de forma ostensible frente a Cécile Cast. Claire y Dupin estaban a dos pasos de ellos.

—¿Que alguien quiso matar a su exmarido con una carga de perdigones? ¿Que se trata de un asesinato?

Cécile Cast se quedó mirando al inspector. Por un instante su rostro dibujó una expresión extraña, difícil de interpretar. Era como si la contundencia de esas palabras de pronto la hubiera asustado.

—Yo, bueno, pienso que…

—Exactamente es lo que cree mi amiga. Por cierto, igual que yo: esto ha sido un asesinato.

Fue Claire quien pronunció estas palabras. Con un tono tranquilo, pero a la vez inflexible. Dupin lo conocía. Cuando hablaba así, el asunto iba en serio. Para entonces se encontraba justo al lado de Cécile Cast, hombro con hombro.

—Evidentemente, el comisario tendrá en cuenta todas las posibilidades e investigará en todos los sentidos. —Dupin intentó interceder.

—¿Me puede decir quién es usted?

—Soy el comisario Georges Dupin, de la policía de Concarneau. Nosotros, mi esposa y yo —miró a Claire—, estamos aquí de luna de miel. Nos alojamos en el hotel La Fontaine aux Bretons de la señora Cast. Es una buena amiga de mi mujer.

El propio Dupin quedó sorprendido ante su reacción tan ponderada.

El comisario había enarcado las cejas cuando Dupin dijo su nombre. Al llegar, Cécile se había limitado a presentarlos a Claire y a él como «unos amigos».

—Bien, así pues, usted está aquí en un viaje completamente privado.

El comisario se alejó de Dupin y Claire y se acercó al administrador del viñedo.

—¿Sabe usted, señor Marchand, si Brian Katell salía a correr de forma habitual y si esta zona se encontraba dentro de su ruta habitual?

El señor Marchand asintió.

—Era un madrugador y nunca dormía hasta más de las seis. Y salía a correr tres veces a la semana. Justo después de levantarse, por lo menos en verano. Siempre la misma ruta. Unos siete kilómetros. Desde su finca hasta aquí, y de vuelta. A este lugar lo llaman el fin del mundo. Aunque hubo un tiempo en que esto no fue así.

El administrador era un hombre de pelo corto, algo entrado en carnes, de aspecto simpático y agradable. Dupin calculó que debía de tener unos sesenta años.

—En otros tiempos, la avenida llevaba hasta la entrada norte de la legendaria ciudad de Herbauges —siguió diciendo Marchand—. Una ciudad celta, de gran riqueza; al parecer un paraíso, que luego se hundió en el lago. Una historia extraordinaria que...

—¿Brian Katell salía a correr en días fijos? —El comisario Lelouche interrumpió aquella digresión histórica.

—Los martes, jueves y sábados.

—¿Y dice usted que siempre hacía el mismo recorrido?

—Siempre el mismo.

—Ya veo.

—Ahora mismo, no hay nadie de los Guerlain —murmuró el administrador—. Lo sé con certeza. Y, como dice la señora Cast, aquí solo ellos tienen derecho de caza. En la isla del lago, donde el viejo Guerlain hizo construir su villa de caza, todavía hay una casita que la familia ha conservado. Cuando están por aquí, se alojan en ella.

—He oído que lleva usted un tiempo trabajando en el viñedo de los Katell, señor Marchand —comentó el comisario como de paso.

—¡Y tanto! —Saltaba a la vista que el administrador discrepaba por completo de aquella afirmación—. ¡Hace tres semanas celebré cincuenta años en la bodega, señor! —exclamó algo molesto—. ¡Cincuenta! Ya mi padre trabajaba para el Domaine du Lac. Empezó a los dieciséis años con el abuelo de Brian Katell. Al principio como bracero en la vendimia. Trabajó para la finca durante más de medio siglo. Luego yo ocupé su puesto como administrador; eso fue exactamente en el año 2000.

Por fin entonces, su voz adoptó un tono más tranquilo.

—¡Y un día mi hijo tomará el relevo! Tiene estudios. El primero de la familia. Oficialmente empezó a trabajar en el Domaine cuando tenía veinticinco años, pero ya de niño ayudaba en la vendimia.

Su orgullo de padre era evidente. A Dupin le pareció que eso le hacía incluso más simpático.

—Yo mismo empecé a trabajar en el Domaine en cuanto salí de la escuela, así que toda mi…

—Ha quedado claro, señor. —El comisario le interrumpió

bruscamente. Al instante siguiente, Lelouche se volvió hacia el forense—: Ya pueden llevarse el cadáver hasta Nantes.

Una orden clara.

—Me gustaría conocer cuanto antes a la actual pareja de la víctima. Hasta ahora no ha sido posible contactar con ella.

No estaba claro a quién se dirigía el comisario Lelouche, si hablaba con alguien o si lo hacía consigo mismo.

—Sus padres fallecieron y no tenía hijos. Y estaba divorciado de usted. —Se volvió hacia Cécile—. Así pues, Anne-Sophie Joly debía de ser la persona más próxima a él.

—Brian y yo seguíamos teniendo una relación muy estrecha e íntima —explicó Cécile Cast.

—¿Estuvo usted también en su casa anoche, señora? ¿En la gran fiesta de cumpleaños?

El comisario se metió las manos en los bolsillos del pantalón en un gesto desafiante.

—Brian jamás hacía grandes alharacas por su cumpleaños. Era una persona muy sencilla. Tampoco fue una gran fiesta. Solo descorchamos algunas botellas en el patio del Domaine, y hubo unos cuantos embutidos, queso y baguetes.

—¿Quién asistió?

—Un amigo del colegio, un par de colaboradores, Anne-Sophie y yo. Eso fue todo. —Se interrumpió un instante—. ¿Quién iba a saber que aquel sería su último cumpleaños?

Intentó contener las lágrimas.

A Dupin le llamó la atención que el comisario Lelouche no tomase notas.

—¿Anoche ocurrió algo digno de mención?

—No.

—¿A usted le pareció que él estaba distinto?

Mientras hablaba con Cécile Cast, el comisario se esforzaba por no mirarla a los ojos.

—En absoluto. No. Brian estaba de muy buen humor. De hecho, estaba como siempre.

—¿Y no le resulta extraño —el comisario parecía haber clavado la vista en un punto concreto del lago— que su exmarido pasara su aniversario con su pareja y con su exmujer? ¿Eso a usted no la incomodó?

Dupin había seguido la mirada del comisario. Un gran pájaro blanco de color plateado, probablemente una garza.

—¿No le parece a usted que esta pregunta es un poco impertinente? —intervino Claire con frialdad—. Eso no es asunto suyo.

Dupin tuvo que admitir para sí que él probablemente habría hecho la misma pregunta, aunque tal vez se habría expresado de otra manera. En todo caso, los enfados eran siempre una herramienta eficaz. A fin de cuentas, hasta nuevo aviso y suponiendo que se tratara de un asesinato, a los ojos del comisario, Cécile era, evidentemente, sospechosa.

—Está bien. Señoras, caballeros, hemos terminado aquí —dijo el comisario sin responder a Claire. En su lugar, se dirigió a la joven agente de policía que hasta entonces no había dicho palabra—. Quiero una lista de todos los incidentes de caza furtiva registrados en el departamento en los dos últimos años. Comprueben sobre todo si alguno de los infractores presenta alguna tendencia a comportamientos violentos.

—Yo incluiría la Vendée —propuso la agente.

—Cierto. Hágalo también.

Acto seguido, el comisario se dispuso a marcharse, pero antes se detuvo de nuevo.

—Señora Cast, ya que usted supone que se trata de un asesinato, ¿tiene alguna sospecha de quién pudo hacerlo? ¿Y por qué motivo?

Aquello era raro: esa era la pregunta más importante de todas, y daba la impresión de que se le hubiera ocurrido de pronto, al terminar.

—Yo... —Cécile Cast necesitó un momento para reponerse—. No lo sé. La verdad, no se me ocurre nadie que hubiese querido matar a Brian. Él era un entusiasta. Un enólogo por vocación, siempre lo fue. Era su pasión. Si se hizo cargo de la bodega de su familia no fue por un sentido del deber ni porque no se le ocurriera otra opción. Le encanta el vino. Quiero decir, le encantaba. Él...

—¡Oh, vamos, señora Cast! Seguro que tenía conflictos, enemigos. ¿Alguna envidia quizá?

—No.

—Y, aun así, ¿usted está convencida de que fue un asesinato? ¿A pesar de que él no tenía conflictos con nadie?

—Tenía discrepancias con Jérôme Joly —el administrador tomó la palabra—, nuestro competidor más feroz. Joly está firmemente convencido de poseer el viñedo más importante de muscadet. Un sinvergüenza, al borde de la insolencia.

—¿Es el padre de su pareja? ¡Curioso! —Lelouche enarcó las cejas con gesto de asombro—. El patriarca de Château Joly. Muy interesante.

—No es para tanto —intervino Cécile—. Hace tiempo que Brian dejó atrás esas tonterías de la competencia. Su padre y Jérôme Joly habían sido rivales acérrimos, igual que los padres y los abuelos de aquellos. Una ridiculez. Era una cuestión de honor y prestigio, cómo no. En esencia, de egos entre hombres. Puro narcisismo. Pero, claro está, se trataba también de negocios. Con todo, es absurdo: hay montones de viticultores que producen muscadet. Y hay trabajo suficiente para todos. La demanda aumenta en todo el mundo. Las dos bodegas se han beneficiado por igual, y han crecido enormemente. Ambas pertenecen a grandes familias vinícolas de la región. Desde hace más de doscientos años. Si hubiera dependido de Brian, esa rencilla se habría resuelto hace mucho tiempo, él no participaba en ella. No era, en absoluto, su modo de ser. La rivalidad no era lo suyo.

—Lo dicho. ¡Muy interesante!

Lelouche estaba empezando a poner de los nervios a Dupin.

—La historia clásica de la rivalidad. —El comisario Lelouche intentó esbozar una sonrisa de superioridad—. Y a lo largo de varias generaciones. Y, además, un conflicto de tipo Romeo y Julieta. La hija y el hijo de familias enfrentadas durante generaciones se enamoran. Apasionante. ¿Ha habido algún incidente en los últimos tiempos entre Jérôme Joly y Brian Katell?

Lelouche se dirigía claramente al administrador, no a Cécile Cast.

—Hace tres semanas, en un concurso celebrado en Nantes, nuestra bodega ganó el primer puesto en todas las categorías.

El administrador estaba henchido de orgullo.

—En todos los casos, por delante de Château Joly. Luego el viejo Joly afirmó que la decisión del jurado no había sido correcta. Que había sido manipulada. Eso mismo se lo contó a un periodista justo después de la entrega de premios.

—¿Asistieron los dos, él y Brian Katell?

—Sí.

—¿Llegaron a un enfrentamiento directo?

—¡Mientras el señor Katell estaba en el escenario, Joly, entre el público, le faltó al respeto!

—¿El señor Katell reaccionó de algún modo?

—No, para nada. El señor Katell mantuvo la compostura.

—¿Usted estuvo ahí y lo vio?

—Sí.

—Vale. Bien, pues, señoras y caballeros, ya contactaré con ustedes más adelante.

Lelouche se dirigió con paso resuelto hacia el camino arbolado que se alejaba del lago.

Una hora después, Claire y Dupin estaban en una de las cafeterías que le habían llamado la atención a él al llegar a Pornic.

Antes habían acompañado a Cécile desde la orilla del lago hasta el aparcamiento del final del camino intentando consolarla. La amiga de Claire había desarrollado un auténtico rencor contra el comisario Lelouche, que claramente empleaba para disimular su pena y su dolor. Dupin era consciente de ello. Para alivio del comisario, Claire había conseguido tranquilizar a su amiga. Había temido que la pudiera excitar aún más.

Se encontraban en el Café du Port, un establecimiento situado al final de la larga dársena del puerto en torno a la cual se extendía la pequeña ciudad. Desde allí se podía ver tanto el puerto como la ciudad. Detrás se elevaba una colina de altura considerable, Pornic se expandía por toda la ladera con sus edificios bonitos y callejuelas estrechas, con la imponente iglesia a mano derecha, en el punto más alto. El puerto estaba bordeado por un amplio paseo marítimo con cafés, restaurantes y tiendas; por todas partes había mucha actividad. A la salida del puerto destacaba una gran fortaleza, tan bien ubicada que parecía que un pintor hubiera ideado aquella imagen. Tal vez Renoir, que pasó ahí todo el verano de 1892. Durante esa temporada había pintado cinco cuadros de gran formato —Nolwenn y Le Ber, cómo no, habían preparado a Dupin con todo detalle para los puntos de especial interés de su recorrido— y, a modo de conmemoración, en la actualidad había un pequeño parque que llevaba el nombre del artista. Pero también Armand Guillaumin, Bernard Buffet y el pintor favorito de Dupin, Maxime Maufra, habían desarrollado su actividad creativa en Pornic. Cuando los pintores acudían a un lugar, eso siempre era señal segura de que la luz ahí era excepcional. De hecho, Max Ernst inventó su famosa técnica del *frottage* en Pornic. Ciertamente, a finales del siglo XIX aquella localidad balnearia debió de tener un enorme atractivo. No solo para los nanteses, que vivían más cerca, sino también para la *crème de la crème* de los artistas parisinos y, al parecer, en especial, para los revolucionarios. A mediados de siglo, Emma Herwegh, la revolucionaria a favor de la democracia, y su marido, Georg Herwegh, visitaron Pornic, igual que su amiga, la gran novelista George Sand, cuyos libros Claire adoraba. Gustave Flaubert también disfrutó del encanto especial de la localidad. Un poco más tarde, en 1910, lo hizo Vladímir Ilích Uliánov, el mismísimo Lenin. Se alojó en un bonito hotel junto a la playa y se dedicó a la pesca de gambas con buitrón.

—¿Qué les puedo ofrecer?

El camarero, un hombre con barba a la moda, les dedicó una amable sonrisa.

—Una taza grande de café con leche, por favor. Y una copa de muscadet.

Claire fue más rápida en contestar que Dupin.

—Y dos cafés para mí, y también una copa de muscadet.

El vino les podría venir muy bien.

Dupin se reclinó en su asiento.

El cielo ofrecía entonces un espectáculo extravagante: unas combinaciones de nubes de apariencia imposible, rebosantes de contradicciones enormes. Estaban las nubes clásicas de buen tiempo, en principio señal segura de días soleados invariables. Las nubes que pendían en lo alto del cielo eran de forma alargada y rotas, delicadas como el cabello de un ángel. Las antagonistas inmediatas del buen tiempo. Al igual que los asombrosos cirrostratos, unas nubes altas y finas como velos, despojaban al sol de su potencia y color. Había también unas abultadas nubes cargadas de lluvia, e incluso se estaban levantando un par de nubarrones enormes. Cumulonimbos. No solo contenían truenos y relámpagos en su interior, sino, como sabía todo buen bretón, sobre todo enormes cantidades de agua, diluvios enteros. Era evidente que a ese cielo las contradicciones le traían sin cuidado, y anunciaba cosas que, de hecho, se excluían entre ellas.

Durante el trayecto apenas se habían cruzado palabra, Claire había estado hablando por teléfono con su amiga Anne, que también era amiga de Cécile, y se lo había contado todo.

—A ver, Georges, ¿por dónde empezamos?

Claire le dirigió una mirada desafiante.

—¿Qué quieres decir?

—¡La investigación, por supuesto! ¿Cómo empezamos?

—¿La investigación?

—Estamos todos de acuerdo en que nos enfrentamos a un asesinato.

Dupin no replicó.

—Además, a partir de mañana vamos a hospedarnos en la finca de Brian Katell. En el Domaine du Lac. Es ideal.

—Claire, no creo que siga funcionando sin más. Además...

—No cerrarán. Imposible. Por otra parte, el asesinato ni siquiera ocurrió allí. —Claire abrió los ojos de par en par—. Tenemos que examinarlo todo, verlo de cerca, hacer interrogatorios. Georges, ¡tú eres el experto! ¿Qué propones? ¿Por dónde empezamos?

—Claire, creo que la investigación está en buenas manos con el comisario de Nantes. Parece una persona muy competente.

Dupin se esforzó por adoptar un tono convincente.

—No estarás hablando en serio, ¿verdad?

Dupin debía ir con cuidado. Conocía esa mirada, esa postura. El peligro era inminente.

—Claire —habló con un tono de voz suave—, aquí yo no puedo investigar. Esta zona no es de mi competencia, no es mi caso. Yo aquí no soy el responsable.

La mirada de Claire se ensombreció.

—¿Estás de broma? Como si alguna vez eso te hubiera importado. Te pasas el día investigando fuera de tu zona. Aber Wrac'h tampoco era de tu jurisdicción.

El último gran caso, una investigación muy compleja.

—Cuando investigo, lo hago siempre de manera oficial. Y en esa ocasión había un buen motivo: en Aber Wrac'h, Labat resultó herido. —Labat era el segundo inspector de Dupin—. Por supuesto que investigamos. El prefecto estuvo de acuerdo. Además, entonces cooperamos con la gendarmería de la zona.

Un argumento impecable y objetivo, se dijo Dupin.

—¿Y qué me dices del muerto de Belle-Île?

—El muerto de Belle-Île —ese había sido el penúltimo caso de Dupin— estaba en nuestra zona cuando fue hallado, así que, según la normativa, el caso era nuestro. —Suspiró—. ¿Qué motivo tengo para investigar aquí?

—¡Pero si tú mismo encuentras siempre el motivo para hacerlo! Además, piensa en nuestras vacaciones en la Costa de Granito Rosa.

Ese era un punto débil. Aquí no tenía mucho que objetar.

—Entonces investigaste por iniciativa propia en una zona totalmente fuera de tu competencia, y, además, de espaldas a mí. ¿Por qué entonces no ibas a poder investigar aquí también?

Dupin la miró sin saber qué hacer.

—La luna de miel es una tapadera perfecta.

Claire hablaba cada vez con más insistencia.

Dupin no entendía nada. ¿Acaso lo estaba poniendo a prueba? Contempló fijamente la expresión de ella.

—¿Qué hay de nuestro pacto, Claire? ¿Eso de que íbamos

a dejar de lado el trabajo, que yo me mantendría al margen de cualquier hecho delictivo?

—Dijimos que excepto en el caso de emergencias absolutas. Y si eso no lo es, entonces ¿qué lo será? Por otra parte, Georges, esta vez investigamos juntos. Eso es algo completamente distinto. Y se trata de mi amiga.

Dupin habló con toda la seriedad que le fue posible:

—Claire, no es posible. Aquí no puedo investigar. ¡Ni por asomo!

Hasta entonces en su carrera policial jamás había dicho algo parecido. Pero lo decía de verdad.

Por su expresión, Claire se había quedado de piedra. Aquello no podía acabar bien. Para colmo, daba la impresión de que en pocos minutos empezaría a llover a cántaros.

—No sería capaz de encontrar ni el menor motivo —Dupin lo intentó de nuevo— que justificara mi participación en la investigación, Claire. De verdad.

Ella pareció reflexionar unos instantes.

—Vale. Entonces, que sea de forma completamente extraoficial. En secreto. Y los dos juntos.

La situación se volvía cada vez más descabellada.

—Claire, si esto saliera a la luz, y acabará sabiéndose, yo me encontraría en una situación muy complicada. Y lo sabes. Podría perderlo todo.

—¿Acaso esto te ha detenido alguna vez cuando algo te importaba?

Una cuestión muy espinosa. Y, además, Claire, por supuesto, tenía razón. La posibilidad de una reprimenda nunca le había impedido saltarse las reglas... cuando algo le había importado.

—Claire, no tendríamos ninguna ayuda. No podríamos contar con nada ni con nadie. Ni siquiera podríamos interrogar a alguien. Nadie estaría obligado a responder ni nos contaría nada. No tendríamos ninguna posibilidad de averiguar nada. No obtendríamos ninguna información. Piénsalo: a estas alturas Lelouche ya sabe cosas que nosotros no sabemos, pero que deberíamos saber.

—Pues en la Costa de Granito Rosa la situación no era distinta.

—Por supuesto que sí. Era completamente diferente, aunque solo fuera porque nadie estaba investigando nada, porque, al principio, ni siquiera había caso...

—Pero luego, sí. Y tú investigaste en paralelo y con independencia del comisario. A plena luz del día. Hablaste con gente, con todos los sospechosos. Siempre con un pretexto u otro, siempre en secreto. ¡Y resolviste el caso! ¡Lo vi con mis propios ojos! ¡Funcionó!

Maldita sea. La situación de Dupin se iba complicando por momentos.

El hombre de la barba apareció entonces con su comanda; se había tomado su tiempo. Lo dejó todo en la mesa y desapareció al instante siguiente.

—Claire, no es posible.

—«No es posible» no es un argumento, sino una capitulación argumentativa.

—Estamos de luna de miel. Ya de por sí es bastante corta. Por una vez en la vida, los dos queríamos disfrutar de unas vacaciones de verdad. Tener tiempo solo para nosotros.

Un intento desesperado de cambiar de estrategia.

—Sigue siendo nuestra luna de miel, y seguiremos disfrutándola. Solo investigaremos un poco para ayudar a una amiga que lo necesita. Yo...

Claire se interrumpió. Al parecer, había tenido una idea.

—¡Cécile! ¡Pues claro! ¡Eso es! Cécile puede hablar con cualquiera sin parecer sospechosa. Lo único que tenemos que hacer es incorporarla al equipo. Esa es la solución. Investigaremos los tres.

La conversación no pudo ir peor; eso era huir del fuego para dar en las brasas.

—Claire, en serio. No va a salir bien. Y acabará en un desastre.

Tenía que hacer algo.

—Por cierto, hay algo que quería decirte: es sobre un pájaro carpintero. Un contumaz pájaro carpintero verde. Está atacando nuestra casa.

Dupin no sabía con certeza si sería buena idea sacar el tema en ese momento, pero tal vez funcionara.

—Nolwenn y Le Ber dicen que se trata de un asunto muy serio. Al parecer tenemos que hacer algo rápidamente. Lo sé desde ayer. Se trata de la estructura del tejado.

—¿Cómo dices?

—Que hay un pájaro carpintero verde que quiere construir su nido en nuestra casa y lleva ya hechos varios agujeros en la madera. Cuatro, para ser precisos.

—¿Cuatro agujeros? ¿En nuestra casa? ¿Ayer?

No debería haber dicho que lo sabía desde ayer. Por lo demás, sin embargo, la maniobra de distracción parecía funcionar a la perfección.

—La señora Claudel llamó ayer, ella…

—¿La señora Claudel? ¿Cuándo?

—Durante la cata de vinos. A última hora de la mañana. Querría habértelo dicho inmediatamente después, pero me olvidé. El grolleau gris, ya sabes.

—¿Lo olvidaste? ¿Olvidaste que nuestra casa está siendo atacada? ¿Cómo es posible?

Claire estaba fuera de sí.

—¿Sabes lo que significa, Georges, que un pájaro carpintero se empeñe en construir un nido en nuestra casa?

Todo el mundo excepto Dupin parecía conocer el peligro que entrañaban los pájaros carpinteros.

Le cayó encima una gota de lluvia gruesa. El cielo, en cambio, estaba un poco más iluminado.

—Los pájaros carpinteros en celo son las criaturas más pertinaces que existen. Los machos, unos animales absurdos, son los que construyen los nidos y, además, hacen siempre más de uno solo para impresionar a las hembras, muy típico... Es un desastre, Georges. Mis abuelos estuvieron a punto de perder toda la casa de este modo.

Estaba claro que abrir ese melón no había sido una buena idea.

—Ayer Le Ber se pasó por casa —Dupin intentó tranquilizarla— para ahuyentar al pájaro.

—Y sé muy bien cómo terminó eso, Georges. En cuanto Le Ber se marchó, el pájaro carpintero volvió. Es lo que siempre hacen. Esto no es una solución.

Claire cogió la copa y se la bebió de un trago.

Dupin hizo lo mismo.

Cada vez caían gotas más gruesas. Claire estaba tan molesta que no parecía reparar en ellas.

—Tenemos que hacer algo de inmediato; cuando volvamos, será demasiado tarde. La única medida de urgencia útil sería instalar una malla tupida. Con una separación suficiente respecto a la madera. Alguien debería instalar esto de inmediato.

Dupin pidió una segunda copa de vino.

—Lo mejor es que lo haga un carpintero. ¡Conocemos a ese tan bueno! El que nos instaló las estanterías. Lo llamaré enseguida.

Sacó el móvil y se levantó.

Las gotas aisladas ahora se habían convertido en un auténtico chaparrón.

Dupin se tomó rápidamente el café.

Aquello era exasperante.

Todo indicaba que el chubasco había remitido y el sol iba encontrando huecos aquí y allá entre las nubes, a través de las cuales procuraba colar la luz festiva del atardecer.

Le 21 estaba a diez minutos a pie. Era un pequeño restaurante situado junto al camino de la costa, sobre una bahía pintoresca, con unas escaleras serpenteantes y empinadas que descendían unos treinta metros. Ya el camino hasta allí era encantador. En la espesura de aquella abundancia botánica, había mansiones escondidas, más discretas que las fincas de Dinard o de otros complejos costeros de lujo, pero llenas de encanto. Como los botes de los pescadores, todas tenían nombres poéticos: Del Monte, Ker Bayu, Ker Tanniou, Aty, Les Bruyères, Villa Rosa o La Tempête. La pintoresca y amplia zona al sur de Pornic se llamaba Gourmalon. En aquel lugar había florecido el veraneo estival junto al Atlántico de la segunda mitad del siglo XIX.

Eran las nueve menos cuarto cuando llegaron a Le 21.

Claire ya lo había organizado todo con el carpintero. Pero había un problema: él no estaría disponible hasta dentro de dos semanas, lo cual, en sí, era casi un milagro, pues por lo general había que esperar meses para acordar una cita con este tipo de profesionales. Excepcionalmente, en esta cuestión, Bretaña no era diferente de cualquier otro lugar del mundo. La cuestión era, por lo tanto: ¿qué hacer hasta entonces? Claire era partidaria de comprar un equipo de música exterior con unos graves potentes para ponerlo en marcha durante el día, cuando no hubiera nadie. Claire había llamado por teléfono al marido de Nolwenn —al que Dupin, por un despiste, había mencionado— para consultarle. En opinión de él, intentarlo merecía la pena. Se ofreció para ocuparse del asunto y comprar e instalar al día siguiente un aparato adecuado. Dupin pensó en la pobre señora Claudel, pero entonces recordó que ya no oía muy bien. Optaron por el rap duro. «Crucemos los dedos para que salga bien, Georges», le había dicho Claire finalmente. La cuestión sobre la investigación no volvió a surgir. Con todo, después ella había salido a dar un largo paseo con Cécile. Y no había regresado hasta las ocho y cuarto.

Dupin, entretanto, había salido a nadar a la bahía donde ya se habían bañado por la mañana. El agua estaba maravillosa, muy agradable. Luego había regresado al hotel y había empezado a tomar el aperitivo. Una botella de vino blanco chenin de la bodega de La Fontaine que ya habían probado antes, durante la cata. En él Claire había percibido el sabor a manzana verde, membrillo y pera.

Dupin se había hecho con la botella, una copa y un libro de cuentos de Maupassant, y había desaparecido entre las viñas. En medio del viñedo encontró un banco. Estaba completamente solo. Las viñas que lo rodeaban estaban repletas de las deliciosas uvas grolleau gris. Las hileras de las vides, dispuestas en rígidas paralelas, creaban unas largas avenidas para la vista llevándola directamente al mar. Este resplandecía solemne en su intenso color verde jade. Un contraste desaforado con la escena sombría que presentaba el cielo, un escenario absolutamente fantástico. Y todo ello, acompañado por ese vino excelente. Dupin debía reconocer que, en algún momento, él mismo había dado vueltas al caso —¿cómo no?—, pero se había apresurado a apartar de sí ese pensamiento.

—Por si acaso, Cécile ha reservado en el interior. Con este tiempo, es muy arriesgado estar en la terraza —había comentado Claire cuando finalmente llegaron delante del restaurante.

A Dupin le habría gustado sentarse fuera, en una de las mesas situadas en el camino frente al restaurante. Pero Claire tenía razón: era más prudente ir a lo seguro. Además, su mesa era la más bonita del restaurante, estaba justo al lado del gran ventanal con vistas al mar. Desde ahí se podía ver la isla Noirmoutier. En aquel atardecer incluso se distinguía la silueta de la población principal de la isla. El verde jade había adquirido a estas alturas un tono ligeramente más oscuro y proporcionaba un ambiente incluso más misterioso.

—Cécile recomienda la *côte de veau* —dijo Claire—. Al parecer, es sensacional.

Tras acompañarlos a la mesa, la dueña de Le 21 les había dejado la carta. Era muy extensa, no tanto por la comida, sino por la impresionante selección de vinos.

—Asan la chuleta de ternera a fuego abierto, con romero y salvia tostados.

Aquello sonaba a gloria y a Dupin se le hizo la boca agua. No habían comido nada desde el desayuno. Entonces cayó en la cuenta del aroma que desprendía el restaurante: olía a romero. En algunas mesas cercanas había unas cacerolas de hierro fundido en las que se servía la *côte de veau*. Era evidente que esa manjar contaba con varios incondicionales.

—Georges, mira los entrantes. ¡Oh! Nems de cigalas. Y hay también, ¡ah!, huevos mollet con trufas y crema de parmesano, u *ormeaux*, orejas de mar, de Île de Groix. ¡Qué maravilla!

Claire parecía estar de muy buen humor. Excelente. Y en el camino hasta ahí el caso no había sido motivo de conversación.

—Yo pediré los huevos con trufas.

Claire dejó el menú sobre la mesa.

—Yo, las orejas de mar.

Era el marisco preferido de Dupin.

—¿Lo acompañamos con el abouriou? ¿Bien frío? Cécile me ha dicho que aquí tienen.

—Desde luego —confirmó el comisario.

—Estoy intrigada. —Claire, al parecer, volvía a estar completamente centrada en la cuestión—. Ayer percibí notas afrutadas de fresa, frambuesa y grosella. Y ninguna acidez. Un intenso rojo oscuro.

De hecho, sacó del bolso su diario de vinos y lo hojeó.

—Sí, exacto. Fresa, frambuesa y grosella.

—¿Han elegido ya? —preguntó amablemente la propietaria.

Hicieron su comanda. Como plato principal, optaron al final por la chuleta de ternera, aunque a Claire también le habría gustado tomar vieiras con puré de chirivías y una salsa *beurre blanc* con dashi, y a Dupin, lenguado a la parrilla.

—Y, de postre, una *omelette norvégienne* para los dos. Es genial. Un postre que ya casi no se hace.

Claire estaba entusiasmada.

—Antes tomaré algo de queso —aclaró Dupin por prudencia.

—Yo también —convino Claire.

—Una elección excelente. Desde luego. —La propietaria los elogió.

—Y una botella de abouriou tinto de La Fontaine, un poco fría.

—¡Señora, usted es una experta!

Otro halago de la propietaria del establecimiento.

—¿Querrán aperitivo?

De hecho, Dupin ya había tomado suficiente aperitivo. Pero Claire aún no.

—Un gin-tonic, por favor.

—¿Ginebra bretona? ¿Una Dizonv?

—Sí, Dizonv —confirmó Claire.

Les gustaba a ambos. Era una combinación exquisita, típicamente bretona, de contrastes feroces: aromas marinos y afrutados de la tierra, todo en una ginebra. Además del enebro, contenía cilantro, raíz de lirio, canela, piel de limón, cardamomo y distintos tipos de algas. Dulzor y salinidad exóticos. Estos contrastes le daban además su nombre: *Dizonv,* cebra. Como la bandera bretona, franjas blancas y negras.

—Para mí también, por favor. —Dupin no supo resistirse a esa tentación.

—Perfecto.

Al instante, la propietaria del restaurante ya había desaparecido.

—Bien. —Claire se enderezó en su asiento. De pronto, su mirada, su porte y su voz cambiaron por completo—. Cécile ya se ha ocupado de nuestro alojamiento en el Domaine du Lac. Vamos a poder quedarnos allí, tal y como estaba previsto. No cierran. Así pues, podremos actuar sin levantar sospechas. Y charlar un poco con todo el mundo. En cualquier caso, sugiero que mantengamos también nuestra habitación en La Fontaine; así tendremos toda la libertad que necesitemos.

Dupin entonces también se había enderezado.

—Claire, ya hemos hablado de esto antes. Aquí yo no puedo investigar.

—Tú solo no, pero los tres juntos, sí. Ya lo he hablado todo con Cécile. —Actuaba con soltura—. Debe de estar al llegar. Así podremos hablar de todo con más detalle.

—¿Cécile va a cenar con nosotros? ¿Ahora?

—¿Quieres que cene sola después de un día como este?

—Yo... Seguro que tiene otras amistades.

—No me puedes estar hablando en serio, Georges.

En realidad, sí.

—Bueno, me alegra que cene con nosotros. —Debía centrarse en el punto decisivo—. Pero no podemos investigar, Claire. Juntos tampoco.

—Entonces lo haremos ella y yo solas.

Aquello ahora ya no tenía solución.

—¡Claire!

—Se trata de una de mis mejores amigas.

Le dedicó su sonrisa encantadora, lo que significaba que estaba dispuesta a ir a por todas.

—¡Normalmente sueles acabar una investigación en muy poco tiempo! De todos modos, seguiremos disfrutando estos días aquí, te lo prometo.

De nuevo esa sonrisa.

—Claire, nosotros…

—¡Aquí estoy! Perdonad, me he retrasado un poco.

Cécile. Con el mismo vestido de color lila que al mediodía. Llevaba el pelo suelto, mostrando así hasta qué punto el rojo de su cabellera se convertía en cobrizo oscuro. Pintalabios del mismo tono. Ojos oscuros, impenetrables, en los que, a pesar del rímel impecable, se reflejaba el pesar.

Tomó asiento y se volvió hacia Dupin.

—Oh, Georges. Te estoy infinitamente agradecida. Soy incapaz incluso de expresarlo con palabras. ¡Que tú hagas esto por mí!

En su mirada se advertía un alivio genuino.

—El caso está en buenas manos con el comisario Lelouche, Cécile, de eso estoy seguro. Y, además, cuenta con el apoyo de todo el aparato policial de Nantes. Perfectamente formados, experimentados, con una dotación impecable. Es una comisaría que tiene una excelente reputación.

—Tanto mejor. De este modo habrá dos equipos trabajando en el caso —repuso Claire en tono conciliador—. Georges, no recelamos ni de la policía de Nantes ni del comisario: es solo que sabemos que tú eres el mejor.

Desde luego, Claire no paraba en mientes.

—Además, sabemos que tú no crees que se pueda tratar de un accidente de caza —añadió Cécile con una mirada furiosa—. Eso es una patraña.

—Siempre es recomendable… —Dupin se interrumpió. Era inútil.

—¿No es cierto que las probabilidades de resolver un crimen disminuyen con cada hora transcurrida, Georges?

Cécile se sirvió un poco de agua.

Eso era lo que tenían que oír los profesionales cuando los medios de comunicación tomaban datos sueltos de las estadísticas de delincuencia que luego adoptaban también un sinfín de *thrillers* y series policiacas…

—Exacto, eso es —corroboró Claire sin más—. Así pues, deberíamos ponernos manos a la obra de inmediato. Le he pedido a Cécile que nos haga una lista de las personas con las que Brian se relacionaba de manera estrecha. Tanto en el plano personal como en la bodega.

Claire volvió la mirada hacia Cécile, que inmediatamente sacó un cuaderno.

—Ya está hecha.

Cécile mostró una página doble. Allí había creado una tabla completa con nombres de personas.

—*Et voilà!* —La propietaria del restaurante regresó con las bebidas—. ¡Ah, Cécile! No te he visto llegar.

Se abrazaron.

—Eso de Brian es terrible. No me lo puedo creer. —Parecía profundamente afectada—. Lo siento mucho.

—Gracias. Yo…

A Cécile se le quebró la voz. Estaba emocionada en lo más profundo de su corazón.

—Sin ti, él era incapaz de vivir —añadió la dueña de Le 21—. Te lo dije siempre. Si nadie se ocupa de él…

Esas palabras resultaron involuntariamente tétricas.

—Primero te traeré un vaso de tu whisky favorito. Uno doble.

La propietaria del restaurante desapareció.

—Bien, pues… Las personas de la vida de Brian.

Cécile había vuelto a tomar asiento y parecía centrada.

—Me parece que me he acordado de todos; de hecho, no son muchos: está Anne-Sophie Joly, de treinta y cinco años, su pareja desde hace tres. Es hija de Jérôme Joly, el competidor más feroz de la bodega de Brian.

Ahora Cécile hacía referencia por fin a la competencia; antes lo había relativizado todo.

—Es la enóloga jefe de la empresa familiar, Château Joly. No muy lejos de Bouaye. Sabe lo que quiere. Es una mujer muy inteligente. Se dice que la causa de las rencillas entre los Joly y los Katell fue una aventura entre un Katell y la esposa de un Joly. A finales del siglo XIX. Sin embargo, al cabo de unas décadas, ya nadie sabía por qué realmente estaban reñidos. Es lo que tienen este tipo de historias. Todo gira en torno a ¿quién tiene el *château* más bonito, la finca más grande, la mejor reputación? ¿Quién tiene la bodega más exquisita? Y cosas por el estilo.

—No estoy seguro —intervino Dupin— de si nosotros…

—¡Georges! ¿Por qué no dejas que antes Cécile nos los presente a todos? Luego tú ya nos explicarás cómo abordar un caso así.

—Así pues, sigamos con los Joly. —Cécile retomó el hilo rápidamente—. Jérôme Joly, setenta y dos años, el rival.

Sonó como si dijera «El Padrino».

—El propietario único del Château Joly, un auténtico patriarca. Autoritario, malhumorado, gruñón. De mucho éxito. Divorciado. Cuatro hijos. Excepto Anne-Sophie, ninguno de los demás tiene nada que ver con el vino. Están repartidos por toda Francia. Poco después de que los hijos se emanciparan, Joly se separó de su esposa. Por cierto, estudió en el mismo colegio que el padre de Brian, incluso fueron a la misma clase.

Cécile había sacado un bolígrafo. De nuevo, Dupin hizo el ademán de querer intervenir, pero finalmente se abstuvo.

—Bien, cuatro cosas sobre el mejor amigo de Brian desde la escuela, y que estuvo también en la pequeña fiesta de anoche. Alain Chevrier. Arquitecto y carpintero, con un taller de carpintería propio en Saint-Philbert-de-Grand-Lieu. Heredó una casa que luego vendió. Él y Brian siempre estaban tramando ideas juntos, pero hasta ahora no habían llevado a cabo ninguna. Actualmente, estaban decididos a cambiar esto. Brian quería construir un bar de vinos en la parcela que tiene detrás de su bodega, todo de madera y cristal. Las obras ya están muy avanzadas, ya lo veréis. Además también os puedo mostrar los planos.

—Desde luego.

Claire parecía muy satisfecha, le encantaban las remodelaciones, los proyectos arquitectónicos de todo tipo.

—En cualquier caso, en el edificio principal era preciso hacer algunas obras, sobre todo en las bóvedas de la bodega, que es un pequeño laberinto de pasillos y cámaras. Como todo el edificio, datan de 1802. Desde hace algún tiempo hay algunos puntos que presentan problemas de humedad.

Se frotó las sienes.

—No os podéis imaginar lo caro y complicado que es todo eso. Yo lo sé. En su tiempo, esas bodegas se construyeron sin seguir ninguna normativa y toda la estructura portante es de madera. En algún momento habrá que dar esas bóvedas por perdidas o restaurarlas por completo. Reconstruirlas, por así decirlo. Brian inició esta labor. Ahora estaba a punto de terminar. Yo empecé hace dos años y todavía no he terminado. Yo... —Se interrumpió—. Brian aprovechó la oportunidad para modificar un par de cosas de la estructura. Ahora hay un nuevo acceso a la bodega; de este modo, la sala de catas estará conectada al bar de vinos. Va a ser fabuloso.

Daba la impresión de que a Cécile le gustaban esas novedades.

—La intención era que ese bar se convirtiera además en una especie de tienda insignia. Se habían previsto varias.

Una en Bouaye, por ejemplo, pero también en Pornic e incluso en Nantes. Años atrás, Brian decidió operar de un modo más directo, con menos distribuidores y restaurantes. Odiaba a los intermediarios. Alain ideó el diseño de las tiendas y tenía previsto construirlas. Quería participar económicamente, pero no tengo ni idea de cómo. Ni tampoco sé hasta qué punto estaba avanzada la cuestión de los demás bares de vinos.

—Lo averiguaremos —dijo Claire.

Una vez más, Dupin tuvo que morderse la lengua para no hablar.

—Brian era capaz de obsesionarse de verdad por esas ideas. Pero, en fin, centrémonos en la bodega en sí —prosiguió Cécile—. Aquí se trata principalmente de tres personas, creo.

Señaló la tabla que había elaborado.

—Jules Marchand, sesenta y nueve años, empleado como administrador, viene a ser algo así como el director del Domaine du Lac. Ya lo conocéis. Ya trabajaba para el padre de Brian. La bodega es su vida. Su esposa falleció hace pocos años. Su hijo es Laurent Marchand, treinta y dos años, lleva siete colaborando y se supone que poco a poco tomará el relevo del padre. Brian sentía un gran aprecio por él. Él, bueno, de hecho, el Domaine, le sufragó parte de los estudios. Ha estudiado en el famoso Institut des Sciences de la Vigne et du Vin de Burdeos.

—Georges, ¿no tomas notas? ¿Dónde tienes tu Clairefontaine?

—Yo…

—Se puede quedar con mi lista, Claire.

Apenas hubo dicho esto, y antes de que Dupin pudiera objetar nada, Cécile arrancó la doble página de su libreta y la colocó en la mesa delante de Dupin.

—La siguiente: Emily Pic, veintinueve años. Apenas lleva

dos en la empresa. No la conozco muy bien. Según parece, es una enóloga joven, excelente y, además, muy inteligente. Admite con franqueza que tiene grandes planes. Quiere montar su propia bodega. Brian estaba muy impresionado por ella. A mí me parece demasiado ambiciosa, pero bueno. También fue alumna de una prestigiosa escuela de Burdeos, la École Nationale Supérieure des Sciences Agronomiques.

Cécile estaba muy bien informada.

—Y, para terminar, Damien Dantec, cuarenta y cuatro años. El flamante director de marketing y ventas. Desde hace un año. Un espanto de persona. También Brian llegó a pensar eso mismo. De hecho, quería despedirlo. Un bocazas sin sustancia, aunque él se tiene por una persona absolutamente fabulosa. No hace más que hablar del «producto» y los «consumidores», pero lo cierto es que de vino no tiene ni idea. Brian no lo soportaba, cosa que no me extraña nada.

De pronto, Cécile apartó la mirada y contempló un rato el mar por ventana. De nuevo, parecía embargada por el dolor. A continuación volvió la vista hacia Claire y Dupin.

—Realmente es una lástima que no llegarais a conocer a Brian. Era un apasionado. Con una energía titánica.

Dupin se dio cuenta de que ella tenía lágrimas en los ojos.

—Muchos lo tomaban por ingenuo y, de hecho, lo era. Pero eso daba igual. Con su energía era capaz de torcer la realidad, haciendo posibles cosas que, en sí, no lo eran.

A Dupin le dio la impresión de que ella seguía enamorada de él.

—¿En qué punto estaba la cuestión del despido? ¿Ese director de marketing y ventas ya tenía conocimiento de ello? —preguntó Claire.

—Por desgracia, no lo sé. En todo caso, ya habían tenido

varias charlas serias. Ese tipo de cosas a Brian le cuestan, bueno, le costaban mucho.

Hizo una pausa.

—Olvidé comentárselo al comisario Lelouche. El asunto de Damien Dantec era un conflicto de verdad. De todos modos, realmente él es la única persona que se me ocurre con la que Brian estaba enfrentado.

Otra pausa.

—Lelouche lo averiguará de otro modo.

Claire, evidentemente, se sentía en la obligación de tranquilizar a su amiga, pero eso que decía era, de hecho, del todo inaceptable.

—¿Qué pasará ahora con el Domaine du Lac? ¿Quién lo heredará? ¿Quién se hará cargo de la gestión?

A Dupin se le escapó la pregunta sin querer. Como si fuera un reflejo. Se enojó consigo mismo.

—Bueno, el comisario ya lo debe de saber a estas alturas. —Dupin intentó aplacar el impulso investigador.

—Es una buena pregunta. —Claire hizo oídos sordos a ese intento.

Una arruga asomó en la frente de Cécile.

—La verdad, no tengo la menor idea. Conociendo a Brian, no creo que hubiera dispuesto nada. ¿Qué ocurre en estos casos?

Dirigió la mirada hacia Dupin.

—¿Cuando no hay testamento?

—Ni descendencia —puntualizó Claire—, ni familia ni cónyuge.

—Cuando un tribunal sucesorio constata de forma oficial que no hay testamento ni herederos legales, se emite una declaración de herencia a favor del Estado. —Dupin, evidentemente, estaba familiarizado con esos casos—. Entonces el departamento se convertiría en heredero de la totalidad del patrimonio. Ello incluiría los activos en efectivo y demás posesiones, como vehículos y otros objetos personales. Todo esto se pondría a la venta. En principio, para pagar posibles deudas que hubiera pendientes. Y también los gastos funerarios. Con frecuencia, los departamentos ponen esos bienes a subasta. Ocurre más a menudo de lo que se piensa.

—Pero eso es tremendo. —Claire estaba horrorizada—. Entonces ¿el Domaine saldría a la venta? ¿Se subastaría? ¿Y sanseacabó?

—Eso es —confirmó Dupin—. Pero seguramente esto no sería el final de la bodega. Posiblemente, otro viticultor la compraría y seguiría dirigiéndola.

—Así pues, al final, la bodega incluso podría ir a parar al peor de sus competidores, al viejo Joly. ¿Qué sería de la tradición familiar de más de doscientos años, de todo el trabajo de varias generaciones? Qué triste.

—Y precisamente por este motivo, seguro que Brian Katell había hecho testamento.

A Dupin no le cabía duda alguna.

—Yo no estaría tan segura de eso —objetó Cécile—. A Brian no le gustaba nada el tema de la muerte. Se negaba categóricamente a hablar de ello. De todos modos, hasta nuestro divorcio no hubo testamento, yo conocía nuestros documentos y los suyos mejor que él mismo.

—Tal vez el divorcio fuera la ocasión para hacer testamento por fin.

Dupin sabía que era algo que solía pasar.

—¿Teníais un acuerdo de separación de bienes? ¿Capitulaciones matrimoniales? —preguntó Claire sin andarse con rodeos.

—Por supuesto. La bodega siguió siendo propiedad exclusiva de Brian. Es algo que yo, como es obvio, entendí perfectamente. Y no lo habría querido de otro modo. El patrimonio familiar antiguo debe quedar en manos de una sola persona. Igual que en el caso de mi Fontaine aux Bretons. De todos modos, Brian me hizo llegar una suma muy razonable después del divorcio. Era tremendamente generoso. De un modo que casi resultaba problemático. Pero, de alguna manera —ella sonrió—, siempre hubo dinero suficiente.

Dupin se abstuvo de hacer más preguntas.

—Eso sería un motivo ideal. Para Jérôme Joly, quiero decir. —Claire estaba absolutamente entusiasmada—. Él sabía que no había herederos ni testamento. Entonces, mata al último Katell para comprar el Domaine du Lac en una subasta y luego unirlo a su Château Joly. Así, al cabo de dos siglos, pondría fin a la disputa familiar con un triunfo espectacular, la extinción completa de su competidor.

Era casi alarmante, Dupin no conocía esa faceta de Claire.

—Podría llamar al notario que lleva los asuntos de Brian.

Cécile parecía dispuesta a hacerlo de inmediato.

—Lo meterías en una situación muy delicada, Cécile.

Llegados a este punto, Dupin tenía que intervenir.

—A un notario no le está permitido hacer ni siquiera una insinuación antes de la apertura oficial del testamento. Por lo general no puede, pero mucho menos si se ha producido un crimen. Incluso estaría obligado a notificar a la policía que le has preguntado al respecto.

—Vale, ¿y qué? —replicó Claire.

—Georges tiene razón. Eso no me haría ninguna gracia, Claire.

Dupin se sintió aliviado.

—Bien, manos a la obra. —Claire se volvió hacia Dupin—. Georges, ¿cómo se empieza con una investigación como esta? ¿Qué es lo primero que hay que hacer?

Dupin no pudo evitarlo, tenía que poner las cartas sobre la mesa:

—Claire, no es posible, nosotros…

—Y Nolwenn, ¿qué dice? —Claire había inclinado la cabeza a un lado. Por lo general, esto significaba una cosa: ataque.

—¿Qué quieres decir con eso?

—Pues eso, que qué opina Nolwenn de este asunto. Si deberías o no investigar aquí de forma extraoficial.

—No he hablado con Nolwenn sobre esto. —Dupin se apresuró a añadir—: Porque no tengo que tratar este asunto con ella. Además, sé lo que diría.

—¿Ah, sí? Pues llámala.

—¿Ahora?

—Sí.

—Y, si lo hago, ¿aceptarás lo que ella diga?

—Lo aceptaré.

Claire no demostró ni la menor vacilación.

—De acuerdo.

Nolwenn era capaz de todo tipo de desvaríos, pero incluso para ella eso era excesivo. Aunque solo fuera porque sabía muy bien las consecuencias en caso de que se llegara a saber algo de una investigación llevada por cuenta propia. Además, Dupin podía poner en peligro a otras personas y a sí mismo. Eso le podría crear graves dificultades. Además, ella le había insistido mucho en que dejara de lado el trabajo durante la luna de miel. Dupin no albergaba ninguna duda sobre lo que iba a decir Nolwenn.

Dupin salió por la puerta de Le 21 y anduvo por el camino de la costa en dirección a Pornic, donde entre la frondosa vegetación permanecían ocultas aún más mansiones. En el horizonte, la luz del sol del atardecer se abría paso en el sombrío cielo nublado. Una banda estrecha de tono rosado.

—¡Ah! ¡Señor comisario!

Un tono de voz peculiar. Al momento, Dupin se sintió un poco incómodo.

—*Bonsoir,* Nolwenn.

No sabía cómo abordar ese asunto. En cualquier caso, no estaba dispuesto a soltarlo a bocajarro. ¿Por qué había permitido que aquello llegara tan lejos?

—Quería saber si tenía alguna noticia sobre el pájaro carpintero. Hemos…

—¡Pues claro que investigará! ¡De forma encubierta, señor comisario!

Pocas veces Dupin había oído a Nolwenn adoptar un tono tan implacable.

—¡Y además usted se emplearía a fondo! ¿Usted sabe lo bueno que está el vino que Brian Katell y su familia han logrado crear durante todas esas décadas? Es una auténtica maravilla. A un artista como ese nadie le puede volar la cabeza. ¡Era todo un icono bretón!

Dupin se quedó quieto, paralizado. No podía ser cierto.

—Pero Nolwenn…

—¡No querrá usted decepcionar a su esposa! ¡Ni a Cécile Cast! También ella es una artista. Su grolleau gris es una obra maestra.

Era de locos.

—Usted ha hablado con Claire, Nolwenn. ¡Admítalo!

—¡Qué tontería! Con Cécile Cast. Es una conocida mía.

Eso era algo que Dupin no sabía.

—Una mujer extraordinaria. El mundo del vino aún está en manos de demasiados hombres. ¡Eso nunca es bueno!

Nolwenn adoptó un tono combativo.

—¡Pero Cécile ya se encarga de demostrarlo! Lo que está creando en La Fontaine abre nuevas perspectivas.

—A mí me parece que el comisario Lelouche sabe lo que se hace —intentó argüir Dupin.

—¡Mejor aún! —Nolwenn no se dejó confundir—. Nadie piensa que sea malo, aunque sí es un bicho raro. Pero eso ya se sabe, es comisario.

Hizo una breve pausa.

—Usted no le entorpecerá su labor ni lo engañará. Simplemente, reflexionará en el caso, como él. A fin de cuentas, usted tiene este don, no puede evitarlo. Es el mejor. Con todo, un don especial conlleva siempre una responsabilidad especial. Y usted, señor comisario, no querrá eludirla, ¿verdad?

Nolwenn puso toda la carne en el asador.

—¡Solo tiene que activar sus células grises! Examinar, reflexionar... Nada más. Al final, le puede dar un chivatazo anónimo a Lelouche y mantenerse por completo en segundo plano. Le Ber, Labat, Le Menn, Nevou y yo estamos, por supuesto, a su completa disposición. Esto también, por supuesto, de forma totalmente extraoficial.

Dupin volvió a emprender la marcha. Pero, esta vez, en dirección contraria, de regreso a Le 21. Necesitó un tiempo hasta reaccionar.

—¿Examinar, reflexionar?

—Eso es. Nada más, pero tampoco nada menos.

—¿Y qué hay de la luna de miel?

—¿Qué le puedo decir? A veces la vida exige cierta flexibilidad.

Habitualmente, Nolwenn solía abogar por mantener la espalda bien recta.

—Una aventura así une a las personas. Piense en lo que significa para Claire que usted ayude a su amiga.

Dupin volvió a guardar silencio durante un rato, y luego murmuró resignado:

—Examinar, reflexionar.

—¡Estupendo! Así pues, estamos de acuerdo.

—¡Solo eso, Nolwenn!

—Solo eso.

—Vale —gruñó Dupin.

Claire había ganado.

Al cabo de cuatro minutos volvió a tomar asiento en su mesa de Le 21.

El tercer día

La finca Domaine du Lac era un lugar de ensueño. Un lugar absolutamente espléndido en todos y cada uno de sus detalles.

Estaba rodeada de viñedos. Un único camino estrecho recorría las viñas hasta llegar a un gran patio. El muro que lo delimitaba era bajo, dejando así la vista despejada sobre el campo de vides. Grava fina en el suelo, en una cantidad tan generosa que los cuatro coches aparcados en el patio —entre ellos, un pequeño Peugeot de la policía— habían dejado unos surcos profundos en ella. A Dupin le gustaba el crujido de los neumáticos en la grava. Cancela de madera pintada de blanco inmaculado, letrero discreto en negro mate: DOMAINE DU LAC, letras blancas elegantes. Ventanas grandes, enmarcadas también en blanco, con contraventanas de madera de color verde menta. Enfrente estaba el edificio principal al que había aludido Cécile. A izquierda y derecha, dos anexos de forma alargada, de construcción más reciente, sin duda también centenarios. Todo ello, como era habitual en la zona, de un solo piso y tejado plano hecho con ladrillos redondeados. Tono pardo rojizo, el color básico de toda la bahía. En la Bretaña, el suelo, el granito, la pizarra o, en aquel lugar, la arcilla, determinaban no solo la naturaleza, sino también el entorno humano: el aspecto de las casas, las aldeas, los pueblos, las ciudades, los muros de los jardines, los suelos de las terrazas.

En su conjunto, los edificios dibujaban una gran U, en cuyo lado derecho había además dos anexos. Estaban revestidos con unos grandes paneles de antracita mate, muy sencillos, muy elegantes. Las sacrosantas plantas de producción, supuso Dupin. El lugar donde se elaboraba el delicioso muscadet que ya habían probado. Prácticamente todas las fachadas estaban cubiertas de vid silvestre. Las uvas ahí parecían maduras, estaban abultadas y eran tan abundantes que uno se preguntaba cómo los zarcillos de la planta podían sostenerlas. El contorno vegetal en las ventanas, las contraventanas y las puertas estaba primorosamente podado. Frente al edificio de la izquierda, en medio del ambiente luminoso y alegre de aquel patio, había una mesa de madera con un par de bancos de cervecería.

Era mediodía.

Dupin apagó el motor. Hacía tiempo que oía unos pequeños chirridos al arrancar y apagar. Tenía que llevarlo al taller.

Claire salió del coche y se encaminó hacia la entrada, algo elevada, del edificio principal. Dupin la siguió con la maleta.

Cuando alcanzaron los imponentes escalones de piedra que se elevaban a derecha e izquierda, la puerta maciza se abrió y apareció Jules Marchand. El administrador. Seguramente había oído llegar el coche.

—Bueno, pues, bienvenidos a Domaine du Lac. —Adoptó una expresión grave—. Esperemos que se encuentren a gusto con nosotros a pesar de las circunstancias.

Marchand llevaba una chaqueta de lino gris y arrugada. Además parecía más bajo de lo que Dupin recordaba. Y algo más grueso. Al andar arrastraba un poco los pies.

—Estoy completamente segura.

El tono de Claire sonó un tanto desafiante, pero tal vez fuera algo que solo percibió Dupin.

Habían llegado frente a la puerta principal, que estaba

abierta, con Jules Marchand a su lado, el cual, sin embargo, no hacía el menor ademán de ir a entrar. Junto a la puerta había una mesita de madera con una botella de vino.

—Ustedes son nuestros únicos huéspedes. La pareja de Toulouse que se alojaba con nosotros se ha ido esta mañana a primera hora. Por culpa del «horrible asesinato», que es como hablan de ello en las noticias. También estaban de luna de miel.

Las palabras sonaron a reproche. De todos modos, Dupin entendía a la pareja. Los asesinatos y las lunas de miel no iban de la mano.

—Esta mañana ha habido una reunión de todo el personal. Hemos acordado mantener la finca y las habitaciones para huéspedes abiertas. Lo único que no se hará serán las catas. Evidentemente, ayer lo cancelamos todo.

—Entonces ¿la mayor parte de cosas siguen como siempre? —quiso saber Claire.

—¡Oh, sí! Sin duda, es lo que el señor Katell habría querido. La vendimia está en marcha. Aunque la muerte repentina del señor Katell nos ha conmocionado a todos profundamente, a algunos nos servirá de ayuda seguir adelante con nuestras ocupaciones y rutinas cotidianas.

Un hombre sabio, se dijo Dupin.

—El señor Katell trabajó siempre para estas bodegas, lo eran todo para él. Nunca descansaba.

—Llega un momento en que todos tenemos que descansar —dijo en voz alta Claire casi sin querer.

Jules Marchand ignoró el comentario.

—Yo me imagino… —bajó la voz y dirigió a Dupin una mirada difícil de interpretar— que usted tendrá intención de averiguar lo que ha ocurrido. Me he informado un poco y me han dicho que tiene fama de investigar incluso más allá de su zona de competencia.

—En absoluto, señor. Yo no tengo nada que ver con ninguna investigación —se defendió Dupin—. Estamos de luna de miel. Y eso es todo.

—Claro, claro. Lo que usted diga. —El administrador sacó la botella de la nevera—. Nuestra bienvenida incluye la degustación de una copa de nuestro vino. Así, antes incluso de cruzar el umbral, ya pueden paladear la esencia de nuestra bodega. Nuestro *terroir.* Y nuestro *savoir-faire.*

—Una idea muy bonita —comentó Claire.

Dupin no podía más que estar de acuerdo.

Marchand llenó dos copas generosamente.

—Nuestro mejor muscadet. Para ustedes. Sean bienvenidos.

Con un gesto algo mecánico les ofreció las copas a Claire y Dupin.

—Gracias.

Claire tomó un sorbo. Dupin hizo lo mismo.

—Delicioso. Absolutamente delicioso. —Claire estaba entusiasmada—. Noto un ligero toque de kiwi.

Dupin también. Muy poco. Con esfuerzo.

Marchand no dijo nada y aguardó unos instantes.

—Bien, pues, les mostraré su habitación. Si lo desean, por la tarde también les puedo enseñar la propiedad. Y el anexo que estamos construyendo. La zona de las obras. —De nuevo sus palabras rezumaban orgullo—. Ahora ya se intuye el aspecto que tendrá. Con suerte, puede que encuentren a Alain Chevrier, el arquitecto que ha diseñado el bar de vinos y que también se encarga de dirigir las obras.

—Eso sería genial —retomó el hilo inmediatamente Claire—. Así nos podrá hablar un poco de eso.

Dupin se dijo que ella tenía una actitud bastante belicosa.

—Si quieren comer algo, hay un par de restaurantes sencillos aquí cerca, en Bouaye. Y una crepería excelente, À Deux Pas du Lac.

—Oh, unas *crêpes* nos irán muy bien —dijo Claire.

Por la noche cenarían como es debido. Habían quedado con Cécile en un restaurante de Pornic. En palabras de Claire: «Durante el día, cada uno investiga por su cuenta y, de noche, cenamos juntos y nos ponemos al corriente». Dupin no estaba nada contento con la situación. Pero tal vez al final todo resultara mucho más inofensivo de lo esperado. Puede que todo quedara en nada. O que el comisario de Nantes resolviera el caso con rapidez.

Claire tomó el último sorbo. Dupin hizo lo mismo. Dejaron las copas y Jules Marchand cruzó el umbral.

—Su habitación está aquí, en el edificio principal. En el primer piso. En el ala izquierda. Mi vivienda está en la planta baja. Mi familia lleva viviendo aquí desde hace más de ochenta años. Aparte de Brian Katell, somos los únicos que vivimos aquí.

—¿Por qué dice «somos»? —preguntó Claire.

—Mi hijo y yo.

Atravesaron el vestíbulo. Tarimas de madera vieja y oscura en el suelo, paredes encaladas, pasillos largos y estrechos a izquierda y derecha. Enfrente, una escalera hacia el piso superior.

—¿Quién se encarga aquí de la cata de vinos? ¿Acaso lo hacía Brian Katell? —preguntó Claire.

—Emily Pic, una joven enóloga.

Subieron las escaleras. Dupin cargaba la pesada maleta de Claire, en la que habían metido sus cosas para los días que pasarían en el Domaine du Lac. La maleta de Dupin la habían dejado en la finca de Cécile.

—¿Y ella también…?

La interrumpió una llamada de su móvil. Echó un vistazo a la pantalla.

—¡Tu madre!

—¿Mi madre?

—¿Por qué me llamará a mí y no a ti?

Dupin se encogió de hombros.

—No contestes, deja que suene. Ella…

—*Bonjour*, Anna. ¿Cómo estás?

Claire respondió con rapidez. Se quedó un rato escuchando.

—Sí, estamos muy bien. Gracias. Lo estamos disfrutando mucho, sobre todo, claro está, el vino.

Ya habían llegado al primer piso y seguían al administrador por los pasillos.

—No, no. Nuestra habitación en el Domaine du Lac es muy bonita. Es…

Claire, claramente, había vuelto a ser interrumpida.

—Sí, una habitación, exacto. En medio de las viñas, en una zona de muscadet, junto al lago de Grand-…

Una nueva interrupción.

Atravesaron un largo pasillo.

—No te preocupes. Es absolutamente adecuado… No. No lo necesitamos. De verdad. No… ¡No, el Grand Hôtel de La Baule no es para nosotros! En absoluto.

El administrador se detuvo ante la última puerta y la abrió.

—No, ahí no nos sentiríamos para nada a gusto.

Dupin supuso de qué se trataba. Con buen motivo, él no le había dado ningún detalle sobre el viaje a su madre, una mujer tremendamente aburguesada. De hecho, ya cuando él le había anunciado su boda, ella les había hecho saber que quería regalarles el viaje de novios. «Algo inolvidable». Su idea: una pequeña isla privada junto a Saint-Barth, un resort minúsculo de gran lujo que iba incluso más allá de la categoría de estrellas. Ella había pasado algún tiempo en Martinica por una relación amorosa que había terminado el año anterior. Hacía mucho tiempo que el padre de Dupin había fallecido. «Muy bien, entonces, haced lo que queráis», les había dicho ofendida cuando Claire y Dupin se negaron, al principio de forma educada, luego cada vez con más vehemencia. «Pero, en ese caso, que sea en los hoteles castillo más bellos del Loira», les había exigido cuando le hablaron de su plan de visitar viñedos. Solo calló cuando ellos también rechazaron eso de forma decidida.

—No, Anna, no. Definitivamente, no. Y no se hable más.

Claire no perdió los nervios al teléfono. Por lo general, no se dejaba alterar por nada. Era ella la que hacía perder los nervios a los demás, volviéndolos locos a veces. Dupin ya lo había experimentado.

—Acabamos de llegar a la habitación. Tengo que colgarte enseguida.

Claire y Dupin habían entrado en el dormitorio detrás del administrador.

—Sí, es muy bonito… No, no hay suites… No. Ni spa, ni piscina, ni bar ni mayordomos. Pero sí tiene agua corriente. E inodoro con cisterna. No, no puedo pasar el teléfono a Georges, sigue abajo, en recepción. Hasta pronto, *au revoir.*

Colgó al instante. Y miró a su alrededor.

—¡Qué bonito es esto!

Dupin le dio la razón.

—Y las vistas son magníficas.

Claire se había acercado a un gran ventanal.

—Eso de ahí al fondo, ¿es el lago?

Una superficie plateada y azulada que parecía estar flotando.

—Así es. —Marchand se había puesto a su lado—. Esta es la habitación con mejores vistas —dijo con orgullo—. Se dice que en la noche de Navidad, las ruinas de la ciudad hundida de Herbauges asoman en el lago.

—¿Por qué se hundió? —quiso saber Claire.

A Dupin esa pregunta le pareció una imprudencia. A fin de cuentas, todos los bretones llevan dentro de sí un narrador de historias...

—Sus habitantes se negaron a convertirse al Dios cristiano. Más de una docena de misioneros habían fracasado miserablemente en ese empeño. Entonces, en el año 555, el obispo de Tours recibió el encargo del mismísimo papa. El nombre del obispo: san Martín.

Hizo una breve pausa.

—Pero los habitantes también se negaron a ser convertidos y le propinaron una paliza. Solo una pareja devota lo acogió. Sin embargo, Dios se horrorizó y quiso vengarse. Envió un ángel que anunció que, como castigo, un diluvio acabaría con la ciudad y sus habitantes paganos y que solo se salvarían Martín y la pareja. Les dijo que se marcharan de inmediato y que no se dieran la vuelta ni una sola vez, pasara lo que pasase.

Dupin tuvo la sensación de estar oyendo a Le Ber.

—Los tres huyeron en el acto. Del cielo cayeron masas inmensas de agua, los muros se rompieron y todas las casas fueron destruidas. La pareja miró asustada a su alrededor, y quedó convertida en piedra. Solo san Martín tuvo suficiente fe en Dios para librarse de la catástrofe.

Marchand señaló hacia el oeste.

—En Pont-Saint-Martin, la localidad que lleva su nombre, podrán ver a la pareja, pues allí se alzan dos menhires. La ciudad se encuentra en el fondo del lago, cubierta de barro y arcilla. Sus habitantes de entonces se conservan en el barro para toda la eternidad. Cuando reina la calma por la noche se oyen sus gritos de desesperación.

El administrador suspiró, daba la impresión de que incluso él se había conmovido con su relato. Era una historia tremenda.

Claire no parecía tener la menor intención de gastar saliva hablando de la llamada telefónica con la madre de Dupin, lo que alegró al comisario. Él había dejado la maleta en el suelo.

El paisaje era, ciertamente, magnífico. Viñedos, seguidos de prados con la hierba alta y de color verde intenso, bosquecillos dispersos aquí y allá. Y detrás el lago. Una tranquilidad perfecta. Ahí uno tenía la impresión de encontrarse lejos de todo. A pesar de ello, apenas distaban unos pocos kilómetros hasta la bulliciosa ciudad de Nantes.

—Me han dicho —Claire se dirigió a Marchand— que el señor Dantec va a abandonar la bodega. En la situación actual, eso debe de ser muy molesto, ¿no?

Ella esbozó su mejor sonrisa.

—¿Qué quiere decir?

El señor Marchand parecía claramente desconcertado.

—Según parece, Brian Katell estaba muy descontento con él.

—¿Quién le ha dicho tal cosa?

—Ay, no le sabría decir. —Claire fingió inocencia—. Alguien me lo dijo ayer.

—Yo…, bueno, sí, es verdad: no se llevaban bien entre ellos. En absoluto. Eso se hizo evidente muy pronto. Al poco tiempo, el señor Katell me lo confió. Pero para entonces yo, claro está, ya me había dado cuenta.

Era evidente que el administrador quería subrayar que él intervenía en los acontecimientos importantes de la bodega. O, por lo menos, que estaba al tanto de los asuntos de esa importancia.

—En ese caso, usted debe de saber por qué. —Una táctica hábil.

—No tenían nada en común. Eran personas completamente diferentes. Para el señor Katell, el vino lo era todo: una vocación. En cambio, para el señor Dantec, el vino es, ante todo, un producto que hay que vender. Así las cosas, era imposible que funcionara.

—Y no funcionó, ¿verdad? —constató Claire sin más.

—El señor Katell opinaba que el señor Dantec no hacía más que hablar. Creía que las nuevas ideas maravillosas solo ocurren cuando uno está entusiasmado por algo. Cuando no es así, decía a menudo, todo se vuelve tibio y aburrido. Creo que tenía razón. Hace falta pasión para crear algo grande. Algo extraordinario. Como nuestros vinos.

Para Dupin aquella vehemencia era algo exagerada, pero en el fondo estaba de acuerdo con Marchand.

—¿Acaso el conflicto entre ellos se agravó en los últimos tiempos? ¿Ocurrió alguna cosa?

El administrador clavó la mirada en Claire. A Dupin aquello le pareció una reacción excesiva.

—¿Acaso usted piensa que el señor Dantec podría ser el asesino del señor Katell?

—¿Usted no? —Claire repuso con la franqueza que le era propia—. Parece ser la única persona con la que últimamente el señor Katell mantenía diferencias de verdad.

—¿Acaso el comisario ha descartado el incidente con un cazador furtivo?

Marchand la miró con escepticismo.

—¿Le parece plausible?

El administrador pareció reflexionar, al menos se tomó un tiempo para responder.

—Imposible no es.

Marchand se encogió de hombros.

—Realmente no lo sé. Creo que se deberían tener en cuenta todas las posibilidades. —Se volvió entonces hacia Dupin—: ¿Qué le parece a usted? A fin de cuentas, usted es el profesional.

—Creo que tiene toda la razón, caballero. Se deberían sopesar todos los escenarios.

Marchand asintió satisfecho.

—¿Hubo alguna consecuencia del incidente entre el anciano señor Joly y Brian Katell en el concurso de vinos? —inquirió Dupin—. Creo, si no he entendido mal, que el señor Joly le acusó en público de hacer trampas.

—Fue un acto infame, simplemente infame —dijo Marchand indignado.

—¿Y bien?

—El señor Katell estaba por encima de esos reproches. No tenía ninguna necesidad de reaccionar ante una impertinencia tan tosca.

—¿No se volvieron a ver desde entonces?

—No, que yo sepa.

—Ahora me doy cuenta de que aún no hemos conocido a su hijo.

Claire dirigió una sonrisa al señor Marchand.

Acababan de llegar, así que no era de extrañar, se dijo Dupin.

—Tiene algunos quehaceres en Bouaye.

—Nos han dicho que el señor Katell le tenía en gran estima.

—Oh, sí. Desde luego.

De nuevo el orgullo se hizo patente en las facciones de Marchand.

—Los voy a dejar a solas. —Se giró para marcharse—. Seguramente deben de querer deshacer la maleta… y yo tengo cosas de las que ocuparme.

—Me interesaría saber otra cosa. ¿Últimamente hubo algún enfrentamiento entre Dantec y Brian Katell?

El señor Marchand ya estaba en la puerta.

—Diferencias había continuamente.

—¿Y en los últimos tiempos fueron particularmente intensas? —insistió Claire.

—El señor Dantec no acaba de encajar con nosotros.

—¿Y el señor Katell ya le había dicho que lo iba a despedir?

Dupin se maravilló de que Marchand estuviera tan dispuesto a responder a las preguntas de Claire.

—Me parece que sí. En cualquier caso, Dantec debía de saber lo que se le venía encima.

Una pausa más larga.

—Yo creo que Katell se lo dijo. Da igual lo que diga Dantec.

Marchand se volvió para marcharse.

—Tengo una reunión —dijo, y salió de la habitación.

—¿Y quién dirige la bodega ahora mismo, esto es, hasta que se sepa quién la va a heredar?

El administrador se volvió con expresión malhumorada.

—Por supuesto, señora, esta tarea recae en mí.

—¿Y quién cree usted que heredará la bodega? ¿Sabe algo del testamento?

—No, y me niego a hacer especulaciones.

Al instante siguiente, el administrador se marchó definitivamente.

Claire sacó de inmediato de su bolso la lista de personas que Cécile había llevado a Le 21 la noche anterior e hizo unas anotaciones junto al nombre de Damien Dantec.

—En la guantera del coche siempre llevas unas libretitas rojas de reserva. Te cojo una, ¿vale?

—Yo…

Dupin no siguió. Era inútil.

Las *crêpes* eran excelentes; la crepería À Deux Pas du Lac era una magnífica recomendación. Dupin comió una de chorizo y queso de cabra; luego, una *complète*, esto es, de queso, jamón y huevo, y, de postre, una de crema de castañas. Era la secuencia habitual de platos al ir a comer a una crepería bretona: dos *crêpes* saladas de harina de trigo sarraceno y una dulce de harina de trigo. De todos modos, en vez de sidra, tomaron muscadet. Imposible hacer otra cosa: se encontraban en el corazón mismo del territorio de la melón de Borgoña. El corazón del muscadet. Sin embargo, aquel no era del Domaine du Lac, sino de uno de sus competidores, el Château Joly, que, como habían sabido, era el más agresivo. Estuvieron de acuerdo: era uno de los mejores que habían tomado en la vida. En sí, el almuerzo había sido muy agradable, un ambiente relajado, laxo incluso, como al principio de su luna de miel. Solo habían hablado de la charla con el administrador durante el corto trayecto hasta Bouaye. Y luego, nada más. Se habían centrado en estar juntos. Y en el vino que tomaron. Claire identificó un «leve gas carbónico» y un «burbujeo delicado»; además, no solo detectó el sabor a manzana, sino que la especificó como «manzana verde». Y también «pera joven». Dupin insistió en la nota de lima. Aquel vino de tono amarillo verdoso tenía un sabor deliciosamente refrescante y ácido. «Como de levadura», se aventuró a decir Dupin. «No es raro. Los muscadets reposan hasta dos años sobre lías», le comentó Claire. Era un vino infinitamente suave. Claire había hecho una anotación exhaustiva en su diario de vinos.

Eran las dos y media de la tarde cuando el viejo Citroën de Dupin se detuvo en la grava crujiente junto a un vehículo todoterreno negro, que se puso en marcha al momento. Al volante de aquel Defender iba una joven de melena negra hasta los hombros y gafas de sol doradas de aviador. Por un instante, Dupin temió que fuera a chocar contra su Citroën. Daba la impresión de que no había advertido su presencia.

En Bouaye y durante el camino de vuelta había caído un fuerte chaparrón, la lluvia había golpeado con fuerza el techo del coche; sin embargo, cuando se apearon en el patio del Domaine du Lac, los aguardaba un sol cegador. Por otra parte, la zona de los alrededores se encontraba completamente seca; a pesar de estar a un tiro de piedra de Bouaye, allí no había caído ni una sola gota.

El plan de ambos era, tal como dijo Claire, «hacer un reconocimiento del lugar».

En el patio no había ni un alma. El Peugeot de la policía también había desaparecido. Por un instante, a Dupin le pareció vislumbrar a alguien de pie tras una de las ventanas de la planta baja del edificio principal. Como si hubiera un conserje fisgón. Tal vez fuera el administrador. Dupin apenas recorrió el edificio con la mirada, pero cuando volvió a mirar hacia ahí, no había rastro de nadie.

Claire se encaminó hacia una puerta del edificio situado a la derecha del edificio principal.

—El señor Marchand no nos ha dicho dónde se encuentran los accesos a la bodega. Vamos a verlo.

Ya tenía la mano sobre el pomo de la puerta.

Dupin, en realidad, no tenía ningún interés en visitar otra bóveda.

Penetraron en un corredor estrecho. Frente a ellos, una escalera de madera conducía al primer piso. Junto a ella, había una puerta con un discreto letrero que decía PRODUCCIÓN. Si Dupin no se equivocaba, por ahí se llegaba a las plantas de elaboración. Todo tenía una apariencia muy sobria. Por otra parte, el ambiente era sorprendentemente fresco allí, y eso a pesar de que en el exterior la temperatura debía de rondar los treinta grados. Seguramente eso se debía a los enormes muros de piedra.

En la pared junto a la escalera había un panel indicador. Una docena de números de despachos y nombres. Aquello era, a todas luces, el edificio de administración.

—Damien Dantec, director de marketing y ventas. 0.7 —leyó Claire en voz alta—. Cómo me gustaría ponerle cara a ese nombre.

—Puede que hoy ni siquiera esté aquí.

Claire empezó a recorrer el pasillo, como si no hubiera oído la objeción de Dupin.

El comisario la siguió de mala gana.

—Mira, Georges, aquí está el despacho 0.5. Y aquí, el 0.6. —Claire hablaba en voz baja—. El 0.7 es el despacho que hay al final del pasillo.

Al instante siguiente llamó a la puerta y la abrió sin esperar respuesta.

—*Bonjour*, señor Dantec, nos… —Se interrumpió—. No hay nadie.

Sin embargo, esto no le impidió entrar en el despacho y mirarlo. No había mucho que ver. De hecho, no había nada. El despacho estaba amueblado de un modo muy impersonal y saltaba a la vista que Dantec era una persona muy ordenada. Una de esas que no le dan un toque personal a su puesto de trabajo. En cambio otros lo convertían en su segundo hogar sin vacilar. Dupin lo había visto en la comisaría. Sobre todo, con Le Ber.

El escritorio tenía una bandeja de sobremesa muy bien ordenada y un monitor enorme. Delante había un único bolígrafo. Por lo demás, la mesa estaba vacía. En las paredes colgaban fotografías artísticas en blanco y negro con motivos sobre el vino en marcos de madera blanca.

—Vamos, sigamos.

—¡Espera!

A Dupin le habría gustado echar un vistazo en uno de los aparadores de color gris claro que había en el despacho. Pero Claire ya había salido.

Se encaminaba decidida hacia la puerta con el rótulo de

PRODUCCIÓN. Abrió la puerta. Al instante los envolvió un estrépito mecánico.

Entraron en la planta de producción. Había cuatro tanques enormes de acero inoxidable, cada uno de cuatro metros de largo por lo menos, instalados el uno junto al otro en una estructura de acero rojo, sobre los que se leía, escrito en grandes letras, BUCHER VASLIN.

—Es el fabricante de las prensas —apuntó Claire con tono experto.

Por lo que se veía, la empresa funcionaba con total normalidad. Debía de haber una docena de personas, hombres y mujeres. Por todas partes había cajas de plástico de color azul rebosantes de uvas.

—¿Les puedo ayudar en algo?

Una joven de melena larga y rubia, vaqueros y camiseta negra se presentó de pronto ante ellos. Tenía la cara pecosa.

—Somos huéspedes del Domaine. Y también, amigos de Cécile Cast.

—Bienvenidos. —La joven parecía un poco intranquila—. Bueno, pese a las tremendas circunstancias.

—Estamos de luna de miel —añadió Dupin—. Esta es una de las paradas de nuestro viaje.

—Ya veo —asintió la mujer.

—¿Y usted es…? —Claire dirigió una sonrisa a la joven.

—Soy Emily Pic.

—¡Ah! Así pues, usted es con quien debíamos haber hecho la cata de vinos.

—Exacto. —Entonces sonrió—. Tal vez regresen en otra ocasión y podamos recuperarla.

Claire miró a su alrededor con gesto ostentoso.

—Este año hemos empezado muy pronto con la vendimia, hace ya diez días. Llevamos prensando desde entonces. —Emily Pic señaló los tanques—. Ahí es donde entra la uva;

el siguiente paso consiste en prensarla. —En un santiamén, la joven adoptó un tono didáctico y experto—. En la sala de al lado están los tanques donde tiene lugar la fermentación y clarificación del vino. Está además la línea de embotellado y un buen montón de botellas. Pero ahora tendrán que disculparme. Tenemos mucho que hacer.

—Por supuesto.

—También pueden utilizar esta salida.

Señaló una puerta corredera situada en la pared del fondo del pasillo.

—Los llevará directamente a los viñedos y a las obras del nuevo bar de vinos. Va a ser fenomenal. Ya solo esto es razón suficiente para regresar.

—Lo haremos.

—Gracias, señora Pic. —Dupin se despidió de la enóloga con un ademán de cabeza.

Claire ya se había puesto en marcha.

—Jules Marchand, Emily Pic... Ya conocemos a dos de los protagonistas, cuando no incluso sospechosos, Georges. ¡Qué emocionante!

Claire hablaba en susurros.

Salieron de la planta de producción al aire libre, esto es, a los viñedos. Muy ordenados, en filas muy rectas. Hasta donde alcanzaba la vista. También allí casi parecía un milagro que las plantas pudieran soportar tal cantidad de racimos. Las uvas lo dominaban todo: prácticamente no se veían ni troncos, ni sarmientos ni hojas. Era como si los racimos se mantuvieran suspendidos en el aire por arte de magia. Bajo la luz del sol refulgían en el mismo tono exacto que antes el vino en la copa; era como si los rayos de luz alcanzaran su rincón más profundo, penetrando por completo en las uvas y haciéndolas resplandecer. Un amarillo misterioso y refulgente con tonos verdes.

—¡No está nada mal!

Claire se detuvo. Tenían ante ellos la zona donde se estaba construyendo el bar de vinos. Los trabajos se encontraban muy avanzados. Se podía ver claramente lo que Brian Katell y su amigo del colegio habían planeado.

Una amplia escalera de piedra llevaba a la parte del sótano del Domaine; seguramente era una de las entradas a las bodegas, tan antigua como el propio edificio. Todo se había dejado como había sido en su tiempo, pero estaba cubierto con un techo alto de plexiglás, lo que convertía ese antiguo acceso a las bodegas en una obra de arte. Ahí donde terminaba el material transparente empezaba la obra: una gran losa cuadrada de hormigón, de veinte por veinte metros aproximadamente. Las vides partían justo de al lado. El bar de vinos se alzaría en medio de ellas.

—Mira, Georges.

Claire señaló un panel que mostraba un boceto del aspecto final del bar de vinos.

—Es genial —dijo ella tras un momento de asombro. Dupin también estaba impresionado.

Las paredes iban a ser de cristal. Los elementos portantes —unos simples puntales—, de madera clara. Igual que el tejado plano. Y, lo mejor: se podría contemplar el cielo a través de varias superficies circulares acristaladas. De un metro de diámetro como mínimo.

De pronto, un hombre apareció ante ellos. Debía de haber entrado por la puerta corredera. Vaqueros negros, camisa negra, mangas arremangadas. Pelo ralo. Rostro anguloso. Mirada desconfiada.

—Usted debe de ser el arquitecto, ¿verdad? El amigo de Brian Katell. —Claire se acercó a él con una sonrisa.

Los arquitectos casi siempre tenían pinta de arquitectos.

Dupin se sentía incómodo, pero llevaba sintiéndose así todo el rato, desde que habían empezado a husmear por ahí.

—¿Y ustedes son…?

Parecía molesto, pero no descortés.

—*Bonjour.* Yo soy Claire Lannoy. Soy amiga de Cécile Cast. Y este es mi marido, Georges Dupin. Estamos de luna de miel. Desde anteayer. Hemos pasado los dos primeros días en la finca de Cécile, y ahora vamos a quedarnos un par de ellos por aquí. A pesar de la tragedia —se apresuró a decir.

—Entiendo. Soy Alain Chevrier. *Bonjour.*

El amigo de Katell parecía agotado.

—Estamos brindando nuestro apoyo a Cécile en la medida en que nos es posible. Brian Katell y ella seguían muy unidos, pero, bueno, eso usted ya lo sabía. También debió de ser un shock terrible para usted, monsieur. Horrible.

Un comienzo inteligente. Le siguió un silencio incómodo. Daba la impresión de que Chevrier no sabía qué pensar de ellos.

—Esta noche cenaremos con Cécile.

Aquello logró romper el hielo. Las facciones del arquitecto se relajaron. Aquella distensión reveló una persona diferente.

—¡Eso es genial! —De pronto, pareció interesado por la conversación—. Esto le vendrá muy bien a Cécile. Son días muy duros. Para ella, desde luego, y también para mí. Brian era mi amigo más antiguo. Mi mejor amigo.

—Lo sentimos mucho, señor.

Las palabras de Dupin sonaron formales.

—Este proyecto nos ha impresionado. —Claire señaló la obra—. Su idea, su diseño… Es fabuloso. Este va a ser un sitio muy especial.

Aunque el entusiasmo de Claire no resultara del todo apropiado en esas circunstancias, logró provocar una leve sonrisa en Chevrier. Ella, claro está, sabía que no hay modo más potente de hacer que una persona se sienta bien que apelando a su orgullo.

—Gracias. Es muy amable de su parte.

Pareció que reflexionaba un momento antes de seguir hablando.

—Resulta terrible estar aquí. Algo absolutamente fuera de lugar. Pero no me ha quedado más remedio. He tenido que venir. Mañana los albañiles van a retomar sus trabajos en el sótano. Quieren acabar la semana próxima. Se trata de los toques finales. Y hay que supervisarlos de cerca. Además, en dos días se levantará la estructura base del bar.

—Increíble, entonces el bar de vinos pronto será una realidad. Enhorabuena.

De nuevo, el arquitecto agradeció el comentario de Claire con una sonrisa.

Sin embargo, desapareció al instante siguiente.

—La verdad es que no lo sé. Es raro. Nadie sabe cómo irán las cosas de ahora en adelante. Yo tampoco —añadió, claramente desorientado.

—¿Su amigo nunca le dijo qué pasaría en caso de que falleciera? ¿Quién heredaría la bodega o qué pasaría con su proyecto en común? Seguro que ustedes tomaron algunas precauciones.

—Él odiaba ese tema. Todo lo que tuviera relación con la muerte. No quería ni siquiera hablar de ello. En varias ocasiones intenté sacar el tema mientras tomábamos un vino a última hora del día. Le decía que todos debemos pensar en eso, que nos podía pasar algo a cualquiera de nosotros a lo largo del proyecto. Él replicaba que eso solo podía traer mala suerte…

El tono estridente del móvil de Claire interrumpió bruscamente al arquitecto. De hecho, eso era algo más propio de Dupin.

—Disculpe… —Lo sacó—. Es Cécile. Será mejor que conteste.

Ella desapareció en una de las hileras de vides.

Chevrier se quedó mirando a Dupin sin saber qué hacer.

—¿Qué sabe usted del incidente en el concurso de vinos de hace unas semanas, cuando el propietario del Château Joly ofendió públicamente a Brian Katell?

Chevrier lo miró con sorpresa. No solo por la pregunta en sí, sino seguramente también porque un hombre que le era completamente desconocido le involucrara en una especie de interrogatorio.

—¿Yo? Nada. ¿Cómo puede…?

Entonces fue el móvil de Dupin el que interrumpió a Chevrier.

Dupin, contrariado, miró la pantalla.

Nolwenn.

—Lo siento, tengo que responder —explicó Dupin—. Vuelvo enseguida.

—Por supuesto —asintió Chevrier.

Dupin se encaminó unos pasos hacia los viñedos.

—¿Qué hay, Nolwenn?

—Señor comisario, dos noticias. Una buena y una mala.

Por lo general, cuando alguien decía algo así, luego preguntaba a su interlocutor qué noticia quería oír antes. No era el caso de Nolwenn.

—Las buenas primero: he reservado una cata para ustedes en el Château Joly. Para mañana por la mañana, a las once. La dirigirá Anne-Sophie Joly. ¿No es genial? Una ocasión perfecta para conocerla. Y para echar un vistazo más de cerca a la bodega en general.

—Yo… —Dupin se interrumpió. ¿Qué debía decir? A fin de cuentas, ya estaba metido en todo eso.

—Y seguro que darán con el modo de conocer también

al viejo Joly. Ese rival siniestro. ¡Desde luego, esto tiene las dimensiones de una tragedia clásica! Dos familias enemistadas desde hace siglos, un amor prohibido. Y un día, de pronto, ¡al amante le vuelan la cabeza de un tiro!

—¡Nolwenn! —A veces podía llegar a ser muy vehemente, se dijo Dupin—. ¿Y la mala?

—Mi marido dice que los ritmos graves de Kaaris, el poeta del gueto, no tienen el menor efecto en el pájaro carpintero. Es terrible.

Por el tono de voz de Nolwenn aquello parecía el fin del mundo.

Dupin conocía al rapero, por supuesto. Todo un icono en Francia.

—De hecho, parece que ese rap excita más aún al animal, que martillea cada vez con más obcecación.

Genial.

—Señor comisario, eso quiere decir que el problema es grave de verdad. El *pic vert* lo habrá destrozado todo antes de que el carpintero llegue con las redes la semana próxima.

—¿Y qué se supone que debemos hacer?

—Hable con Claire. No he podido hacerlo yo. Comunicaba. Mi marido tiene un rifle de aire comprimido, y...

—¡Ni pensarlo!

—Evidentemente solo para asustarlo.

Nolwenn era, de hecho, una defensora acérrima de los derechos de los animales y una ecologista. Sus palabras eran prueba de su convencimiento. No, en cambio, el tono de voz empleado.

—¿Qué otras opciones hay?

—Alguien debería vigilar la casa día y noche. Intervenir de inmediato cuando el pájaro carpintero se acerque. Armarse con piedras. Ahuyentarlo una y otra vez.

Eso era mucho trabajo.

—Le preguntaré a Le Ber.

—Desde luego. Yo solo quería informarle.

Sonaba algo molesta.

—Bien, pues, hasta pronto, señor comisario.

—Una cosa más, Nolwenn.

—¿Sí?

—Hace unas semanas, los vinos de Katell ganaron un concurso, imponiéndose también a los del Château Joly. En la ceremonia pública de entrega de premios en Nantes, al parecer el viejo Joly ofendió gravemente a Brian Katell. ¿Podría ver si encuentra algo al respecto? ¿De los organizadores, quizá? Debió de enterarse mucha gente. Ver si ambos luego se reencontraron en persona, cosas así...

—Es algo impreciso, pero lo intentaré.

Apenas hubo dicho esto, colgó.

Dupin se volvió y regresó con Alain Chevrier.

—El bar de vinos era el proyecto en común de ambos —le oyó decir a Claire. Al parecer, la llamada con Cécile había sido breve.

—Oh, sí. Llevábamos años planeándolo.

Dupin salió de entre las vides.

Había ocurrido alguna cosa, Dupin lo notaba en la expresión de Claire, a pesar de que ella se esforzaba por no mostrarlo.

—Nosotros —Chevrier adoptó un tono apesadumbrado— teníamos grandes planes juntos.

—Eso hemos oído —dijo Claire—. Era un proyecto estratégico de envergadura. En diferentes lugares. Para vender directamente al consumidor. Sin intermediarios. Consistía en cinco bares de vinos que, a modo de tiendas insignia del Domaine, transmitirían el encanto especial del vino muscadet.

Chevrier asintió con un gesto de aprobación.

—Ha captado usted la esencia del proyecto a la perfección. Ya disponemos de un terreno. En Sainte-Marie, al oeste de Pornic.

—Espero que, a pesar de todo, usted pueda llevar a cabo los planes.

—Bueno, la verdad, eso aún no lo sé.

—Vamos a dejarle que siga con su trabajo, señor Chevrier. Simplemente sentíamos curiosidad por la obra y los sótanos de la bodega. Nos han hablado mucho de ambas cosas.

De pronto, Claire tenía prisa. Probablemente quería compartir con él lo que Cécile le acababa de contar.

—Si quieren visitar los sótanos de la bodega, lo mejor es que entren por aquí. —El arquitecto señaló con la cabeza detrás de él—. Si siguen por el pasillo, llegarán a la bóveda principal. Ahí es donde se organizan las catas de vino. Sin duda, es la sala más impresionante. Pero no se pierdan. El mundo allí abajo es como un laberinto.

—¡Gracias! Muy amable, señor Chevrier.

Claire empezó a pasar junto a él.

—Y denle recuerdos a Cécile de mi parte. Esta mañana me ha llamado. Ha sido un detalle por su parte.

—Seguro que nos volveremos a ver.

Claire saludó con la mano y se colocó en el primer escalón. Dupin la siguió de mala gana.

En cuanto llegaron abajo, y antes incluso de acceder al laberinto subterráneo, Claire le espetó a Dupin.

—¡No te lo vas a creer, Georges!

Aunque era incapaz de disimular su excitación, se esforzó por hablar en voz baja.

—¡Es Cécile! ¡Ella heredará el Domaine du Lac! Al parecer, Brian sí tenía testamento. Su notario se acaba de poner oficialmente en contacto con Cécile después de hablar con el comisario Lelouche.

—¿Cécile?

Dupin se quedó petrificado.

—¿Cécile es la nueva propietaria de la bodega? ¿La única heredera?

Aquello era una sorpresa mayúscula.

—En efecto, Georges. ¿No te parece de locos?

Dupin subió por la escalera para volver a bajarla al instante. El pensamiento le iba a toda velocidad.

—¿Qué te ocurre, Georges?

—¿No te das cuenta de lo que esto significa? ¡Eso convierte a Cécile en la principal sospechosa, Claire!

—Eso es ridículo, Georges. ¡Es Cécile! Todo el mundo sabe que ella tenía una relación muy estrecha y excelente con su exmarido. Solo porque ella...

Claire se interrumpió.

—*¿Cui bono?* ¡Pues claro! —La idea empezó a calar en ella. Adoptó una expresión grave—. ¿Quién sale ganando? ¡Oh, Dios mío! Ella sale ganando, y mucho, además.

—Exacto.

Claire permaneció en silencio durante un rato, Dupin casi podía ver cómo se precipitaban sus pensamientos.

—Razón de más para intensificar nuestras pesquisas y dar con el asesino lo antes posible. Debemos proteger a Cécile. Que quede clara una cosa: es mi amiga, y a menos que alguien la pueda acusar de algo de un modo completamente demostrable, yo, en caso de duda, estaré a favor de ella.

Claire tenía una expresión furiosa, como nunca antes Dupin le había visto.

Entonces fue él quien calló. En cierto modo, entendía la actitud de ella, pero no la podía admitir.

—¿Por qué rompieron en realidad? ¿Lo sabes?

Ella le dirigió una mirada de desaprobación.

—¿Por qué lo preguntas?

Daba igual cómo lo hiciera: Claire, por supuesto, se daría cuenta de adónde quería llegar. Pero las cosas eran como eran y Cécile ahora era sospechosa. También para Dupin.

—En pocas palabras: la relación, simplemente, no funcionaba. No como matrimonio. Era imposible para ella. Brian estaba siempre volcado en su pasión. No podía evitarlo. El vino, la bodega... Él no tenía mala intención, pero ahí no había lugar para Cécile. Por lo que ella me ha dicho, él era un loco. Un loco maravilloso. Pero, como suele ocurrir en estos casos, también un poco desesperante.

Seguían de pie junto a la entrada del sótano de la bodega.

—¿Cuándo ocurrió eso? ¿Cuándo se separaron y se divorciaron? ¿Hubo alguna disputa especialmente desagradable?

—¿A qué vienen ahora todas estas preguntas sobre Cécile? No pensarás que...

Un grito agudo y penetrante interrumpió a Claire. Al instante siguiente, hubo otro, más insistente, aún más desesperado. Venía de la bodega. Era una mujer, sin duda. No podía estar muy lejos.

—¡Socorro! ¡Ayuda!

Dupin se dirigió a toda prisa hacia la bodega con Claire a la zaga. Corrieron por el pasillo que les había indicado el arquitecto y llegaron a una gran bóveda. Había una mesa larga de madera: saltaba a la vista que allí era donde tenían lugar las catas de vino.

—¡Que alguien me ayude! —Esas palabras resonaron por la bodega.

—¡Estoy de camino! —exclamó Dupin. Todavía no había logrado ubicar a la mujer—. Soy policía.

Por desgracia, tenía el arma bajo llave en la guantera del coche.

De la sala partían varios corredores.

—¡Ayuda, ayuda!

Entonces supo de manera clara la procedencia de los gritos. Dupin siguió avanzando. Al cabo de cuatro, cinco metros vio a la izquierda una puerta vieja de madera abierta.

—¡Aquí! ¡Estoy aquí!

Se precipitó hacia el interior. Claire iba detrás de él.

Era evidente que ahí se almacenaban vinos. Era una sala de forma tubular, de techo bajo, con estanterías de obra a ambos lados repletas de botellas. Muy poco iluminada.

Emily Pic, la enóloga con quien habían hablado instantes atrás, estaba arrodillada en el suelo, en el centro de la sala. Ella era la que había gritado. Tenía la vista clavada en el cuerpo de un hombre que yacía junto a ella.

Dupin se le acercó al instante.

—He entrado y me lo he encontrado tirado en el suelo.

Ella estaba completamente desencajada.

El aspecto del hombre era espantoso. Estaba tumbado de espaldas, con la cabeza extrañamente doblada, y su pelo espeso bañado en sangre viscosa por el lado derecho. En el suelo, junto a la cabeza, había pedazos de vidrio, restos de una botella de vino. Se veía la etiqueta. Le Grand. Domaine du Lac. 2007.

Dupin se agachó y le habló al hombre con voz firme.

—¿Señor? ¿Señor?

Lo agarró por el hombro y lo sacudió.

—¿Oiga? ¡Caballero!

Ninguna reacción.

Entretanto, Claire se había arrodillado junto a Dupin. Estiró bien la cabeza del hombre, mientras acercaba su oído derecho alternativamente a la boca y la nariz. Al mismo tiempo, concentraba su mirada en el tórax.

—No hay señales de respiración. —Hablaba como para sí misma. Dupin lo había visto hacer antes a médicos en situaciones de emergencia.

Luego se enderezó y posó los dedos índice y corazón a un lado de la laringe.

—Nada. No hay pulso. Me parece incluso que el cuerpo ya ha perdido temperatura.

Puso la mano en la frente del hombre, tenía los dedos sucios de sangre. A continuación, le volvió la cabeza a un lado y contempló en silencio la herida, que ahora se veía con claridad.

La imagen era estremecedora.

—Está muerto.

Claire se levantó lentamente.

—Aunque no es reciente, tampoco hace mucho rato. Calculo una o dos horas. Lesiones traumáticas en el cráneo. Probablemente se desmayó de inmediato.

Señaló la botella rota.

—Un arma mortal. De hecho, un forense suizo ha descubierto que las botellas vacías son incluso más eficaces. En todo caso, como se ve, una llena también sirve.

Con frecuencia los médicos, sin querer, empleaban un tono macabro.

—¿Conoce usted a este hombre? ¿Quién es? —preguntó Dupin a la enóloga.

Por un breve instante se hizo un silencio estremecedor.

—Es Damien Dantec, nuestro director de marketing y ventas —farfulló la mujer.

—¿Dantec? —Claire se mostró atónita—. ¿El hombre al que Brian Katell quería despedir?

Dupin también necesitó un momento para digerir la información.

—Menuda mierda.

Se pasó los dedos por el pelo con gesto enérgico.

Dupin miró en torno a la bodega. No iba a tener mucho tiempo. De todos modos, en realidad, no había mucho que ver. A excepción de las estanterías y las botellas de vino. Por lo demás, aquella estancia, de forma tubular y no muy grande, estaba vacía. Se veía que en la parte posterior de la sala se habían realizado algunas obras, algunas estanterías de obra se habían reconstruido. Tal vez allí también habían tenido los problemas de humedad a los que Cécile había aludido antes. Dos de las estanterías de obra habían sido sustituidas por unas simples baldas de madera, pero daba la impresión de que aquello había ocurrido mucho tiempo atrás.

—El comisario Lelouche y sus hombres están a punto de llegar —dijo el administrador con voz entrecortada en cuanto llegó a la bóveda principal de la bodega. Antes había estado en la planta de producción—. Me ha pedido que nos quedemos todos aquí y lo esperemos.

Después de que Emily Pic hubiera dado aviso a la policía, había llegado la gendarme de Bouaye. La misma agente que había estado junto al lago el día anterior. Primero examinó también el cadáver, hizo que Emily Pic le contara cómo había encontrado el cuerpo y, para terminar, quiso saber cómo Claire y Dupin se habían encontrado en esa situación.

Dupin había puesto a Nolwenn al corriente de lo ocurrido. Claire había intentado hacer lo mismo con Cécile Cast, pero no tuvo éxito. Le había sido imposible contactar con ella. Por ello, le había dejado un mensaje en el contestador para que la llamara de inmediato. Como en la bodega no había cobertura, tuvieron que salir al exterior.

Dupin se habría escabullido de buena gana antes de que llegara el comisario. No era difícil imaginar lo que ocurriría. Las preguntas peliagudas de ¿por qué se encontraban precisamente en ese momento en el Domaine? ¿Acaso estaban investigando? Dupin se imaginó la situación. Y fue totalmente consciente de que todo debía de parecer extraño y muy sospechoso. Ciertamente se trataba de una extraña coincidencia.

En todo caso, a estas alturas la teoría de que Brian Katell pudiera ser víctima fortuita de un accidente de caza había quedado invalidada por completo. La tragedia que estaba teniendo lugar no había concluido con un crimen, y se había agravado de un modo atroz con un segundo asesinato. El caso estaba adquiriendo unas proporciones enormes.

—No lo entiendo. —Emily Pic seguía en estado de shock; en ese momento, Claire le estaba tomando el pulso—. Yo solo...

—Aquí estoy.

El comisario Lelouche, acompañado de toda una comitiva.

Dupin reconoció a la competente forense del día anterior. En cualquier caso, ella no podría aportar mucho más que Claire. Sobre todo porque no había dudas sobre la causa de la muerte. Lo único que cabía esperar era saber con más precisión la hora de la defunción. La hora del crimen. Por el momento, Dupin suponía que había ocurrido entre la una y las dos del mediodía. Ellos habían regresado de Bouaye a las dos y media.

—Acompáñeme, le mostraré el cadáver. —La gendarme se adelantó para recibir al comisario Lelouche.

Este asintió.

—Señoras, caballeros. Todos ustedes me esperarán aquí. Nadie va a abandonar este sótano —dijo pasando junto a ellos.

—Voy a intentar localizar de nuevo a Cécile. —Claire desoyó las órdenes del comisario—. Tiene que saberlo.

Se dispuso a marcharse.

—¿La exmujer de Brian Katell? Este mediodía estuvo aquí. Emily Pic tenía la voz débil.

—¿Cómo dice? —espetó Dupin sin poder reprimirse.

—¿Cécile? ¿Cécile Cast? —Claire también se detuvo y se volvió bruscamente hacia Emily Pic.

—Se ha citado aquí con la pareja del señor Katell, con Anne-Sophie Joly.

—¿Qué? —Esta vez fue Claire la que no pudo contenerse—. Cécile no ha dicho nada.

—¿La señora Joly también ha estado aquí? —preguntó Dupin de inmediato.

—Sí. Las dos.

—¿Y cuándo?

—En el caso de Anne-Sophie Joly lo sé. Llegó a la una en punto del mediodía. Me la encontré por casualidad en el patio.

—¿Cabello negro hasta los hombros, Defender negro? —preguntó Claire.

Emily Pic asintió. Parecía necesitar todas sus fuerzas para mantener esa conversación.

—Georges, era la mujer que casi choca con nosotros al regresar de la crepería.

Y eso quería decir que la pareja de Brian Katell había estado en la bodega sobre la una y media del mediodía. A la hora que se suponía que había tenido lugar el crimen.

—¿Qué hacía aquí la señora Joly? —preguntó Claire.

—Al parecer, tenía su iPad en casa de Katell. Y se había citado con Cécile Cast. Eso es lo que me dijo. Anne-Sophie Joly se quedaba a dormir a menudo, anteayer lo hizo también. Después de la fiesta de cumpleaños.

—¿Y las dos se han citado en casa de Katell? ¡En realidad, no deberían haberlo hecho! —protestó Dupin.

—Ni idea. Pero he visto que un policía las acompañó.

Dupin sacó su libreta con un gesto rápido, anotó algo y volvió a guardarla en el bolsillo de sus vaqueros.

—¿Cómo sabe que Anne-Sophie Joly pasó la noche aquí después de la fiesta de cumpleaños? —quiso saber.

—A la mañana siguiente, cuando llegué, su coche estaba aquí. Y yo llegué a las seis.

—Y la señora Cast, ¿a qué hora del mediodía ha venido? ¿Y cuándo se ha marchado?

Claire recriminó a Dupin con la mirada.

—No sabría decírselo. No la he visto. —Inspiró profundamente—. En cualquier caso, cuando me encontré a Anne-Sophie Joly en el patio ella aún no había llegado.

Ni tampoco cuando Claire y él regresaron de la crepería, añadió Dupin mentalmente. Cécile también estaba en la finca en el momento del crimen. Igual que otras personas: Alain Chevrier, el arquitecto; Jules Marchand, el administrador; y Emily Pic, que había encontrado al muerto.

—¿Sabía usted —Dupin habló rápido, no iban a tener mucho tiempo— que el señor Katell salía a correr en días y horas concretos?

La joven enóloga miró desconcertada a Dupin.

—¿Por qué?

—El asesino o asesina debía de saberlo. Ayer por la mañana lo acechó en el lago de forma deliberada.

—¿Y de pronto yo soy sospechosa?

De repente, Emily Pic adoptó una actitud completamente distinta. En sus palabras había un tono agresivo.

—Por supuesto —replicó Claire antes de que Dupin pudiera decir nada.

—¿Quién conocía esta costumbre de Brian Katell? —Él conservó la calma.

—Diría que aquí lo sabía todo el mundo. A veces hablaba de ello. De las primeras horas junto al lago, de la quietud y la soledad. Decía que para él era una especie de meditación.

—¿Tiene usted un arma de caza?

Dupin se notó poseído por el impulso de investigar. No podía evitarlo.

—¿Cómo dice?

—¿Sale usted de caza?

—¡No!

—¿Y alguna de las demás personas del entorno de Katell?

Esa era una pregunta clave.

—Evidentemente, señor Dupin, esto es lo primero que quise saber ayer.

El comisario Lelouche había asomado de pronto detrás de él. Dupin se giró. El momento era especialmente inoportuno.

—Ayer usted y yo —siguió diciendo Lelouche con tono tranquilo— acordamos que este asunto no era de su incumbencia.

Se plantó delante de Dupin.

—Me he informado un poco sobre usted, Dupin. Ya me suponía que tampoco esta vez dejaría de investigar por su cuenta.

Se acercó desafiante a Dupin.

—Y que obstaculizaría de forma grave las tareas de investigación de la policía de Nantes.

Lelouche hablaba de forma expresa en voz baja.

—Así que ayer mismo hablé con mi prefecto. Él conoce bien al suyo y ambos se tienen mucho aprecio.

Dupin intentó mantener una actitud despreocupada.

—Me alegra saberlo. Cuanto más estrechamente colaboren nuestros departamentos, tanto mejor.

Lelouche no dio ninguna muestra de irritación.

—Y los dos hablaron entre ellos. Les informé de que, al menor incidente, adoptaría medidas contundentes. ¡Y entonces usted se muda precisamente a la bodega de Brian Katell, el hombre que fue asesinado ayer! Es evidente lo que eso significa.

—Hace semanas que hicimos la reserva. Y, le guste a usted o no, señor, este es un país libre —repuso Claire—, y para nuestra luna de miel nosotros elegimos el alojamiento que nos viene en gana. ¿Acaso piensa impedírnoslo?

Lelouche respondió sin apartar los ojos de Dupin.

—Me ha malinterpretado, señora. Tengo otras cosas que hacer antes que impedirles a ustedes nada. Entre otras, tengo entre manos dos asesinatos. A lo sumo ustedes me interesan como sospechosos. —El comisario ladeó la cabeza—. Como se habrá dado cuenta, llama la atención que, tanto hoy como ayer, estuvieran en la escena del crimen.

—¡Oh, vaya, un cómico en la policía, qué divertido! —replicó Claire.

Por una fracción de segundo, Dupin vislumbró una expresión de desconcierto en el rostro de Lelouche.

—Claire, me apetece dar un paseo, ¿qué te parece?

Dupin tenía los ojos clavados en Lelouche mientras hablaba. Su voz era clara y firme.

—Me encantaría, Georges. Buena idea.

Dupin se puso en marcha. Se notaba que Lelouche no sabía muy bien qué hacer. Parecía estar considerando la posibilidad de intervenir. Pero, antes de que él hubiera podido reaccionar, Claire dijo con tono expresamente amable:

—Bien, pues. Buena suerte con la investigación, señor comisario.

Y al instante se dispusieron a salir al exterior.

Algo se estaba fraguando en el horizonte, por encima del lago. Ahí el cielo no estaba oscuro ni gris: era negro como el carbón. Al este, en cambio, refulgía un azul completamente radiante. El espacio de cielo en medio presentaba todas las nubes que existían, la gama completa. La «enorme inestabilidad meteorológica» de la que entonces hablaban incluso los periódicos no era, estaba claro, un fenómeno pasajero. Por otro lado, aún hacía más calor. El ambiente era húmedo, algo que en la parte occidental de la Bretaña casi nunca ocurría. Aunque a Dupin le incomodaba estar en el sótano de la bodega, al menos la temperatura allí era agradablemente fresca.

Se habían adentrado en los viñedos, en dirección al lago, sin un destino concreto. De hecho, Dupin habría preferido recorrer aún más la finca, incluida la zona de la bodega, pero eso ahora no era una opción.

—¡Qué persona tan desagradable!

Claire estaba visiblemente contrariada.

Dupin se abstuvo de hacer comentarios. Desde luego, no podía decir que Lelouche le resultara simpático, pero debía admitir que lo entendía. Al menos, un poco. La idea de que un comisario desconocido investigara de manera encubierta en su territorio también le habría parecido algo inaceptable. Sin embargo, y esto marcaba la diferencia, Dupin habría optado por la confrontación directa y no por echar mano de sus superiores.

—Ahora ya son dos asesinatos, Georges. Esto es de locos. Empiezo a entender por qué Nolwenn dice que ahí donde vas, aparece un cadáver.

—Intenta hablar de nuevo con Cécile. —Dupin hizo caso omiso del comentario—. Tiene que estar informada. Y, sobre todo, pregúntale por qué se citó con Anne-Sophie Joly, y por qué lo hizo justo en el Domaine. Necesitamos saberlo todo exactamente.

—¡Pero solo para proteger a Cécile! —repuso Claire con voz tensa.

Llegaron al final del terreno. La zona estaba delimitada por un murete plano; a continuación, seguía un prado. Un poco más allá, se veía una pequeña carretera. Detrás, un bosquecillo.

—Tú lo has dicho, Georges. Debemos protegerla. Para el comisario, ella es la principal sospechosa.

Evidentemente.

—Y por eso mismo debemos considerarla también como tal y cuestionarlo todo de forma crítica.

No era completamente cierto. Para Dupin lo más importante no era protegerla; para él se trataba de encontrar al culpable.

Claire pasó por encima del murete, donde había varias mariposas de colores al sol, y salió corriendo al prado. El aire olía a finales de verano.

—Tienes razón. —Claire sacó el móvil—. Por lo menos hay algo de cobertura.

Marcó el número.

Dupin retrocedió unos metros y también sacó su teléfono. Con la otra mano se secó el sudor de la frente. Necesitaba hablar con Nolwenn con urgencia.

—¿Señor comisario?

Nolwenn parecía ocupada.

—¿Ha tenido usted noticias del prefecto? —preguntó Dupin.

—¿De Guenneugues? No. ¿Acaso debería?

—El prefecto de Nantes se ha puesto en contacto con él. Al parecer Lelouche lo ha puesto en mi contra. Evidentemente, estaba al corriente de nuestro traslado al Domaine. No es estúpido.

—Mmm.

Un «Mmm» funesto, Dupin lo sabía. Por lo visto, Nolwenn se tomaba el asunto con más seriedad de la que él esperaba.

—Los dos se reúnen una vez al año en Vannes y salen a navegar juntos. Con sus esposas.

La explicación de Nolwenn tenía un tono siniestro.

—Voy a tener que pensar en algo. Mmm.

Pausa.

—Pero déjelo en mis manos.

Eso sonaba mejor. Mucho mejor.

—Gracias, Nolwenn. Un par de cosas más: necesitaremos saber quién tiene permiso de caza o licencia de armas de fuego.

—¿A quién se refiere exactamente?

Dupin enumeró:

—La pareja de Brian Katell, Anne-Sophie Joly y su padre; el amigo de Katell, Alain Chevrier; Emily Pic, la enóloga de la finca de Katell; el administrador, Marchand, y su hijo. Y —de forma instintiva, Dupin bajó la voz—... Cécile Cast.

—¿Cécile Cast?

—Eso es.

Otra pausa.

—Tiene usted toda la razón, señor comisario. Ahora mismo las cosas están así.

Un posicionamiento claro.

—Y Damien Dantec.

—Entendido. Él podría haber asesinado a Katell y luego convertirse en víctima.

—¿Ha averiguado algo del incidente en esa entrega de premios?

—Por desgracia, tengo que actuar con más discreción de la habitual. Aún no sé mucho: el presidente de la asociación vinícola que concede los premios se encontraba junto a Brian Katell en el escenario. He podido hablar con él un momentito. Confirma los insultos. Al parecer, Joly gritó algo sobre sobornos. Todo el mundo lo oyó. No me supo decir si los dos se encontraron luego, después de la entrega de premios.

—¿El director ha dicho algo sobre esa acusación?

—Solo que era inaudito. Algo que, por supuesto, también diría si fuera cierto.

En efecto.

Claire y Dupin habían alcanzado la pequeña carretera. Unos abedules altos bordeaban el camino. Claire iba aún unos pasos por delante de Dupin.

—¿Ha hablado ya con Claire sobre el problema del pájaro carpintero? ¿Saben ya qué quieren hacer?

—La llamo más tarde, Nolwenn.

A decir verdad, Dupin había olvidado esta cuestión.

—Eso si hay un más tarde para su casa…

—Hasta luego, Nolwenn.

Dupin colgó. Y vio que Claire tampoco estaba al teléfono. Lo estaba esperando.

—¡Estaba investigando! ¡Por eso!

—¿Cómo dices?

Dupin no sabía de qué le estaba hablando.

—De Cécile. ¿Lo entiendes? Esta mañana ella ha llamado a Anne-Sophie Joly y le ha dicho que necesitaba verla. Para hablar. Cécile dice que, en cierto modo era así. Las dos se llevan bien. Según parece, Anne-Sophie se ha alegrado de la propuesta. Y le ha dicho que ella de todas formas tenía que ir al Domaine a buscar el iPad, que podían encontrarse allí.

Claire clavó la mirada en Dupin.

—¿Lo ves? Fue Anne-Sophie quien propuso reunirse en el Domaine. No Cécile. Según parece, Anne-Sophie entraba y salía de allí a menudo. Cécile estuvo desde la una y media hasta poco antes de las dos y media. Debió de irse justo antes de que llegásemos. Antes incluso de que lo hiciera Anne-Sophie.

—¿Y el iPad de la señora Joly estaba en el piso de Katell?

—Cuando Cécile llegó, Anne-Sophie ya lo había cogido. Un policía estaba allí para comprobar si era realmente suyo.

—¿Sabes dónde estaba el iPad?

—No.

—¿Y en qué parte de la casa se encontraron?

—Según parece, en el salón y el primer piso.

De pronto, se oyó un estruendo monstruoso. Un ruido infernal, como pocas veces Dupin había oído en la vida. Le atravesó hasta la médula.

Al poco rato, le siguió un segundo estallido.

El cielo sobre Claire y Dupin estaba completamente negro.

—Deberíamos...

Un relámpago intenso conmocionó el mundo. Dio la impresión de mantenerse en el aire por unos segundos. Dupin solo había visto relámpagos tan vívidos en otra ocasión, en una simulación por ordenador sobre la severa fase inicial del planeta Tierra. Apocalíptico. El trueno que le siguió fue aún más ensordecedor que los dos primeros estruendos salidos de la nada. Apenas pasaron dos o tres segundos entre el relámpago y el trueno.

La tormenta estaba muy cerca.

—Deberíamos regresar cuanto antes.

Claire no parecía escuchar las palabras de Dupin; contemplaba el cielo como hipnotizada.

—Mira, ahora aparecerán las nubes.

Era como si dijera: «Mira, ahí está el enemigo...».

Y, en efecto. De repente, una nube monstruosa surgió de entre las tinieblas profundas del cielo; era de un tamaño gigantesco, aunque solo se podía entrever de forma vaga. Una superficie de color antracita especialmente oscura. Justo encima de ellos.

—Abombadas, definidas. ¿Lo ves?

Dupin lo veía.

—Es peligroso.

Ella miró a su alrededor.

—¿Cuánto rato hemos estado and...?

Una ráfaga de viento estuvo a punto de derribar a Claire. Al instante siguiente, unas gotas de lluvia enormes se desplomaron como proyectiles sobre ellos. Eso era, sin duda, el fin del mundo.

—Es el inicio de una supercelda. ¡Qué locura! —Claire tenía que gritar a todo pulmón para que Dupin pudiera entender algo—. Tenemos que encontrar refugio, Georges.

Dupin no estaba seguro de qué prevalecía para Claire: el temor o la fascinación científica.

—Se trata de un tipo especial de tormenta en la que las corrientes ascendentes empiezan a rotar de forma violenta y la celda se va expandiendo cada vez más. Al final, pueden llegar a formarse tornados.

Los abedules del borde del camino se inclinaban peligrosamente.

—¡Aquí no hay ningún sitio donde refugiarnos! ¡Tenemos que regresar! —gritó Dupin.

Claire asintió.

Dupin calculaba que habían andado un cuarto de hora más o menos.

Claire echó a correr. Dupin la siguió. A esas altura ya estaban completamente empapados. Era como si se encontraran bajo una cascada con el agua cayéndoles por todos los lados.

El viñedo no se veía y apenas podían distinguir nada. No lograrían dar con el camino que habían tomado a través del prado. Sin embargo, la dirección estaba clara.

Dupin alcanzó a Claire.

—¡Tenemos que llegar al prado de inmediato! —gritó—. Así llegaremos al camino que lleva de vuelta al Domaine.

—¡Ahora! —Claire abandonó el camino.

Lo que hasta entonces había sido un suelo firme en pocos instantes se había convertido en barro. Se hundieron hasta casi los tobillos. Aquello era como una marea alta creciendo con fuerza. Dupin no pudo evitar recordar a esa pareja que tuvo que huir de una tempestad apocalíptica y se convirtió en piedra.

—¡Deberíamos...! —gritó Claire, pero no logró decir nada más.

De nuevo, el mundo se iluminó, aunque esta vez el trueno estalló de forma simultánea. En sí no habían visto el relámpago; debió de caer justo a sus espaldas. Con todo, Dupin no estaba dispuesto a mirar hacia atrás...

—¡Más rápido! —exclamó Claire.

Ella misma se animaba para continuar. De hecho, cada vez avanzaban más despacio en aquel suelo intransitable. Y la marcha resultaba más difícil con cada metro que recorrían. Hojas, hierbas y ramitas volaban contra ellos; por suerte, no había árboles cerca. Había algo que desprendía un olor muy intenso, acre; Dupin no sabría decir de qué se trataba.

—¡Mira! —Claire señaló hacia delante.

Al cabo de lo que les había parecido un tiempo interminable en medio de la tormenta, llegaron por fin al murete que delimitaba el prado del viñedo.

Instantes después corrían por entre las hileras de las vides. Las uvas henchidas y redondas se sacudían peligrosamente de un lado a otro, algunas ya se habían desprendido y yacían diseminadas por doquier sobre el suelo empapado. Era un milagro que todavía quedara alguna en las plantas.

Siguieron así un buen rato. Hasta que Claire se detuvo de repente.

—Creo que nos hemos perdido. Hace rato que deberíamos haber llegado a la vía de acceso.

Dupin acababa de pensar exactamente lo mismo.

Al hablar, la lluvia les entraba en la boca, como si estuvieran bajo la ducha. La temperatura había bajado de forma drástica, por lo menos, diez grados.

Dupin miró a su alrededor. Nada.

—Será mejor que retrocedamos un poco. Y que nos mantengamos a la izquierda.

Claire asintió y se puso en marcha.

Los relámpagos parecían estar en todas partes, delante, detrás, a la derecha y a la izquierda de ellos.

—¡Allí!

Dupin había visto un perfil oscuro. Un poco anguloso.

Se abrió paso entre las vides. Claire lo siguió. Las hojas y las uvas les golpeaban la cara violentamente.

Al poco rato, vislumbraron la parte posterior del edificio principal. Solo tenían que rodear el anexo por la derecha y llegarían al patio. Por fin.

Claire corrió hacia la entrada principal.

—¡No! ¡Aquí! —gritó Dupin.

Se dirigió al Citroën. Por los coches patrulla se podía adivinar que seguían todos allí, todo el dispositivo. Dupin no tenía ganas de cruzarse con nadie, por mucho que necesitaran ropa seca.

—Debemos evitar a Lelouche.

Claire asintió enérgicamente.

Al instante siguiente, se sentaron chorreando en los asientos delanteros de color negro del viejo coche. Cerraron las puertas de golpe y se miraron.

No habrían sabido decir por qué o quién empezó, pero estallaron en una carcajada fuerte y de gran alivio, perdiendo la consciencia del espacio y el tiempo durante unos instantes.

Dupin había subido la calefacción del coche tanto como era posible. Igual que en el resto del vehículo, los años también habían hecho mella en ella. No obstante, los asientos calefactables ayudaron al instante. Los cristales se empañaban, y cada poco rato Claire tenía que pasar un pañuelo delante de Dupin para que él pudiera ver algo. Con todo, eso no permitía avanzar mucho más que si fueran a pie. Y, aun así, él tenía que estar muy concentrado. Un coche ofrecía protección contra la tormenta y la lluvia, pero no frente a la caída de ramas o árboles.

—¿Pornic? —preguntó Dupin.

—Oh, sí. En el asiento de atrás tenemos jerséis y chaquetas, Georges.

Como siempre, Claire había metido medio armario en el coche; aquel día eso mereció la pena.

—Necesito café, eso es todo.

Era una cuestión de prioridades. El mundo debía recuperar su orden.

—Cécile me recomendó un sitio donde podemos tomar un buen café. Parece que es un lugar bonito para sentarse un rato, a menos que en ese momento descargue una tormenta. Es en Sainte-Marie, en la parte oeste de Pornic.

—Entonces ya tenemos destino.

Unos minutos más tarde tomaban la D751 que los conduciría directamente a Pornic. Poco a poco, la fuerza de la tormenta iba amainando. Prácticamente se habían embutido en los asientos calefactables; Claire había secado el pelo de Dupin y el suyo con una sudadera. Luego se había quitado la camiseta mojada que llevaba y se había puesto uno de los jerséis de Dupin.

—¿Cómo estás, Georges? —preguntó pensativa—. Es tremendo, ¿no? Dos asesinatos brutales, como salidos de la nada.

Claire estaba profundamente impresionada.

—Y nosotros estamos metidos en todo esto. Resulta increíble.

Dupin conocía muy bien esa sensación.

—Lo sé.

Claire cerró los ojos.

—He olvidado contarte las novedades sobre nuestro pájaro carpintero.

Desde luego, aquello era inoportuno. Pero lo sería siempre.

—Lo de la música no funciona. Nolwenn quiere saber qué queremos probar a continuación.

Dupin esperó una reacción vehemente, pero Claire solo parecía estar cansada, casi un poco resignada.

—Ya me temía que no iba a funcionar. —De pronto se enderezó en el asiento—. Vamos a tener que cambiar de estrategia. Lo mejor es que vuelva a hablar con el marido de Nolwenn.

Aquello era inquietante.

—Sabes que no podemos hacer nada ilegal —dijo Dupin por si acaso.

—Lo sé. Deja en mis manos el tema del pájaro carpintero.

Esa última frase preocupó aún más a Dupin.

Guardaron silencio durante un rato.

Dupin encendió la radio. Se le acababa de ocurrir. Por lo general, cuando investigaba solía evitar todo tipo de prensa, pero ese caso no era el suyo. La radio podía ser una fuente potencial de información. Tenía que encontrar una emisora regional. Al poco tiempo dio con ella.

«… probablemente relacionadas. Damien Dantec, de cuarenta y cuatro años, era desde hace un año director de marketing y ventas de esta famosa bodega de vinos. Aunque, tras la muerte violenta del famoso vinicultor Brian Katell, el comisario partía de la idea de que se trataba de un accidente de caza, ahora da por hecho que se trata de un asesinato».

La noticia se había propagado en muy poco tiempo. No era de extrañar. En el Domaine había más de una docena de personas.

«La policía investiga actualmente cuál podría ser el móvil —dijo el locutor de la radio— que guarda relación con el negocio del Domaine du Lac, según informó el comisario Lelouche en una primera declaración. Describió lo ocurrido como uno de los crímenes más graves de los últimos años en el departamento del Loira Atlántico. Dijo que haría cuanto estuviera en su mano para resolver los asesinatos lo antes posible y llevar al autor o autores ante la justicia. Otras noticias de la región...».

Dupin apagó la radio.

—Realmente, no hemos descubierto nada nuevo —comentó Claire con tono seco.

Estaba en lo cierto.

—¿A ti te parece —intentó preguntar Dupin con delicadeza— que Cécile podría haber tenido una relación con Alain Chevrier? ¿Una aventura?

—¿Cómo dices?

Claire parecía horrorizada.

—¿Cómo se te ocurre tal cosa? ¡Nunca!

—No lo sé.

—¿Acaso tienes algún indicio que te lo haga pensar?

—No. Solo se me ha ocurrido.

Así era. La idea se le había ocurrido sin más.

—¿Solo se te ha ocurrido?

—Así es.

—¿Tenemos que considerar todas las posibilidades?

—Exacto.

—Vale.

Al cabo de veinte minutos, abandonaron la D751 en dirección hacia Pornic.

—La cafetería se llama La Cabane des Sablons. Miraré en el mapa.

Claire tecleó en su teléfono móvil.

Al poco rato, la carretera empezó a descender de manera abrupta hacia el mar, que brillaba en un tono verde jade sobrenatural. Al oeste, sobre el Atlántico abierto, al final de la gran bahía, las nubes se habían disipado; para ser más precisos, no se veía ninguna nube en absoluto.

La carretera ahora se inclinaba de un modo tan empinado que uno tenía la sensación de estar tomando carrerilla para luego dar un salto temerario, como en un trampolín de esquí. Tal vez un largo vuelo por encima del mar hasta la isla Noirmoutier.

—Al llegar a la carretera costera a la izquierda, a unos cientos de metros por la costa.

Rocas plateadas, de surcos delicados, descendían hasta hundirse en el resplandeciente mar de jade. La carretera discurría en paralelo a la línea del agua. Situadas a poca distancia entre sí, se veían las características cabañas de pescadores, las *pêcheries*. Tenían las redes echadas. La marea estaba alta. Los pescadores confiaban en una buena captura.

—Cécile me dijo que Pornic también sufre la invasión —comentó Claire, cuya mirada se había desviado también hacia esas cabañas de pescadores.

Uno de los grandes temas bretones del verano. Se trataba de una misteriosa invasión de calamares. Miríadas de estos animales infestaban las aguas del sur de la región, sobre todo cerca de la costa, devorando cuanto encontraban en las aguas. *On n'a jamais vu ça*, nunca se había visto nada igual; en eso todos los bretones estaban de acuerdo. Y eso era mucho decir en la Bretaña. La invasión afectaba a todo el sur de la región, Concarneau incluido. Por desgracia, el asunto no solo era misterioso, sino también peligroso. Era un problema grave, un desastre ecológico. Y, por desgracia para los bretones, también culinario. Esas voraces criaturas se habían hecho con todas las delicias, entre otras, con los bogavantes, las langostas y las cigalas. Las preferencias alimentarias de los calamares coincidían, en un grado alarmante, con las de Dupin. Sorbían el marisco vivo sin dejar nada. En marzo ya se habían publicado fotografías de bogavantes enormes que a primera vista tenían un aspecto intacto, pero que por dentro estaban huecos: solo les quedaba el caparazón. Lo mismo pasaba con los centollos, los cangrejos y los mejillones. Por desgracia, los calamares no se detenían tampoco ante el marisco favorito de Dupin, los *ormeaux*, esto es, las orejas de mar. Los calamares eran omnívoros. Además, los humanos encima les facilitaban el trabajo: en cuanto los centollos, que de hecho tenían una gran capacidad de defenderse, caían en las nasas de pesca, los calamares solo tenían que meterse dentro y sorberlos hasta dejarlos secos. Incluso biólogos marinos de renombre afirmaron que nadie sabía el motivo de aquella invasión. Sin embargo, sospechaban que aquello guardaba relación con el cambio climático. En cualquier caso, lo cierto era que los calamares habían proliferado cada vez más durante el verano. La semana anterior en el Glénan se había capturado un ejemplar de más de seis kilos de peso con unos tentáculos de ciento setenta centímetros de largo. «¡Están mutando a calamares gigantes!», se afirmó de modo sensacionalista. Los bretones contraatacaron de forma severa: «¡Luchemos juntos contra la invasión!». Ese había sido el primer llamamiento a las armas del *Ouest-France* en marzo. Dicho en términos prácticos: «¡A comer calamares!». Diarios, revistas de cocina, emisoras de radio y de televisión empezaron a dar a conocer recetas de calamares. Una campaña coordinada con los pescadores, que no tuvieron más remedio que cambiar el tipo de capturas. Un ejemplo: en mayo en la pequeña lonja de Quibéron se vendieron doscientos kilos de calamar; en junio fueron tres toneladas; en julio, cinco; en agosto, once toneladas, esto es, once mil kilos; y en septiembre, habían llegado a alcanzar las seis toneladas en una sola semana.

—Cécile dice que aquí los pescadores en las redes prácticamente solo atrapan calamares.

—Es horrible.

Dupin se veía comiendo calamares el resto de su vida.

—Es aquí, Georges. Casi hemos llegado.

Dupin vio lo que Claire había descubierto en el tronco grueso de un pino: un letrero desgastado de madera que decía: LA CABANE DES SABLONS.

Imposible dar con un lugar más hermoso.

Una cala rodeada de impresionantes salientes rocosos sobre los que se alzaban cabañas de pescadores. Más arriba, en las cimas verdes de los acantilados desgastados por el mar, se elevaban pequeños grupos de pinos muy juntos entre ellos. La cala en sí destacaba por una playa de gran belleza dotada de un elemento especialmente llamativo: tenía la arena de color rojo arcilla. El sol la hacía brillar de forma intensa. Y no solo ella, también hacía refulgir las piedras oscuras y grises que se alzaban por la arena aquí y allá. También allí el mar lucía su mágico color verde jade.

—¡Esto es una maravilla, Georges!

Así era.

Además, allí, en la costa, la temperatura era al menos de veinticinco grados. Diez más que en el fin del mundo que habían vivido hacía muy poco en los viñedos.

La Cabane des Sablons se encontraba justo en la arena, y apoyaba su parte posterior sobre las rocas. Era una pequeña construcción de madera, blanqueada por el efecto del sol y la sal, con tejado plano, de tono arcilloso, como el de la arena de la bahía. Había una pasarela de madera que conducía por la playa hasta la Cabane y de allí a unas tumbonas de playa de apariencia cómoda y unas mesas blancas dispuestas debajo de unas amplias sombrillas blancas.

La Cabane y esa cala entraron de inmediato en la lista de lugares favoritos de Dupin.

Como queriéndole dar la razón, un azul radiante, procedente del oeste, conquistaba con aplomo cada vez más trozos del cielo.

El mundo que allí se desplegaba convertía lo que acababan de vivir en un mero embrujo sombrío. El sol simplemente se burlaba de todas las tormentas.

—Una copa de Saumur, por favor. —Claire había visto en la carta el vino blanco, del Loira, por supuesto. Completó la comanda diciendo—: También un café solo y una botella grande de agua.

Estaban de pie junto a la barra. Así, Dupin tendría más rápidamente el café que tanto anhelaba.

—Un Saumur fantástico —la camarera sonrió con gesto de aprobación— y lo tenemos a la temperatura ideal.

Saumur iba a ser la siguiente etapa de su luna de miel. Al menos ese era el plan.

—Dos cafés solos para mí, por favor —dijo Dupin—. Ya puede traer la botella de Saumur. Y una rillette de caballa en tostadas.

Un pequeño tentempié no haría ningún daño.

—Enseguida lo tendrán. —La camarera, una señora atenta y amable, confirmó el pedido con una sonrisa—. ¡Parece que les ha pillado la lluvia!

—¡Oh, sí! —corroboró Claire—. Ahí, junto al lago.

Aún se les notaba. Claire tenía el pelo largo mojado, y a Dupin los vaqueros se le pegaban de un modo incómodo a los muslos; odiaba esa sensación.

—Pues aquí apenas ha llovido. Apenas unas pocas gotas.

A Dupin eso ya le había llamado la atención. Allí, todo estaba seco.

—El cielo se ha puesto muy negro, pero no ha llovido. En cualquier caso, todos los clientes han buscado refugio por si acaso.

Señaló las mesas vacías con la cabeza.

Claire y Dupin se sentaron junto al agua. Aquellas tumbonas de playa eran incluso más cómodas de lo que parecían.

—Quiero echar un buen vistazo a la finca de Katell —anunció Dupin— en cuanto Lelouche y sus hombres se hayan marchado.

Había pensado que gracias a Cécile —que, de hecho, era ya la nueva propietaria— tendrían acceso sin restricciones. Eso, claro está, si el comisario no había decidido precintar la finca, algo que, de estar él en su lugar, ya habría hecho.

—De acuerdo. Hagámoslo. Cécile conoce aquello al dedillo. Y además tiene la llave de la vivienda de Brian.

Dupin confiaba en ello.

—Y esta no solo abre su piso; en realidad es una llave maestra con la que es posible entrar en cualquier sitio de la finca.

Fantástico.

Claire y Dupin habían arrastrado dos tumbonas para poder estar el uno junto al otro en la arena, los dos frente al mar.

Dupin miró la hora.

—¿Crees que Cécile se podrá reunir con nosotros en el Domaine du Lac a las seis y media?

—Seguro que sí. Ha reservado mesa para cenar esta noche en el Marius. Está en el puerto de Pornic. Dice que es el mejor restaurante de la ciudad. Para las ocho. ¿Lo cancelamos?

—No, no. Mejor lo posponemos para un poco más tarde. Eso será suficiente.

No estaba dispuesto a improvisar en el aspecto gastronómico durante su luna de miel.

—Bien. Entonces llamaré a Cécile… y al marido de Nolwenn.

Antes de que Dupin pudiera decir nada, ella ya se había levantado y se había dirigido hacia el agua.

Cuando regresó, la bebida ya estaba servida. Dupin había llenado las dos copas generosamente. El ingenioso viticultor había llamado a su vino *Clin d'œil*, guiño.

—Ya está todo arreglado. A las seis y media. Dice que la llamemos cuando lleguemos a Bouaye. Cécile debía estar igualmente en el Domaine, el comisario le ha pedido que vaya. También en calidad de futura propietaria. Por cierto, todo el mundo sigue allí, toda la comitiva policial. He dejado un mensaje de voz para el marido de Nolwenn.

Dupin alzó la copa.

—¡Por nosotros, Claire!

Claire levantó la suya.

—Por nuestra primera investigación juntos —añadió.

Aunque antes Dupin no lo habría creído posible, al oír las palabras de Claire incluso sonrió.

—Melocotón, cítricos, seguro. Y, un momento, sí…, es lichi. Sí, exacto. ¡Lichi!

¿Lichi? A Dupin jamás se le habría ocurrido hacer esa asociación. Cítricos, desde luego, sí; por alguna razón, siempre notaba su sabor, y melocotón seguramente también. Pero lichi, no. Acto seguido tomó un sorbo mayor. Era evidente que iba a tener que entrenarse más a fondo.

—Refrescante en boca, con viveza, redondo. —Claire estaba entusiasmada—. Es curioso, pero me hace pensar en espárragos.

Otra sorprendente asociación de sabores para Dupin.

Mientras Claire se llevaba a la boca un sorbo más, con la otra mano hurgaba en su bolso. Entonces sacó la tabla con los nombres de los implicados y la pequeña libreta Clairefontaine roja.

—Aquí, toma, tu cuaderno. Actualizaré la información. A fin de cuentas, ahora tenemos un sospechoso menos. Y un muerto más.

Sin duda, con sus palabras, Claire no había querido parecer tan macabra como había sonado.

Dupin había dejado el vino y estaba tomando el segundo café solo.

—¿No vas a empezar a hacer tus famosas anotaciones?

Arrojó una mirada desafiante a Dupin.

—Es lo que siempre haces. En tus notas empleas un sistema secreto.

Él no tenía ningún sistema secreto. Y este no funcionaba tampoco a voluntad. De hecho, se dio cuenta de que Claire tenía una visión bastante mecánica de su trabajo. Como si existiera un procedimiento predeterminado.

—Cuando hemos hablado con el arquitecto, el amigo de Brian, ¿tú qué has entendido? ¿Él se limita a diseñar los planos de los bares de vinos? ¿O acaso está involucrado en todo el proyecto con su propio dinero?

Ese aspecto acababa de pasar por la mente de Dupin.

—Lo que ha dicho se podría interpretar de cualquier modo. Tampoco Cécile parece saberlo con exactitud. Deberíamos haberle preguntado a él directamente.

Como tantas otras cosas.

—¿Por qué? Esto es, ¿por qué quieres saberlo?

—Por nada, simple curiosidad.

Dupin no estaba dispuesto a empezar a justificar cada pregunta, cada impulso, cada pensamiento, cada intuición. ¡Para nada!

—¿Crees que se trata de algo relacionado con el vino? ¿Que al final tendrá que ver con la rivalidad de siempre de las dos bodegas?

Dupin estaba pensativo.

—¿Por qué Dantec? ¿Por qué él?

Entonces hizo una anotación, la primera.

—¿Qué has anotado?

—Yo…

En ese momento sonó el móvil de Dupin. Miró la pantalla con desgana. ¿El inspector Labat? ¿Qué podía querer?

Dupin vaciló, pero finalmente respondió.

—¡Sí, soy Dupin!

No estaba dispuesto a soportar ahora el ritual habitual de Labat, que empezaba cualquier conversación telefónica preguntando a la persona a la que había llamado él si era de verdad quien estaba al teléfono.

—¿Comisario Dupin?

—Labat, lo digo en serio, yo…

—Ahora mismo estoy delante de su casa. ¿Cómo se lo puedo decir? ¡El problema con el pájaro carpintero ya está resuelto!

—¿Cómo dice?

Era la mejor noticia que Labat le había dado nunca.

—Pero hay un dilema.

Por aquel entonces, era la palabra favorita de Labat. Todo era un dilema. Especialmente, cosas que no lo eran en absoluto si uno se ceñía de verdad al significado real de esa palabra.

—Su lugar lo ocupa ahora un picamaderos negro. Ahora hay dos. Este es el problema ahora.

El sentido del humor de Labat era algo retorcido.

—¡Labat! Eso no tiene gracia.

Claire miró intrigada a Dupin.

—Tampoco era mi intención ser gracioso, comisario. El picamaderos negro es incluso más agresivo que el verde. E, igual que este, tampoco se deja intimidar por el rap. Ahora tenemos dos aves agujereando la madera.

Labat no bromeaba.

—¿Y usted ha hecho alguna cosa al respecto, Labat?

Por su tono de voz, parecía como si Labat se hubiera limitado a observarlo todo con interés.

—Por supuesto. —Una reacción rápida—. Llevo un tirachinas profesional conmigo. No les gusta nada. El problema es que estas aves son muy rápidas, y no acabo de darles bien; en cuanto me alejo, regresan. Le Ber está ocupado en otra parte.

Sin duda, disparar con un tirachinas a aves protegidas era ilegal.

—¿Y qué se puede hacer?

—Ni idea, comisario. Ya ve, un auténtico dilema.

—Yo…

Dupin no sabía qué decir.

—Le llamo luego, Labat. Entretanto, aguarde ahí. ¡Hasta ahora!

Al punto Dupin colgó.

Tal vez a Claire se le ocurriera algo. Resumió la llamada en pocas palabras.

Esta no parecía especialmente sorprendida. Inclinó la cabeza.

—Y ahora tenemos también un picamaderos negro. Ya pasa.

¿En serio? Dupin no había oído decir eso en la vida.

—Debemos…

El móvil de Dupin volvió a sonar. Esta vez, un número desconocido.

—¿Diga?

—¿Comisario Dupin?

—¿Con quién hablo?

—Soy Emily Pic, la enóloga del Domaine du...

—Ya sé quién es usted, señora Pic.

Durante unos instantes, se produjo un silencio.

Claire hizo una señal. Dupin necesitó un instante para comprender y a continuación, activar el altavoz.

—¿Sigue ahí, señora?

Ahora Claire también podía escuchar.

—Es que... Bueno, quería preguntarle una cosa.

—¿Y bien?

—Me resulta algo violento.

—Usted pregunte, señora. Quedará entre nosotros. Como si estuviera en la consulta de un médico.

Claire puso los ojos en blanco.

—Yo tengo, bueno, tenía, una aventura con Damien Dantec, desde hacía seis meses. Me pregunto si debería informar de ello al comisario Lelouche. Igual, si no lo hago, estoy cometiendo un delito. Es algo que no me gustaría nada hacer. Hace un momento, después de que usted se fuera, he hablado con él, y no se lo he contado. Sin embargo, él me ha preguntado si sabía de algún asunto privado de Damien Dantec.

Una información de lo más interesante. Dupin guardó silencio un instante.

—Usted no está obligada a hacerlo, señora Pic. Pero, por otra parte, se lo recomiendo. Podría ser algo relevante, eso nunca se sabe. Tal vez ayudaría a resolver el caso. Por otra parte, eso a usted también le conviene. Objetivamente, usted se encuentra entre los sospechosos. —Dupin habló con calma y mesura—. Si no lo hace y el comisario se entera, cosa que acabará haciendo, usted parecerá aún más sospechosa.

—¿Aún más sospechosa?

—Desde el punto de vista estadístico, a menudo, la persona que encuentra el cadáver es la que ha cometido el crimen.

Dupin se terminó la copa de Saumur.

—Así pues, será mejor que lo haga —dijo la señora Pic al cabo de un instante.

—Debería hacerlo sin falta.

Dupin no quiso añadir que, de lo contrario, él tendría que hacerlo. A diferencia de ella, él sí estaba obligado.

—Vale. Solo quería saberlo.

—Yo también tengo una pregunta para usted. Es sobre ese proyecto del bar de vinos, ¿sabe por casualidad si Alain Chevrier ha invertido también en él?

—No lo sé. Tendrá que preguntarle a él.

Dupin estuvo a punto de responder: «Así lo haré». Se contuvo justo antes de hacerlo.

—Bien, pues, muchas gracias por esta conversación confidencial, señor comisario.

Aunque antes su voz había resultado algo contundente, de nuevo ahora su tono era amable.

—No hay de qué, señora Pic.

Al momento siguiente ella colgó.

—¿Acaso se trata de esto? ¿De esta aventura amorosa? ¿Ella mató a Dantec? ¿Y qué hay de Brian? ¿Por qué él tuvo que morir?

Claire soltó aquella retahíla de preguntas en una sola exhalación.

—También es posible que sea algo irrelevante y no tenga en absoluto nada que ver con el caso.

Dupin se reclinó en su asiento.

—Pero también podría explicarlo todo, ¿no? Aunque no sepamos ver cómo.

Dupin asintió.

Era lo que siempre pasaba con la información en las investigaciones. De hecho, no solo en ellas, sino en la vida en general.

—Todavía no conocemos al hijo de Marchand. —En realidad, Dupin hablaba para sí—. Hace un rato tampoco estaba en la bodega.

Dupin había elaborado su propio cuadro de personas involucradas. Muy particular, a su manera.

—Ya lo conoceremos. Encontraremos el modo.

Claire llenó las copas.

—Nosotros…

El móvil de Dupin. Por tercera vez.

Nolwenn.

Dupin respondió.

—¿Diga?

—¿Está Claire con usted?

Algo no iba bien. Dupin se dio cuenta de inmediato al oír la voz de Nolwenn.

—Sí, aquí está. ¿Por qué…?

—¿Dónde están ahora?

—¿Qué ocurre, Nolwenn?

Dupin volvió a activar el altavoz.

—Yo, bueno…

Dupin no recordaba haber visto tanta inseguridad y vacilación en su secretaria.

—¡Nolwenn! ¿Qué sucede?

—Alguien los ha amenazado, señor comisario. A Claire y a usted.

—¡¿Cómo?! —exclamó Claire.

—Claire también está escuchando, bien. Igual que Le Ber. Está aquí, sentado a mi lado. Acabamos de recibir un correo electrónico anónimo que…

—Léalo en voz alta, Nolwenn.

—«Este es un aviso para el comisario Dupin: si prosigue con sus pesquisas pondrá en peligro su vida y la de su esposa. Esto va muy en serio». Le Ber y yo hemos…

—Pero ¿qué es esto? —Dupin se levantó con tanto ímpetu que su asiento cayó al suelo… Estaba fuera de sí. Alguien había amenazado a Claire.

—Como he dicho, este correo acaba de llegar. Se ha enviado a la dirección de correo electrónico general de la comisaría. Y para el envío han utilizado un *remailer.*

—¡Hola, jefe! —Le Ber se apresuró a tomar la palabra—. Ya me lo he mirado todo. No se puede rastrear. Toda la información útil para identificar el remitente ha sido eliminada. Se envió por medio de un programa de reenvío, que lo ha hecho pasar de forma aleatoria por varios servidores en todo el mundo. Esto significa que ni siquiera se puede saber con certeza cuándo fue enviado.

—¿Una amenaza? ¡Qué descaro!

Claire no mostraba el menor atisbo de miedo; en cambio, estaba indignadísima.

—Así es —corroboró Nolwenn sin más.

—¡Increíble! ¡Que se atrevan!

Claire estaba fuera de sí.

—¿Y no hay modo de rastrear el correo, Le Ber?

Dupin echó a andar por la arena en dirección a la línea de mar. Claire caminaba muy cerca de él.

—De ningún modo.

Entonces así era.

—Por otra parte, que haya llegado a través de un *remailer* tampoco significa gran cosa. Ya no hace falta ser un experto informático para ello. Son servicios de acceso libre para todo el mundo y usarlos es un juego de niños. Cualquiera puede enviar un correo electrónico completamente anónimo en unos pocos minutos.

—¿Hay alguien más que tenga noticia de esta amenaza?

—No, claro.

—Bien.

Habían llegado junto al agua. Dupin avanzó hacia la izquierda por la arena con Claire muy cerca de él.

—Hemos de informar de esto al comisario de Nantes —intervino Nolwenn—, de inmediato, en realidad. Y tenemos que pensar cómo vamos a seguir adelante a partir de ahora.

—No vamos a informar a nadie de esto —protestó Dupin—. No serviría de nada, salvo para causar más agitación y líos.

Sin duda. El encuentro del mediodía ya había sido bastante desagradable.

—Una amenaza de muerte contra un comisario de la Policía Nacional y su esposa. Relacionada además con dos asesinatos brutales y…

—De acuerdo, Nolwenn.

Tenía razón. Lelouche debería ser informado.

—Tenemos que notificarlo de inmediato, jefe —recalcó Le Ber.

—Ya he dicho que de acuerdo.

—¿Y qué vamos a hacer ahora? ¿Cómo esquivaremos esta amenaza? —Nolwenn retomó la cuestión de fondo.

—Atraparé a esa persona. De inmediato. Con todos los medios a mi alcance. ¡Nadie amenaza a Claire!

Cuando llegaron al final de la playa, dieron media vuelta y anduvieron en sentido contrario. Dupin notaba el vino. En el cuerpo, en la cabeza. A Claire debía de pasarle lo mismo. Habían vaciado la botella de Saumur en un santiamén.

—La amenaza es para ambos, señor comisario. Esa persona no tiene escrúpulos, ya ha cometido dos asesinatos. Y no dudará en cometer otros.

—Eso es porque sabe muy bien que Georges lo descubrirá —siseó Claire—. El asesino teme más a Georges que al comisario de Nantes.

Dupin interpretó esas palabras como una declaración de amor.

—Les diré lo que pienso. —Nolwenn se esforzó por adoptar un tono especialmente severo—. Hay que poner fin a todo esto. Partan hoy mismo hacia Saumur. Y dejen el asunto en manos de la policía del lugar.

—Ni pensarlo —espetó Claire—. De ninguna manera. Y menos aún ahora.

—Yo me quedo —afirmó Dupin—. Pero Claire se marcha. Me ocuparé de esto y luego seguiré el viaje.

—¡Georges, has perdido la cabeza! ¡De ningún modo!

Pocas veces Dupin había visto a su mujer tan indignada.

—Claire, en esta ocasión creo que debería hacer caso a su marido.

Nolwenn dejó claro su punto de vista.

—Opino lo mismo —corroboró Le Ber—. No puede permanecer ahí. Es demasiado peligroso.

—Si Georges se queda, yo también —afirmó Claire de forma rotunda. Acto seguido añadió con tono severo—: ¡Y Georges se queda!

—El comisario Lelouche le pedirá también que abandone el lugar. —Nolwenn volvió a intentarlo.

—Lelouche no puede obligarnos. Además, no pienso dejar sola a mi amiga con un asesino loco por aquí.

Habían llegado al otro extremo de la playa y de nuevo dieron la vuelta.

—No les puede obligar, pero eso podría darle serios quebraderos de cabeza al comisario Dupin.

—Eso ya lo veremos.

En estas situaciones, en Dupin se imponía siempre el instinto de huir hacia delante, de plantar cara.

Por un instante, se hizo el silencio.

—¡En fin, vaya dos! Son ustedes como el hambre y las ganas de comer. Cortados por el mismo patrón.

No había ironía en el comentario, Nolwenn hablaba en serio. Lo decía como un reconocimiento.

—En realidad —continuó—, ya suponíamos que reaccionarían así. Y por eso hemos decidido que Le Ber y Le Menn van a tomarse unos días de vacaciones en Pornic. He hecho una reserva para ellos en el hotel de Cécile Cast. Ahora mismo, el Domaine du Lac está cerrado: tanto el hotel como la producción de vino. Y ustedes también deben volver a su habitación en el establecimiento de Cécile.

—¿Le Ber y Le Menn? ¿En el hotel?

Dupin y Claire se detuvieron.

—Pero esto es absurdo. Y completamente innecesario.

—Nada de peros. Tienen que aceptarlo.

Dupin se quedó quieto, desconcertado.

—Estamos de acuerdo —respondió Claire con tono decidido.

—Claire, nosotros... —Dupin iba a protestar. Se interrumpió.

—¿Y bien, señor comisario?

—Vale —aceptó Dupin con tono resignado.

—Manos a la obra. Ahora hablaré con la secretaria del prefecto, incluso, si es posible, con el propio Guenneugues. Le enviaré el correo electrónico con la amenaza.

Dupin no había pensado en ello.

—Pero usted no se preocupe, señor comisario. Solo haré los comentarios oportunos.

Nolwenn había adoptado una actitud combativa, eso alegró a Dupin.

—Le dejaré claro al prefecto que esas afirmaciones de que está investigando durante su luna de miel son absurdas.

—¡No exagere, Nolwenn!

—¡Nunca! Ya me conoce.

—Vale. Entonces ahora iremos a la finca de Brian Katell y nos encontraremos con Cécile Cast.

—¡No se olviden de la maleta!

Nolwenn tenía razón. Todavía la tenían en su habitación.

—Le Ber y Le Menn llegarán a Pornic sobre las nueve de la noche. Claire y usted, por supuesto, no tendrán ningún contacto con ellos. Sin embargo, ellos estarán siempre cerca de ustedes y no los perderán de vista.

Aquello parecía una conspiración.

—¿No llamará mucho la atención?

—No creo que nadie allí conozca su aspecto. Ni siquiera en la comisaría de Nantes. Y, como he dicho, oficialmente se acaban de tomar libre el resto de la semana. Yo, como siempre, soy la central de operaciones.

Una frase tranquilizadora.

—También Labat y Nevou están disponibles. Por supuesto, los pondremos al día de los acontecimientos. De hecho, todo esto queda en familia.

A Dupin le incomodaba un poco que hubiera tanta gente informada, pero no quedaba otro remedio.

—Otra cosa, señor comisario. Hemos comprobado las licencias de caza y de armas de fuego. Nadie tiene ninguna. Pero, como usted sabe, en el pasado era fácil comprar armas de caza.

En efecto, lo sabía. En los últimos años la normativa se había endurecido mucho.

—Hasta luego, señor comisario.

—Hasta luego, Nolwenn.

—Hasta lu... —intentó despedirse Le Ber cuando Nolwenn interrumpió la comunicación.

Claire y Dupin se apartaron de la orilla y anduvieron por la arena rojiza hacia el sendero que llevaba a la calle. Llegaron a la carretera de la costa donde tenían aparcado el coche.

Poco después, Dupin arrancó el motor, pero antes se volvió hacia Claire. Tenía algo que preguntarle.

—¿Hasta qué punto conoces de verdad a Cécile?

Claire le dirigió una mirada molesta.

—Georges, pensaba que ya habíamos aclarado este asunto.

—Hasta que no sepamos quién es el asesino, no habremos aclarado nada.

Miró hacia delante y pisó el acelerador.

Estaban a punto de llegar a Bouaye.

Claire marcó el número de Cécile.

Esta respondió de inmediato.

—Ya llegamos, Cécile.

—Perfecto, mi charla con el comisario ya ha terminado. Acaba de abandonar la finca, pero ha dejado unos policías apostados ahí —siguió diciendo Cécile en tono conspirativo—. Nos impedirían el acceso, y además informarían de inmediato al comisario Lelouche. Así pues, vamos a tener que actuar a escondidas.

—Tienes razón.

Claire, al parecer, no veía ningún problema en todo aquello. Sin embargo, solo había una palabra para describir lo que hacían: ilegal. Aquella era una acción ilegal. Pero las cosas eran así. Dupin estaba decidido. Tal y como estaba la situación, aquel era el único modo de entrar en la vivienda de Brian Katell.

—Nos encontraremos fuera de la finca. Cuando lleguéis al camino que conduce a la bodega, no toméis el acceso directo a la derecha. Seguid un poco más y luego girad a la derecha. Yo os estaré esperando allí con mi coche.

—De acuerdo. Considerémoslo de este modo —dijo Claire—, tú heredas el Domaine, por lo que heredas también la vivienda de Brian. Ahora todo eso es tuyo. Y supongo que el comisario no te ha prohibido de forma expresa quedarte ahí, ¿no?

—No, no lo ha hecho.

Para Dupin, esas eran unas justificaciones muy traídas por los pelos.

—Iremos por el acceso trasero —explicó Cécile—. Por cierto, me han dado vuestra maleta, la pondremos en vuestro coche.

—De acuerdo.

Cécile colgó.

Dupin levantó la mirada. No se veía ni una sola nube. El cielo refulgía inocentemente en un azul intenso. Solo los charcos, las ramas rotas, las ramitas y las hojas recordaban la violenta tormenta.

—¡Lelouche me ha estado interrogando durante hora y media! Me ha hecho preguntas de lo más extrañas. —Cécile estaba enfadada—. Ha sido incluso peor que ayer. Ahora yo soy su principal sospechosa.

Habían entrado sin ser vistos en la vivienda de Brian Katell, que ocupaba toda el ala izquierda del edificio. Había dos policías apostados frente a la entrada principal, otros dos en el ala de oficinas, y una tercera pareja en la parte posterior del ala derecha, junto a la obra y la entrada a la bodega. La zona de oficinas estaba acordonada, al igual que las dos naves de producción de vino.

—¿Tú sabías algo de la aventura de Emily Pic y Damien Dantec?

Dupin no había querido entrar en los comentarios de Cécile.

—¡No! ¿De verdad? —Cécile parecía muy asombrada—. ¿Emily Pic y Damien Dantec?

Permaneció callada durante unos instantes.

—No tenía ni idea.

Otro silencio.

—Bien mirado, en realidad, hacían buena pareja —opinó Cécile—. Los dos tienen una ambición patológica. ¿Era una relación de verdad o solo una aventura?

—Ella habló de una aventura —respondió Claire.

—¿Lo sabía alguien? ¿Os parece que eso puede ser importante?

—Ya se verá —murmuró Dupin. Fijó la mirada en Cécile—. ¿Sabes si Anne-Sophie y tu exmarido querían tener hijos?

Contestó la pregunta de inmediato.

—No creo.

Sus palabras sonaron asombrosamente decididas.

—¿Por qué?

—Brian no quería tener hijos. No porque no le gustaran, no era eso. Al contrario. Le gustaban los niños y se entendía bien con ellos. Pero no quería tener. Era así.

De pronto ella pareció triste. Era como si en ese tema hubiera una historia personal. Una sobre ella y su exmarido.

—Pero tampoco podemos descartarlo —afirmó Claire—. Puede que ella quisiera a toda costa.

Claire se interrumpió. Se hizo un silencio incómodo.

—¿Ha desaparecido alguna cosa del Domaine?

Dupin cambió de tema.

—Por lo visto hasta ahora, no. —Cécile parecía aliviada por el cambio en la conversación—. Lelouche ha recorrido todas las estancias acompañado por el señor Marchand. Pero, la verdad: aquí no hay ningún objeto de valor. Ni siquiera en el piso de Brian. El valor en sí es la bodega.

Dupin aún notaba el vino blanco en la cabeza. Con todo, estaba completamente lúcido. Había sacado la pistola de la guantera y se la había metido debajo del polo. Nada más salir del coche se había sentido inquieto, y, con gesto instintivo, escrutó a su alrededor con los ojos entornados. Permanecía muy cerca de Claire.

—¿Qué sitio es ese donde mataron a Dantec? ¿Una especie de almacén?

—Eso es. Allí se guardan cincuenta botellas de cada una de las últimas veinte añadas. Para consumo propio, decía Brian. Por lo general, un muscadet se suele beber al cabo de dos años como máximo. Muy pocos se benefician de un mayor envejecimiento en botella. Solo los de una calidad excepcional pueden guardarse hasta veinte años; maduran de maravilla. Aunque es cierto que pierden un poco de frescura, su sabor gana en complejidad. El vino tiene más oxígeno, la acidez está mejor integrada, todo es más armonioso. Por supuesto, la nota floral básica permanece, y el sabor se aprecia con más claridad.

—Entonces es una especie de archivo. —Claire fue más allá—. El de los últimos veinte años de la bodega.

—Sí, en principio, así es. Pero es para consumo. Todos los viticultores tienen una bodega de este tipo. De hecho, esta sala suele estar cerrada. Aunque seguramente Dantec tenía una llave. Como todos los empleados de cierta categoría.

—Entonces ¿no es raro que Dantec estuviera ahí? —quiso saber Dupin.

—No. Tal vez buscara alguna botella en concreto, puede que para obsequiar a algún cliente. —Cécile Cast giró sobre sus talones—. Pero, ahora, vayamos al piso de Brian. En esa sala él organizaba de vez en cuando catas privadas, con menús elaborados. Para amigos, conocidos, huéspedes, clientes especialmente buenos, sobre todo para gastrónomos.

Brian Katell había hecho retirar todas las paredes, creando una especie de loft que ocupaba todo el piso inferior. Tenía una cocina abierta que daba a un comedor con una larga mesa de madera en la que cabían por lo menos veinte comensales. Dupin supuso que el tablero era de madera de nogal natural. Había dos neveras para vino de color negro mate y de media altura, una junto a la otra.

Unos pasos después de la mesa imponente se abría una zona de butacas formada con elementos distintos artísticamente relacionados, fundas de lana de color gris claro, cojines de todas las formas y colores.

—Brian siempre cocinaba. Le encantaba. Sobre todo, los asados a baja temperatura. Cordero, buey, cerdo, ternera, aves. Todo.

Una pasión que Dupin aplaudía con toda el alma.

—Asistí con bastante frecuencia. Eran veladas magníficas. Noches alegres, momentos perfectos; muchas veces, en verano, hasta el amanecer. Luego nos sentábamos en el patio. —Señaló el patio desde la ventana. La cocina tenía su propia salida ahí.

Tras esas últimas frases, a Cécile la invadió una marcada tristeza que no trató de ocultar. Aún se notaba el profundo afecto que había sentido por su exmarido.

—Seguro que conocéis las películas de Éric Rohmer. —Cécile abrió la nevera y sacó una botella de vino—. Amigos sentados a la mesa, comiendo, bebiendo y hablando de la vida, y viviéndola con intensidad durante toda la velada.

Dupin sabía lo que Cécile quería decir.

—¿Cuándo fue la última de esas veladas?

—Hace tres semanas. Cada año había una pausa con el inicio de la vendimia. Brian tenía previsto empezar a invitar de nuevo a principios de noviembre.

Cécile había descorchado la botella entretanto y sacó tres copas de una estantería que contenía docenas de ellas en diferentes formas y tamaños. Las llenó con mucha delicadeza.

—Aquí tenéis, como pequeña compensación por la cata cancelada. Uno de los mejores vinos de Brian. Le Grand. Su línea más exclusiva. De las vides que se hallan más cerca del lago, donde el contenido de arcilla en el suelo es mayor.

El vino que le había costado la vida a Dantec: Le Grand. Había muerto por un golpe de una botella como esa.

—A fin de cuentas, estáis de luna de miel. Una añada extraordinaria. 2012 fue un año sensacional para todos los muscadets, pero especialmente para este.

Por un momento los ojos se le llenaron de lágrimas.

—¿Sabéis? A Brian no se le puede conocer mejor, de forma más personal e íntima, que a través de sus vinos.

De hecho, a Dupin le habría gustado rechazar la copa. Tomar una copa de vino no parecía en absoluto acorde con la situación. Habían ido allí para examinar la vivienda de una víctima de asesinato y estaban rodeados de agentes de la policía.

—Los buenos muscadets suelen brindar aromas de manzana y pera, y normalmente también de muguet, jazmín o violeta.

Muguet, jazmín, violeta... A Dupin jamás se le habría ocurrido combinar estos aromas con vinos.

—Pero Brian también quería que hubiera naranja, mandarina y membrillo. Y, sobre todo, almendras. ¡Y aquí, en su

Le Grand, los reunió a todos! Todo lo que él quería. Algo, en sí, imposible, pero lo consiguió.

Claire y Dupin tomaron sus copas.

—¡Por Brian!

Brindaron, se oyó el tintineo del cristal.

La expresión de Claire cambió por completo.

—Es increíble. Eso lo supera todo.

—Esa noche de hace tres semanas, ¿quién estuvo? —preguntó Dupin.

—Fue una fiesta en honor a Marchand. Por sus cincuenta años de servicio a la bodega. Se invitó a todos los empleados. Brian obsequió a Marchand con una botella de un burdeos extraordinario. En agradecimiento por su labor. Un Château Cheval Blanc, premier grand cru classé, de Saint-Émilion, del año en que nació Marchand. 1953. Imaginaos eso. Es de locos. Pero muy propio de Brian. Con el dinero que vale ese vino Marchand podría comprarse un coche nuevo. Brian, toda la bodega, está realmente en deuda con Marchand. Brian era muy consciente de ello.

—¿Estuviste presente esa noche?

—No.

—¿Por qué no?

Dupin se dio cuenta de que esa pregunta, en cierto modo, parecía fuera de lugar.

—Como ya he dicho, solo se invitó a los empleados.

—¿Y su pareja Anne-Sophie Joly, tampoco?

—Sí, ella sí estuvo.

—¿Cuántos empleados tiene la bodega?

—Hay dieciocho fijos, y en otoño hay mucha gente que ayuda para la vendimia. Unos sesenta.

—No está mal. —Claire enarcó las cejas.

—Esta finca tiene un tamaño muy parecido a mi Fontaine. Es una de las fincas vinícolas más grandes de la región.

—Esto significa que de golpe tu explotación prácticamente ha doblado su tamaño.

Dupin tomó otro sorbo de aquel muscadet excepcional.

—La verdad es que no tengo ni la menor idea de cómo lo voy a hacer. Pero, por supuesto, el Domaine du Lac seguirá siendo una bodega independiente.

—No podías imaginar que Brian te lo dejara todo a ti —intervino Claire mientras le dirigía una mirada de reproche a su marido.

—Brian no hizo nunca ni la más remota insinuación al respecto. ¡Nada! ¡Nada de nada! Ayer ya hablamos de esto, yo estaba bastante segura de que él no había dejado testamento.

—¿El notario te dijo cuándo lo redactó?

—Hace dos años, en febrero.

—¿Y entonces él ya estaba con Anne-Sophie Joly?

—Sí, desde hacía casi un año. ¿Os parece que subamos?

Cécile había empezado a dirigirse hacia la escalera de caracol que conducía al primer piso.

Dupin y Claire la siguieron.

—¿Por qué crees que no te dijo nada?

—La verdad es que no lo sé. ¿Tal vez porque le habría dicho que no lo quería?

—¿No lo quieres?

Habían llegado hasta la escaleras.

Cécile daba la impresión de estar abrumada, pero pronto recuperó la compostura.

—Entonces, seguro que habría dicho que no. Pero ahora... —Se interrumpió—. Ahora es un encargo. Un mandato. Ahora da igual lo que entonces hubiera dicho.

—Es una idea bonita, lo del mandato —corroboró Claire mientras lanzaba a Dupin otra mirada de advertencia.

Este hizo caso omiso.

—¿Por qué crees que te eligió a ti como valedora de su

legado y no a su pareja ni a Jules Marchand? ¿Ni siquiera a su amigo del colegio, con el que, de hecho, tenía planes en común?

Cécile no dio la impresión de tener problemas con esa pregunta.

—Es posible que él supiera que yo haría todo cuanto estuviera en mi mano para que el Domaine du Lac prosiguiera con su espíritu, el espíritu de una tradición de doscientos años. Como un trozo importante de la cultura, como una forma de arte, y no solo como un negocio.

Parecía plausible.

—¿Hubo alguna razón por la que Brian ordenara redactar el testamento hace dos años? ¿Por qué entonces?

Cécile empezó a subir la escalera.

—Yo también le he estado dando vueltas a eso. Lo cierto es que no lo sé. En cualquier caso, eso fue cuando decidió llevar a cabo las tareas de restauración y cuando a Alain y a él se les ocurrió la idea del bar de vinos. Por supuesto, aquello suponía una inversión considerable. Quizá entonces le dio por pensar en ello. ¿O tal vez porque ya tenía más de cuarenta años? No lo sé.

Cualquiera de esos dos motivos habría sido bueno.

—¿Cuál era la situación económica de Brian? —preguntó Dupin.

Claire y él iban unos pasos por detrás de Cécile.

—Absolutamente sólida. Al menos así era cuando yo la conocía al detalle. Ningún préstamo, ventas en aumento, beneficios en ligero ascenso, por aquel entonces eran de unos trescientos mil euros al año. De ellos se reinvertía una buena parte. Además disponía de reservas, activos líquidos, aunque no muy importantes. Por supuesto, no sé cómo han ido las cosas en los últimos años, pero, por lo que he oído, todo indica que siguió de un modo similar.

Ya habían llegado al primer piso.

Dupin miró a su alrededor.

Era una estancia fabulosa. Ventanales hasta el techo. Interrumpidos solo en tres puntos por una franja de ladrillos. Era como vivir en medio del viñedo. Y, a la vez, verlo en el exterior. A Dupin le pareció que incluso podía atisbar el lago refulgiendo entre los álamos. Las ventanas situadas en el lado opuesto ofrecían una vista muy agradable del patio. Las paredes que quedaban en medio estaban repletas de cuadros y fotografías.

El espacio, que como en la planta baja también era de tipo loft, estaba dividido en dos zonas. En un extremo del dormitorio había una cama grande cubierta con una colcha de color turquesa oscuro con vistas sobre los viñedos. En la pared que daba al patio se alzaba un armario empotrado impresionante hecho de madera clara.

Por lo que Dupin podía ver, la otra zona, más grande, de esa planta parecía reservada a las pasiones de Katell. Un despacho de pasiones. Había unas mesas largas y estrechas en ambas paredes sobre las que estaban dispuestos todo tipo de objetos. Dupin las recorrió. Le dio la impresión de que todo estaba hecho a medida. Notó las miradas curiosas de Cécile y Claire. Era como si estuviera realizando los rituales secretos de un detective, una suerte de vudú de investigador. Hasta que, de pronto, en algún momento exclamara: «¡Ya lo tengo!».

Botellas de vino. Llenas, y también vacías. Garrafas grandes, copas de vino de todas las formas y tamaños. Tres cámaras fotográficas de aspecto profesional. Dos pares de prismáticos, también de apariencia profesional. Docenas de frascos e instrumental de vidrio, como los de las clases de Química. Diversos recipientes, aparentemente llenos de tierra. Una impresora láser enorme de gama alta. Montones de etiquetas en blanco. Un enorme libro abierto con cuadros de David Hockney, trescientas sesenta y cinco vistas desde la ventana del pintor.

Podría decirse que era como un gabinete de curiosidades. Un supercaos creativo. Las mesas estaban tan llenas que solo en algunos puntos se apreciaban trozos del tablero, de madera clara. Al lado de ellas, dos neveras para vino, en apariencia, del mismo modelo que en el piso inferior, aunque esta vez con unas puertas de cristal algo más pequeñas que permitían ver las botellas.

—No me preguntéis qué hacía aquí. Brian se encargaba también del diseño de las etiquetas de los vinos, así como, de hecho, de todos los diseños del Domaine. Era muy bueno pintando y dibujando. —Cécile señaló la pared—. La mayoría de estos cuadros son suyos. Además, no paraba de hacer fotografías.

Se interrumpió un instante.

—Siempre tenía demasiado de todo. Quiero decir que, cuando se trataba de sus pasiones, continuamente compraba cosas nuevas. Una cámara mejor y luego otra todavía mejor. En la empresa ocurría algo parecido. Siempre tenía que tener las mejores prensas, equipos, barriles, etcétera. Todo acababa convirtiéndose en una obsesión. Siempre para hacer algo aún más perfecto.

Dupin se detuvo ante un cuadro especialmente grande, de un metro y medio de altura y de anchura. De hecho, era de un único color azul, realizado en muchos tonos diferentes. Una obra abstracta, bidimensional, pintada con pinceles gruesos, pero también, de algún modo, figurativa, una escena marina, supuso Dupin.

Cécile señaló uno de los pocos espacios vacíos de la larga encimera.

—La policía se llevó los ordenadores. Tenía varios. Lelouche me preguntó si conocía sus contraseñas. ¿Cómo iba yo a saberlas?

—Seguro que el comisario Lelouche te habrá preguntado también por tu situación financiera, ¿no? —inquirió Dupin.

Él siguió andando y recorriendo las mesas.

—En este punto ha sido un auténtico incordio.

—¿Y bien?

—¡Georges! —intervino Claire.

—No, no, Claire. Georges tiene razón. Debe estar al corriente de todo. Mi negocio va de maravilla. Mi empresa vinícola no es tan rentable como la de Brian, él se puede permitir vender a precios mucho más elevados. En cambio, mi negocio hotelero va viento en popa. Actualmente representa la mitad de mi facturación y su participación en mis beneficios es incluso superior. Sin embargo, tuve que pedir un préstamo considerable para poder ampliar el hotel.

—¿Y de cuánto estamos hablando exactamente? —se apresuró a preguntar Dupin.

Por primera vez, Cécile parecía molesta.

—De cuatro millones en total. En tres préstamos a plazos, a devolver en veinte años.

Era, desde luego, una gran suma.

—De todos modos —añadió Cécile— el proyecto está muy bien calculado. Mi experto en finanzas y yo hemos elaborado un plan de empresa muy detallado que convenció al banco; no pudieron objetar ni un solo punto. La empresa obtuvo una excelente calificación crediticia. Yo misma aporté un millón de capital propio.

Dupin había cogido una de las cámaras. En la carcasa se leía Nikon Z7 II. La encendió. Pulsó el botón de reproducción. Nada. Dupin buscó la tarjeta. Todo parecía intacto. Simplemente, estaba vacía. Comprobó también las otras dos cámaras, Nikon también. De nuevo, vacías.

—¿Qué estás buscando? —preguntó Claire.

—No hay ni una sola fotografía. O Brian las borró todas, o lo hizo otra persona. ¿La policía ha examinado las cámaras?

—Desde luego. Y dijeron lo mismo. Que en las tarjetas no hay fotos.

—Entiendo.

—¿Anne-Sophie pasó aquí la noche anterior al asesinato de Brian? —preguntó Claire.

—Sí. Era el cumpleaños de Brian. Anteayer.

—¿Ocurrió algo raro esa noche? —continuó Claire—. Lo cierto es que aún no hemos hablado de ello.

Bien visto, se dijo Dupin.

—No, nada raro. Fue una velada muy alegre. Brian parecía un poco cansado, pero estaba de buen humor. Solo fue una pequeña reunión.

Una reunión exclusiva con todos los sospechosos, se dijo Dupin. Excepto por el padre de Anne-Sophie Joly.

—Y en la fiesta de los cincuenta años de servicio de Marchand —continuó Claire—, ¿hubo algún incidente especial?

Cécile miró a Claire sin comprender.

—¿Qué quieres decir?

—¿Todo el mundo estuvo contento y feliz?

—No tengo ni idea. No asistí. Pero no he oído decir nada raro; de todos modos, es mejor preguntarle a alguien que estuviera presente.

—¿De verdad que no había diferencia de pareceres entre Brian y alguno de sus dieciocho empleados? Quiero decir, exceptuando a Dantec.

—Brian era muy impulsivo. Muy emocional. Seguro que tuvo algún que otro conflicto con alguien alguna vez. Pero él nunca levantaba la voz, nunca se ponía agresivo. Y, al poco tiempo, él mismo lo había olvidado. La verdad, no recuerdo que Brian me hablara nunca de discusiones, excepto con Dantec.

Cécile se apartó algunos mechones pelirrojos de la cara.

—Y precisamente ahora lo matan a él. Justo después de Brian. —Claire miró a Dupin—. No es una coincidencia, ¿verdad?

—¿Brian tenía el despacho en la misma ala que los demás?

Dupin se volvió hacia Cécile y no hizo caso del comentario de Claire.

—Sí, pero en el primer piso. De todos modos, la verdad, pocas veces se encontraba allí. Casi siempre trabajaba aquí.

Dupin lo entendía perfectamente.

—¿Y dónde guardaba los documentos de la empresa?

—Mmm. —Cécile pensó—. Marchand se encargaba de buena parte del trabajo. En todo caso, de la contabilidad. La documentación del Domaine debe de estar en el despacho de Marchand. De todos modos, buena parte de ella solo está disponible de forma electrónica, Brian había digitalizado todos los procesos de forma sistemática. Eso también fue una de sus iniciativas.

—¿Cómo se comunicaba Brian? ¿Por teléfono? ¿Por correo electrónico?

Dupin observó las neveras para vino. Sobre la mesa que tenían encima, había una sola botella. A todas luces, un vino viejo, con la capa de polvo característica.

—Prefería los correos electrónicos a las llamadas de teléfono. Últimamente, wasaps. No le gustaban las redes sociales; en ellas solo estaba activo el Domaine con el perfil de empresa. Tenía un amigo en el Caribe. Hubo épocas en que se escribía mucho con él. Volaba a visitarlo cada dos o tres años; de hecho, quería volver a hacerlo este invierno.

—¿Llevaba un diario?

El monótono timbre de su móvil interrumpió a Dupin.

—Solo será un momentito, señor comisario, no tengo mucho tiempo.

Nolwenn parecía estar sin aliento.

—Ha sucedido. El prefecto ha llamado. Acabo de hablar con su secretaria. Guenneugues quiere hablar con usted directamente. Lelouche se ha quejado sobre usted y su prefecto ha llamado al nuestro.

—¿Y bien?

—Le he asegurado a Guenneugues que todo esto es un gran malentendido. Que usted y su esposa se limitan a cuidar de la mejor amiga de Claire, que resulta ser la exmujer de Brian Katell y que, hasta el asesinato de este, era su persona de confianza. Que Cécile Cast además es muy conocida en la zona y que ha sufrido una tremenda impresión. Y que su esposa, y, por lo tanto, por fuerza, usted también, estos días se dedican a acompañar y a prestar su apoyo a la señora Cast. Sobre todo porque ella ahora es la nueva propietaria del Domaine du Lac y debe cuidar también de sus asuntos allí.

—¿Cómo se lo ha tomado?

—He hecho lo que he podido. Por desgracia, no he logrado impedir que quiera llamarle él mismo. También por la carta de amenaza. De hecho, yo ya había informado a Lelouche.

—Entiendo.

Seguramente el prefecto aún estaba lo bastante enfadado como para dedicarle a Dupin una de sus interminables diatribas.

—Por cierto, la amenaza contra usted y su esposa dejó preocupado de verdad al prefecto; eso lo aplacó un poco.

—Fantástico.

—Buena suerte para cuando hable con él. ¡Y no olvide decirle las frases que lo exculpan! Es solo un detalle hacia su esposa, que tiene que estar al lado de su mejor amiga…

Entonces Nolwenn colgó.

Aquello era absurdo. Dupin puso en silencio su móvil.

—¿Dónde nos habíamos quedado? ¡Ah, sí! ¡Los diarios! ¿Brian llevaba alguno?

—De forma poco regular, pero sí. Lo sé. En su ordenador.

Dupin había agarrado la botella de vino que estaba sobre la mesa. Alguien había intentado limpiarla, quitarle la sólida capa de polvo que la cubría, pero no había tenido mucho éxito.

—¡Oh, Dios mío! —Claire estaba justo al lado de Dupin—. Otra botella de ese vino de 1953. El Cheval Blanc.

—¿En serio? Es de locos. Así pues, compró dos. —Cécile se les acercó—. ¡Qué locura! Pero, bueno, tampoco es nada nuevo.

Dupin se agachó y abrió la nevera para el vino. Examinó su contenido: había seis bandejas para nueve botellas. En el compartimiento inferior había otras dos botellas polvorientas; el resto era de cosechas claramente más recientes. Si la vista no le engañaba, todos eran tintos, Châteauneuf-du-Pape, muchos de 2010.

—Compró cuatro —murmuró—. Aquí hay dos Cheval Blanc más. También de la cosecha del 53: dos en la nevera, una sobre la mesa y la que regaló a Marchand. Al menos, cuatro.

—Ahora me acuerdo, Georges. En una revista de vinos que compré hace un tiempo había un largo artículo sobre vinos especialmente valiosos. Incluía una tabla de clasificación.

Claire estaba muy excitada.

—Te la enseñé, ¿recuerdas?

—Sí, claro.

Dupin no se acordaba.

—Este vino estaba en la lista. Reconozco la etiqueta.

Dupin había abierto la otra nevera para vino. Solo estaba medio llena. Aunque todas las botellas de ahí también eran bordelesas, si la vista no le engañaba, eran vinos más jóvenes, la mayoría de 2010 en adelante; solo en una bandeja había uno más añejo, un Saint-Émilion de 2009, Château Les Grandes Murailles.

—El artículo hablaba seguro del mítico año 1947 —explicó—. El año pasado se subastó en Christie's por algo menos de trescientos mil euros: una sola botella. Las del 53, sin embargo, cuestan mucho menos. Calculo que sobre unos veinte o veinticinco mil.

Cécile acababa de decir que en la casa no había objetos de valor. Para Dupin, las botellas de veinte mil euros entraban en esa categoría. Pero esas botellas no habían sido robadas. No, por lo menos, las tres de allí.

—Nosotros...

Un ruido. No había duda. Se quedaron inmóviles.

Venía de abajo. ¡Otra vez! Era evidente que había alguien deslizándose por la sala de abajo. Los tablones de madera habían crujido.

Dupin, en un gesto instintivo, desenfundó la pistola. Probablemente ir ahí había sido una idea estúpida, aunque la policía también estuviera.

Cécile y Claire le miraron sin saber qué hacer.

Dupin se llevó el dedo a los labios e hizo un gesto a las dos mujeres para que no se movieran. Luego se acercó sigilosamente a la escalera.

También la persona en el piso inferior parecía estar dirigiéndose a las escaleras.

Sin embargo, de pronto, se detuvo.

—¿Hola? ¿Señoras, caballero? —Una voz tímida sonó desde la planta inferior.

—¡¿Quién anda ahí?! —exclamó Dupin.

Estaba tenso.

—Soy Laurent Marchand, el hijo de Jules Marchand.

¿Qué estaba haciendo ahí?

—¿De qué asunto se trata? —preguntó Dupin.

—Yo… Mi padre me ha dicho que me pasara a saludar —vaciló ligeramente— a los señores Dupin.

Dupin sacudió la cabeza, era absurdo.

—Ya voy yo.

Bajó por la escalera, con la pistola en la espalda.

Entonces vio al joven. Era la viva imagen de su padre: ojos verdes brillantes, nariz acentuada, boca fina. Era de complexión más bien menuda, algo entrado en carnes. Con todo, resultaba atractivo, tenía el pelo espeso y oscuro. A Dupin le pareció que aparentaba tener menos de treinta y dos años.

Se metió la pistola en la pretina del pantalón; probablemente el joven Marchand no la había visto.

—Es muy amable de su parte. Por presentarse, quiero decir. Mi esposa y yo hemos acompañado hasta aquí a Cécile Cast, la mejor amiga de mi esposa. Nos ha pedido que viniésemos con ella; tiene que encargarse de un par de cosas por aquí y no se veía con ánimos de hacerlo sola.

Dupin se esforzaba por mantener la voz firme y segura.

—Las dos están arriba.

Como si de una señal convenida se tratase, Cécile y Claire bajaron entonces la escalera.

—*Bonjour*, señor Marchand. —Claire le sonrió—. Hemos oído grandes cosas sobre usted.

Dupin se preguntó si acaso él era el único al que esa situación le parecía extraña.

—Oh, gracias. Muy amable de su parte. *Bonjour*, señora Dupin; *bonjour*, señora Cast.

El joven Marchand no parecía para nada avergonzado.

—¿Cómo ha sabido que estábamos aquí, señor Marchand?

—Me lo ha dicho mi padre.

—Y su padre ¿cómo ha sabido que estábamos aquí?

—Los ha visto entrar por la puerta de atrás desde la ventana.

En efecto, a fin de cuentas, los dos Marchand vivían ahí. De todas formas, era realmente una casualidad que el viejo Marchand estuviera mirando por la ventana en aquel preciso instante.

Lo que estaba claro era que ese era el fin de la acción secreta. Ahora había testigos.

—Bueno, pues, me marcho otra vez.

Laurent Marchand se dio la vuelta lentamente. Dupin reparó entonces en cómo había entrado en el piso de Brian. En el otro extremo de la habitación, junto a la zona de butacas, había una puerta. Dupin supuso que debía de conectar con el edificio principal.

—¿Estaba usted aquí al mediodía cuando el señor Dantec ha sido asesinado? —preguntó.

—Sí, estaba en mi oficina. Tenía una videoconferencia bastante larga. Solo supe lo que había pasado cuando llegó el primer coche patrulla.

—¿Ya había terminado sus compromisos en Bouaye?

El joven Marchand miró a Dupin desconcertado.

—Su padre lo ha mencionado hoy al mediodía.

—He regresado aquí sobre las dos.

—¿Qué tenía que hacer allí exactamente?

En el rostro del joven asomó una sonrisa.

—Veo que mi padre llevaba razón: están investigando.

—Mi mujer y yo estamos prestando nuestro apoyo a Cécile Cast, eso es todo. —Dupin dirigió la mirada hacia ella—. Cécile, por cierto, es ahora la nueva propietaria del Domaine du Lac.

Un buen tanto, se dijo Dupin. Era cuestión de demostrar autoridad.

—Y, por lo tanto, su nueva jefa —añadió Dupin.

—Les he pedido que me ayudaran —corroboró Cécile—. Yo sola no puedo con esto. Es demasiado atroz.

—Desde luego. —Laurent Marchand asintió. En su voz no había ni un asomo de ironía.

—Volvamos a mi pregunta: ¿qué tenía que hacer usted en Bouaye?

—Soy el representante de la finca en la Asociación de Viticultores de los diecinueve municipios en torno al lago. En la década de 1990 crearon una denominación de origen, Muscadet-Côtes de Grandlieu. La zona que rodea el lago de Grand-Lieu tiene un microclima excepcional y...

Laurent Marchand se interrumpió. Al parecer, había algo que le incomodaba.

—Por supuesto, el señor Katell, como propietario, era el representante oficial del Domaine en la asociación. Yo solo le sustituía. Y únicamente en las reuniones de trabajo ordinarias. En las ocasiones especiales, asistía él mismo.

—¿Cuál es el...?

El móvil de Dupin vibró. Miró el número. Era el prefecto. Un momento muy inoportuno.

Dupin dejó que vibrara y volvió a dirigirse al joven Marchand.

—¿De qué tipo de asociación se trata?

—En primer lugar, vela por garantizar la alta calidad de los vinos de nuestra región. Además, tiene encargada la difusión comercial nacional e internacional de la denominación. Nuestras bodegas están especialmente comprometidas con las normas de calidad. Las vides de la denominación de origen deben de tener por lo menos siete años y las parcelas no pueden superar un tamaño determinado; estas son las dos normas más importantes. Por otra parte, somos partidarios de una reducción obligatoria de la producción de uva tal y como la llevamos a cabo aquí. Por ejemplo, con el aclareo de la uva a principios de verano para que toda la sustancia se canalice hacia las uvas que queden.

De pronto, Laurent Marchand, que antes había parecido tan tímido, se mostró apasionado. Y hablador.

—Esto realmente potencia los aromas. Es increíble la intensidad que logran. En resumen: ¡nuestra denominación no quiere producción en masa de muscadet!

Eso era una toma de posición decidida.

—Lo del Muscadet-Côtes de Grandlieu realmente es una gran historia de éxito —corroboró Cécile con aprobación.

—¿Acaso ha habido alguna vez problemas de calidad con el vino? —preguntó Dupin—. ¿En el Domaine?

Los tres miraron sorprendidos a Dupin.

—¿Cómo se le ocurre una cosa así?

La expresión de Laurent Marchand era de desagrado.

—Entonces ¿ha habido?

—¡Nosotros, no! ¡Hasta el momento, nunca!

—¿Y los Joly?

El joven vaciló.

—Es difícil de decir.

—¿Difícil de decir? ¿A qué se refiere?

—El año pasado se detectó una contaminación en una prensa. Fue al final de la vendimia. Unas bacterias. De las que no mueren durante la fermentación y que, en determinadas circunstancias, pueden provocar gastritis, aunque solo si se ingieren en concentraciones elevadas. Es decir, hay que haber bebido mucho vino. De todos modos, tuvieron que destruir la mayor parte de la producción.

—¿En serio? —preguntó con asombro Cécile Cast—. No había oído decir nada al respecto. Y eso son cosas de las que se suele hablar.

—Decidimos expresamente no notificarlo. Habría perjudicado a toda la denominación de origen. Además, lo más importante: esa contaminación se descubrió antes de sacar a la venta las botellas. Por otra parte, en el Château Joly solventaron el problema de inmediato y compraron nuevas prensas. Ahora todo está solucionado —se apresuró a explicar el joven Marchand.

De todos modos, por fin había algo tangible.

—Es decir, se pudo evitar un escándalo —enfatizó Dupin de forma expresa.

—No hubo ningún escándalo.

Se produjo un silencio.

—Una cosa así podría dañar la reputación de una bodega durante años. De hecho, da igual en qué se fundamenten las acusaciones. —Cécile enarcó una ceja—. De haberse sabido habría tenido consecuencias tremendas para el Château Joly.

Dupin ya había visto cometer todo tipo de crímenes solo con el fin de salvar la reputación. Incluso asesinatos.

—En todo caso, eso habría dirimido la rivalidad entre las bodegas Katell y Joly por la supremacía del muscadet —concluyó Claire sin más.

—Debe usted saber que especialmente Brian Katell se pronunció de forma enérgica a favor de tratar el asunto con la máxima discreción. Precisamente para que el Château Joly no sufriera ningún perjuicio.

Al parecer, este aspecto era especialmente importante para Laurent Marchand.

—¿Acaso porque eso habría sido perjudicial para la denominación de origen del lago? —preguntó Dupin.

—Desde luego, ese no fue el motivo principal del señor Katell —replicó Marchand.

—¿Tal vez lo que quería era proteger a su pareja? Este asunto habría afectado especialmente a Anne-Sophie y a su padre. Más aún cuando algún día ella se deberá hacer cargo del Château. Tal vez muy pronto.

—Brian nunca quiso nada malo para nadie —intervino Cécile Cast con tono apasionado—. De hecho, ni siquiera percibía esta rivalidad como tal.

—Pero, a diferencia de él, usted sí la percibe, ¿no? Usted, su padre, la señora Pic, todo el personal de por aquí.

Dupin clavó la mirada en Laurent Marchand.

—¿Cómo se lo diría? —El joven Marchand parecía incómodo con esa pregunta—. Sí, claro, un poco, sí. Nuestro objetivo es lograr el mejor muscadet. Hacer vino conlleva también cierto pundonor. Un ánimo competitivo.

—¿Quién sabe de esta contaminación?

—Los miembros de la asociación. Pero todo el mundo se conoce. Es un círculo solidario. Nadie quiere perjudicar a nadie.

Este tipo de frases Dupin las oía en todas las investigaciones de asesinato.

—Además, si alguien lo hubiera filtrado, al final, se habría perjudicado a sí mismo. Algunas consecuencias habrían repercutido en toda la denominación. Pero, se lo repito: no pasó nada. La contaminación se detectó a tiempo gracias a un sistema múltiple de seguridad y comprobación. No salió a la venta ni una sola botella.

—La documentación sobre ese incidente. Los análisis, etc. ¿Dónde está todo?

Laurent Marchand pareció reflexionar.

—Existen varias copias de los documentos clave. Una en el Château Joly; otra, en la sede de nuestra asociación; y otra, claro, en el laboratorio que hace los análisis.

—¿Usted ha...?

Un coche entró en el patio. Se oyó el chirrido de frenos y el crujido de la grava.

El Defender negro que habían visto esa tarde al regresar de la crepería.

—Anne-Sophie —observó Cécile—. ¿Qué hace otra vez aquí? —Su voz sonó un poco agresiva. Al parecer, ella misma se dio cuenta y se apresuró a añadir—: Bueno, al fin y al cabo, hace un ratito ha venido a recoger su iPad.

Observaron que los dos agentes acudían de inmediato hacia el coche.

—¿Quizá se le ha olvidado algo? Seguramente quiere volver a entrar en el piso de Brian —dedujo Claire.

Estaba en lo cierto. Tenían que hacer algo, no les quedaba mucho tiempo.

—Adiós, caballero. Muchas gracias. Seguro que nos volvemos a ver pronto.

Dupin se despidió del joven, que lo miraba desconcertado.

—Adiós —respondió este, perplejo, encaminándose hacia la puerta sin saber qué hacer.

Entretanto, Anne-Sophie Joly había salido del coche. Llevaba un vestido azul oscuro entallado, el pelo negro recogido en una trenza y gafas de sol de aviador.

Acto seguido, empezó a hablar con los agentes de la policía. La mujer gesticulaba mucho.

Poco después, los dos agentes la acompañaron hacia la puerta que daba del patio a la cocina.

—¡Rápido, arriba! —ordenó Dupin.

Todo sucedió muy deprisa.

Cuando Claire, Cécile y Dupin llegaron al primer piso oyeron que se abría la puerta de abajo.

—Subiremos con usted, señora —dijo uno de los agentes.

Dupin miró a su alrededor e indicó a Claire y Cécile que lo siguieran.

Se encaminó hacia el gran armario empotrado.

Las puertas eran de apertura fácil y Dupin las deslizó a un lado. La del centro mostró el ropero de Brian Katell. Camisas, chaquetas, abrigos. Con la cabeza señaló el interior.

Las dos mujeres comprendieron al instante y desaparecieron en su interior, él las siguió y cerró la puerta.

Aquello ocurrió justo a tiempo, porque al instante siguiente se oyeron pasos en la escalera y luego voces.

—No sé dónde lo dejé. La señora Cast y yo hemos estado sobre todo aquí arriba.

Anne-Sophie Joly parecía estar pensando.

—Primero, hemos estado un rato entre los dos escritorios y luego nos hemos sentado en la cama.

—¿Cómo es el monedero?

¿El monedero? ¿Acaso se había dejado el monedero ahí olvidado? ¿Era ese el problema?

—Estrecho, de cuero, color burdeos. Yo miraré en el dormitorio, usted hágalo en los escritorios.

Manejaba a los agentes a su antojo.

Dupin se sintió irritado consigo mismo, no estaba en forma. Debería haber dejado la puerta algo entreabierta; así tal vez podría ver lo que Anne-Sophie tramaba… si es que realmente tramaba algo. ¿Acaso todo aquello no resultaba un poco sospechoso? ¿O solo era cosa del muscadet que Dupin notaba claramente? ¿Y si solo era que esa mujer le resultaba antipática?

Durante un rato hubo silencio. Dupin, Claire y Cécile respiraban lo más silenciosamente posible. Y, entonces:

—¡Aquí, señora! —exclamó uno de los dos policías—. ¡Creo que está aquí! Aquí, sobre el escritorio. Compruébelo.

Una breve vacilación.

—¡Oh, sí! ¡Es el mío!

Instantes atrás Dupin no había visto ningún monedero. Pero, claro, tampoco lo estaba buscando.

—¡Qué aliviada me siento!

A Dupin la frase le pareció demasiado teatral.

—¡Y nosotros! —susurró Claire—. Queremos salir de aquí.

—Nos alegra haber sido de ayuda, señora.

Anne-Sophie Joly y los dos agentes habían regresado a la escalera; se les oía hablar en los escalones.

—«Chateaurayas1880». Todo en minúscula —susurró Cécile de pronto muy agitada.

—¿Cómo dices?

Dupin no sabía a qué se refería ella.

—Podría ser. El vino favorito de Brian. —Ella se mostró aún más excitada—. Château Rayas, un Châteauneuf-du-Pape. Un reserva. Una leyenda. La bodega fue fundada en 1880. Brian era amigo del sobrino del fundador, Emmanuel Reynaud.

—¿De qué hablas?

—Desde su cuenta de correo electrónico.

—Se refiere a la contraseña de Brian, Georges —explicó Claire.

—Exacto —confirmó Cécile.

Aquello sería fabuloso.

—La verdad, podría ser. Me he acordado de que le gustaba usarla.

Entonces oyeron que la puerta de la planta baja se abría e, instantes después, se volvía a cerrar.

Dupin deslizó la puerta del armario a un lado y salió seguido de Cécile y Claire.

Tenía el móvil en la mano.

—¿Dónde tiene la cuenta de correo electrónico?

—En Apple. Una dirección de iCloud. briankatell@icloud.com.

Dupin introdujo el nombre de usuario.

—Deletrea la contraseña.

—c h a t e a u r a y a s 1 8 8 0.

Dupin aguardó. Tardó un poco.

—Contraseña incorrecta. ¡Menuda mierda!

Habría sido demasiado bonito.

—¡Maldita sea! —soltó Cécile Cast.

El intento había merecido la pena.

—No te habrás tragado esa historia de Anne-Sophie y el monedero, ¿verdad?

Claire se puso frente a Dupin.

—Es completamente inverosímil. ¿Por qué sacaría ella el monedero del bolso al mediodía? ¡Lo dejó a propósito! Estoy segura de que fue así. Para regresar. Para coger algo o hacerlo desaparecer. Por esto pidió a los agentes que rebuscaran al otro lado de la habitación. Cécile, ¿tú recuerdas si sacó el monedero?

—No. Pero cuando estábamos aquí arriba estuvo buscando sus gafas de sol. Hurgó dentro de su bolso y sacó algunas cosas, eso sí.

—De ella yo no me creo ni una palabra. No sé por qué, pero así es.

Dupin se había acercado a la ventana que daba al patio. Anne-Sophie Joly acababa de entrar en su coche.

—De todos modos, las valiosas botellas de vino tinto siguen aquí. —Claire se detuvo frente a las neveras para vino.

—Georges, prueba con «chateaurayas1997». Es el año en que su amigo Emmanuel se hizo cargo de la bodega. Me parece que Brian también lo usaba. De hecho, lo único que cambiaba era el año —dijo Cécile.

—Lo intento.

Dupin repitió el procedimiento de instantes atrás.

—Otra vez, contraseña equivocada.

Era inútil, aquello no servía de nada.

—Entonces, «chateaurayas1989» ¡La cosecha del siglo!

De nuevo hubo que esperar unos instantes; y entonces se mostró la bandeja de entrada de Katell.

—¡Era esa! ¡Hemos entrado!

Cécile y Claire corrieron hacia Dupin y miraron por encima de su hombro.

—Ya tenemos el correo electrónico de Brian. Y sus documentos. Los guardaba en la nube. Tal vez incluso encontremos las entradas de su diario. —Cécile estaba claramente emocionada.

—¡Agachaos! —les ordenó Dupin de súbito.

Había visto algo por el ventanal. Entre las vides.

Con un gesto reflejo él se había agachado.

—Hay alguien en el viñedo.

Dupin aguardó un instante, y luego levantó la cabeza con cuidado.

—Lo veo.

Cécile y Claire levantaron también la cabeza con cautela.

En medio de las vides exuberantes se veía un hombre. Que de vez en cuando se detenía y escrutaba a su alrededor.

—¡Es Lelouche! ¡Maldita sea! —exclamó Dupin.

—¿Qué está haciendo? —preguntó Claire.

—Inspeccionando la zona —respondió Dupin—. Yo haría lo mismo.

—Esperemos que no haya descubierto nuestros coches.

Cécile acababa de recordarles un punto delicado.

Claire movió la cabeza de un lado a otro.

—Ya no lo veo.

En efecto. Dupin tampoco veía ya a Lelouche. Era como si se lo hubiera tragado la tierra. Debía de haber doblado la esquina del edificio principal y, de este modo, había desaparecido de su vista. Era la única explicación.

—Puede que haya visto las huellas de nuestro paseo de esta tarde, Georges —especuló Claire—. Y las haya seguido.

A pesar de la lluvia las huellas pueden verse en los suelos arcillosos, por lo menos en algunos lugares.

Era una explicación. Por la tarde habían pasado por el sitio donde acababan de ver a Lelouche.

—En ese caso, las pistas le conducirán hasta el patio —siguió especulando Claire—, donde tú tenías aparcado el Citroën.

También en eso Claire llevaba razón. Por desgracia.

—¡Pero no es grave! Después del susto, hemos necesitado dar un paseo, ¿qué hay de malo en eso? Eso es todo lo que Lelouche puede demostrar.

Dupin escrutó de nuevo las viñas. Se había ido levantando lentamente.

Nada. Parecía despejado.

Rápidamente Dupin se dio la vuelta.

—¡Vamos! Tenemos que salir de aquí cuanto antes.

El comisario se sentía contrariado; así no llegarían muy lejos. Era como si tuviera que emprender una misión a la Luna en un pequeño avión destartalado. Pero ¿acaso no era siempre así al principio de un caso?

La brasería donde iban a cenar esa noche se llamaba Marius-Lieu épicurien. Se encontraba en un edificio de estilo *art déco* situado en el paseo del puerto. La terraza estaba resguardada por una de las pérgolas en hierro forjado más elaboradas que Dupin había visto en la vida. Flanqueada por palmeras a derecha e izquierda, evocaba el ambiente de Niza. Cécile les había explicado que en otros tiempos había sido un casino muy glamuroso, si bien de dimensiones muy modestas. Era un edificio de piedra de color claro y elegante. En el primer piso había un hermoso balcón, también con una balaustrada de hierro forjado y ventanales que llegaban hasta el suelo y enmarcados con ladrillos. Sobre las puertas altas que daban al balcón se leía MARIUS. A mano izquierda sobresalía una pequeña torre. A su lado, en la azotea, había una terraza con un discreto parapeto de plexiglás, junto a la que asomaban las primeras mesas.

Gracias a los contactos de Cécile, les asignaron una mesa junto a la balaustrada. Como color básico de la decoración del restaurante, los propietarios habían elegido un fabuloso tono azul Atlántico. Asomaba por doquier: en los manteles, en las servilletas, en el papel pintado.

Ya habían hecho la comanda. No les costó nada decidirse.

Primero les sirvieron el vino que había elegido Cécile. «Es uno de los mejores muscadets Sèvre et Maine —había proclamado—. Posiblemente, desde el punto de vista internacional, la más famosa de las cuatro regiones productoras de la zona del Pays Nantais».

Dupin se tomó la primera copa a tragos rápidos. Se sentía cada vez más insatisfecho con los avances en la investigación. Aunque habían visto, oído y vivido cosas interesantes, lo ocurrido era realmente desafortunado. Ahora los dos Marchand sabían que estaba haciendo pesquisas. Que lo hacía a espaldas del comisario Lelouche. Y que estaba dispuesto a emprender acciones arriesgadas, como colarse en el Domaine controlado por la policía, e incluso en las estancias privadas de la víctima…

—Los Marchand pueden descubrirnos en cualquier momento —gruñó Dupin dejando la copa vacía sobre la mesa—. Eso sería el final. Bastaría con una llamada a Lelouche.

—No seas tan pesimista. Además, es posible que esto incluso fuera beneficioso para nosotros. —Claire sonrió—. Piénsalo. Si lo hacen, de algún modo podremos excusarnos con Lelouche. Pero si no lo hacen, entonces sabremos que lo más probable es que podamos tacharlos de la lista de sospechosos. Porque si uno de ellos, o los dos, fuera el autor del crimen te denunciarían de inmediato al comisario. Para deshacerse de ti cuanto antes.

Para Dupin, Claire se estaba tomando el asunto a la ligera.

—O no lo hacen porque saben que entonces los consideraremos como no sospechosos —objetó.

—¿De verdad?

Claire dirigió a Dupin una mirada difícil de interpretar.

—No lo sabemos.

Dupin se sirvió una segunda copa.

—¡En fin! No hay nada que podamos hacer al respecto. —Claire adoptó una actitud combativa—. ¡Vamos a seguir! Hay mucho que hacer.

Claire había sacado la lista de personas que había elaborado Cécile.

La terraza ofrecía una vista fenomenal. La ensenada dividía el centro de la ciudad en dos mitades. Delante, unos edificios blancos y pulcros; detrás, se elevaba una colina. En el lado del puerto donde se encontraban se veía el antiguo palacio de la ciudad, el intrincado casco antiguo y muy atrás, al final de la ensenada, el mar abierto.

—Lo más importante es, sin duda, la cuenta de correo electrónico de Brian. ¿Cómo procedemos?

Por muy disgustado que Dupin se sintiera, Claire tenía razón. También esta vez solo una cosa era útil: huir hacia delante.

—¿Os parece que allí encontraremos la solución del caso? —preguntó Cécile con tono dubitativo.

—Ya se verá —respondió Dupin.

Entretanto, ya había vaciado la segunda copa. Durante el trayecto hacia Pornic habían empezado a revisar el correo electrónico de Katell. Recibía docenas de correos electrónicos al día, así que les llevaría tiempo leerlos, aunque solo fueran los recientes. Además, habían echado un vistazo a las carpetas de la información que tenía almacenada en la nube; a primera vista, no había ni rastro de un diario. Pero eso, en sí mismo, no significaba nada. Durante el viaje, Dupin había hablado también con Nolwenn por teléfono, fundamentalmente para ponerla al día. Él no se sentía contento con la idea de que Le Ber y Le Menn fueran a aparecer por ahí, pero no quiso discutir de nuevo. Los dos agentes llevaban ya un buen rato de viaje y, según las últimas informaciones de Le Ber llegarían ahí a las veintiuna horas. Por su parte, Nolwenn no había averiguado nada de interés sobre el incidente en el concurso de vinos de Nantes. Además, todas las personas con las que había hablado habían tachado las acusaciones de completamente infundadas. La opinión general era que Joly no era más que un anciano malintencionado. No cabía duda de que todas las simpatías estaban con Brian Katell.

—Propongo que cenemos rápido mientras recapitulamos lo que hemos averiguado y luego empecemos a leer de manera sistemática —dijo Claire.

La idea no era muy romántica, pero por desgracia, considerando la situación, era la apropiada, se dijo Dupin.

Se había levantado una brisa agradable que garantizaba que el cielo permanecería despejado. El sol se deslizaba claramente hacia el horizonte, pero seguía demostrando una potencia impresionante.

—Deberías llamar a Lelouche. —Dupin se volvió hacia Cécile—. Tienes que darle la contraseña. Dile que la has recordado.

—¿Estás loco?

Claire, obviamente, no era del mismo parecer.

—Si no lo hacemos, estaremos obstruyendo su trabajo de forma activa y deliberada. Y no solo el suyo, sino toda la labor policial. De hecho, podría ser que un correo contuviera la pista para la resolución del caso. Es posible incluso que los tres lo pasemos por alto porque nos falten otras piezas del rompecabezas, una información que Lelouche tal vez podría tener.

—Pero lo hemos descubierto nosotros. Bueno, en realidad, Cécile. ¡Son nuestras averiguaciones! —insistió Claire.

—No hay otra solución, Claire. Y lo sabes.

Ella parecía debatirse consigo misma.

—Vale.

Solo parecía medio convencida.

—Georges tiene razón, Claire. Eso sería ir demasiado lejos. Le llamaré.

Cécile se levantó.

—Buscaré un lugar más tranquilo.

Allí arriba, en la terraza de la azotea, todas las mesas estaban ocupadas.

Claire esperó un momento y luego le dijo a Dupin:

—¡Georges, no puedes seguir considerando a Cécile sospechosa! ¡Es absurdo! Está colaborando y mucho con nosotros para resolver el caso. ¿Por qué iba a hacer todo eso si fuera la autora? ¿Por qué te pediría ayuda?

—Porque de este modo evita que nos ocupemos de ella. Porque de este modo siempre sabe lo que sabemos y lo que pensamos. Además, si ella fuera la autora, querría lograr exactamente lo que dices: que pensemos...

—... que ella nunca te pediría ayuda.

—Exacto.

—De todos modos, es una tontería completa, Georges, ella...

El móvil de Dupin ya no estaba en silencio y dejó oír su molesto pitido.

—El prefecto. —Dupin se lo volvió a meter en el bolsillo del pantalón.

—¿No vas a contestar?

—No voy a contestar.

Claire esperó a que el móvil dejara de sonar.

—Bien, pues, a mí me gustaría…

Ese pitido penetrante. Otra vez.

En la pantalla esta vez se leía «Inspector Labat».

Entretanto, Dupin se había olvidado por completo del inspector. Y no solo de él, sino también del maldito drama del pájaro carpintero. A Claire, al parecer, le había ocurrido lo mismo.

—¿Diga?

—¿Señor comis…?

—¿Qué pasa, Labat?

La voz del inspector no se entendía bien; al fondo se oían ruidos sordos.

Dupin activó el altavoz, esta vez incluso antes de que Claire le indicara que lo hiciera.

—Acabo de traer aquí mi tienda de campaña. Justo a tiempo. Aquí está cayendo un chaparrón terrible.

—¿Cómo dice?

—Bueno, en Concarneau. En la Corniche. Estoy acampado en su jardín.

—Usted está, ¿qué?

—He levantado la tienda en su jardín.

—¿Por qué?

—Voy a encargarme de esos pajarracos. Esa es la única manera. Presencia constante. Defensa decidida. Si ustedes no están de acuerdo, solo tienen que decírmelo —añadió, claramente ofendido—. Pero eso sería el final de su casa.

Claire gesticulaba nerviosa. Tenía los pulgares en alto.

—No, no. Por supuesto que puede hacerlo. Es todo un detalle por su parte.

De hecho, era un acto muy amable por parte de Labat. A fin de cuentas, era un asunto privado. Lo que hacía era completamente voluntario.

—Nolwenn me dijo que lo hiciera.

Dupin se lo podría haber figurado.

—En todo caso, es muy amable, Labat.

—Además, me he traído un tirachinas mejor. El nuevo WASP Devil, estructura de HDPE, con una asombrosa comodidad de manejo, increíblemente compacto, para...

—Suena muy bien, Labat. Lo dicho, le estamos inmensamente agradecidos. Y se lo demostraremos debidamente.

Dupin pensó en una caja de buen muscadet.

—Ya me lo figuraba, yo...

—Hasta luego, Labat.

Dupin colgó. De vez en cuando, su capacidad de aguante era limitada.

—De hecho, posiblemente es el único modo. Que alguien esté presente hasta que venga el carpintero —comentó Claire con un suspiro.

—Pero es absurdo.

Labat no podía vivir en su jardín durante días, pensó Dupin. Tomó un sorbo de vino.

—*Et voilà*.

La camarera, que, como todo el personal del restaurante, vestía camisa blanca, pajarita y pantalón negro, asomó con los entrantes.

—Tomaremos otra botella de este vino increíble —le dijo Dupin a modo de saludo.

Claire agarró el tenedor incluso antes de tener el plato delante.

—Tengo que comer algo, o me caeré de la silla.

El aspecto era magnífico. Raya sobre tartaleta de hojaldre, acompañada de puré de alcachofas y trocitos de lima.

Dupin se sentía igual que Claire. Él había pedido *carpaccio* de ternera servido con hierbas aromáticas y, según decía el menú, «crema de ostras con toque yodado». Le encantaban todas las combinaciones culinarias de mar y tierra. Desde luego, el Marius tenía bien merecido el epíteto de «epicúreo».

Estaban disfrutando en silencio de la comida, cuando Cécile regresó a la mesa.

—Lelouche estaba bastante enfadado. Ha querido saber por qué no se me había ocurrido ayer…

Saltaba a la vista que tenía prisa por tomar asiento. Igual que ellos, se puso a comer enseguida: corvina con alcaparras, *ricotta* y tomates confitados.

—¿No os parece que aquí todo está delicioso?

El humor de Cécile había mejorado de repente. Claire y Dupin ya habían terminado sus aperitivos.

—El vino…

La camarera colocó la segunda botella en la cubitera de la mesa.

—Muy oportuna. Y ahora, lo más importante, a la razón por la que habéis venido a esta región: el vino.

Cécile alzó su copa.

—Esta uva melón de Borgoña se llama terre de Pierre. La cultivan unos buenos amigos míos que dirigen la finca Luneau-Papin. Una botella de 2012, un buen año para el muscadet.

Claire y Dupin alzaron las copas.

—¡Por el amor! ¡Por vosotros!

Un brindis corto pero perfecto.

—Además, os estoy infinitamente agradecida por estar a mi lado.

Brindaron.

—Increíble —comentó Claire, que había ejecutado de manera ejemplar las cuatro etapas de la cata—. De nuevo, distinto al Le Grand de Brian. Noto algo muy mineral. —De inmediato dio otro sorbo—. Suave y untuoso.

Cécile asintió con la cabeza. Había terminado su entrante.

—Los vinos reflejan la complejidad de la tierra de la zona. Granito, esquisto, serpentinita, gneis, cuarzo... En las primeras edades de la Tierra, en esta zona se produjeron enormes deslizamientos geológicos, un auténtico caos. Y en este vino se percibe cada uno de estos suelos. A mí, me pierde. Es lo que hacen los buenos viticultores, hacer llegar las raíces de las vides a veinte o treinta metros de profundidad para que atrapen propiedades minerales especiales. Aunque luego la uva añada los aromas frutales, el suelo es la base.

Teniendo esto en cuenta, se dijo Dupin, el vino aún sabía mejor, y sí, en efecto, los minerales parecían marcar la diferencia.

La camarera recogió los platos vacíos.

Dupin había sacado su libreta. Hizo un resumen:

- Conflicto Katell - Dantec
- Aventura Pic - Dantec
- Acusaciones de manipulación en el concurso de vinos, Joly - Katell
- «Romeo y Julieta», Brian K. y A.-S. Joly
- Bar de vinos, proyecto conjunto de Katell y Chevrier, inversiones
- Contaminación en el Château Joly
- Visitas de A.-S. Joly a la bodega, iPad, monedero
- Amenaza anónima

Dupin no quiso entrar a valorar a fondo la importancia de cada uno de esos puntos.

—Es importante que hablemos pronto con Anne-Sophie Y también con su padre. —Dupin miró a Cécile—. A ella la veremos mañana a primera hora..., pero ¿cómo podemos entrar en contacto con Jérôme Joly sin llamar la atención?

—Ya se me ocurrirá alguna cosa.

—Bien.

—Deberíamos... —empezó a decir Claire, pero la interrumpió el móvil de Dupin.

Un número desconocido.

Dupin se levantó y buscó un rincón tranquilo en la terraza de la azotea.

—¿Diga?

—Le habla Lelouche.

—*Bonjour*, comisario. —Dupin se esforzó por adoptar un tono amistoso—. ¿En qué le puedo...?

—Dos cosas, Dupin: manténgase fuera del caso. Y tómese en serio la amenaza. No pienso hacerles de niñera.

—Ya sabe usted que Cécile Cast es la mejor amiga de mi esposa —empezó a decir Dupin—, y nosotros...

Lelouche colgó.

Y, la verdad, Dupin le entendía perfectamente. Él mismo tampoco habría atendido a ese tipo de excusas.

Regresó con Claire y Cécile.

—¿Y bien? ¿Quién era?

Dupin les informó de modo escueto.

—¿Sabía algo de nuestra visita al piso de Brian? —preguntó Cécile—. ¿Los Marchand nos han delatado?

—No, no lo creo.

Pero Dupin no tenía la completa certeza.

—*Et voilà*, aquí estoy de nuevo. —La camarera apareció con los platos principales. Esta vez la acompañaba un joven camarero: ella llevaba dos platos y él, uno.

—La parrillada para las señoras.

La camarera colocó delante de Claire y Cécile dos parrillas alargadas de hierro fundido en las que ya estaba todo dispuesto.

—Hoy tenemos doradas, sardinas, salmón, gambas rosas, mejillones, y —enfatizó— calamares, por supuesto. Nosotros también colaboramos en la lucha contra la invasión. De acompañamiento, patatas *grenaille* bretonas y mantequilla de perejil.

En un instante, un aroma celestial envolvió la mesa.

—Y, para el caballero, sardinas asadas de Saint-Gilles-Croix-de-Vie con salsa pesto casera. Y también patatas pequeñas para usted.

Al punto, delante de Dupin había un plato de sardinas. La sardina que, igual que la caballa o el bacalao, en el pasado había sido considerada un pescado vulgar, hacía ya tiempo que se apreciaba como un verdadero manjar. Sin embargo, rara vez figuraba en el menú de un restaurante, aunque, cuando se daba el caso, Dupin siempre la pedía.

—Les he oído hablar de los asesinatos. —La camarera dirigió una mirada de complicidad a Cécile, Claire y Dupin—. Se dice que tal vez podrían ser dos asesinos distintos. Probablemente, una pareja. Se han descubierto unas pistas, las huellas de un hombre y una mujer, en medio de las viñas. Sin embargo, no se saben más detalles.

Claire y Dupin se miraron. A ella parecía resultarle difícil no estallar en una carcajada.

—Interesante. Tráiganos, por favor, otra botella de muscadet —dijo Dupin rápidamente.

—Será un placer. Enseguida se la traigo.

Dio la impresión de que la camarera estaba un poco decepcionada al ver que su información no había merecido una gran atención.

—Pero esas eran vuestras huellas, ¿no? —También Cécile parecía tener dificultades para contenerse—. Vuestro paseo durante la tormenta.

Claire asintió.

—¡Qué absurdo!

—*Bon appétit.* Deberíamos darnos prisa. Todavía tenemos mucho que hacer.

Se encontraban sentados en el jardín de La Fontaine aux Bretons, donde ya habían estado dos días atrás, cuando su viaje era aún una dichosa y apacible luna de miel. El aroma de las hierbas aromáticas era tan intenso esa noche que resultaba casi embriagador. También el consumo de vino aquel día contribuía a esa sensación.

Sin embargo, en vez de dejarse llevar por el ambiente rosado de la puesta de sol y la euforia estimulante de la melón de Borgoña, Claire y Dupin tenían la vista clavada en las pantallas de sus móviles. Por sugerencia de Dupin, lo primero era empezar por los correos electrónicos de los últimos tres meses.

Cécile se había excusado brevemente para ir a recoger una cosa.

—Un sinfín de correos de otros viticultores. —Claire parecía un poco frustrada—. Según parece, Brian era miembro de docenas de asociaciones. ¿Te has fijado en que él mismo fundó una? En primavera. Les Amis du Petit Grain. Si lo entiendo bien, se trata de viñedos viejos, desaprovechados, que en el pasado no eran lo bastante productivos y no salían rentables. Con suelos difíciles.

Dupin aún no había visto esos correos.

—Y cada día, tres, cuatro o cinco correos de Alain Chevrier —siguió diciendo Claire—. Él...

—¡Chis!

Dupin había oído una voz. De hombre. En la entrada de La Fontaine. Dupin la reconoció.

Se levantó con cautela.

No se había equivocado. Era Le Ber.

En efecto, el inspector estaba junto a la entrada principal, con la agente Le Menn, que casi le sacaba una cabeza al inspector, a su lado. Ambos desviaron rápidamente la vista hacia el mar. Al instante siguiente, Le Ber volvió la vista hacia ellos. Dupin fue a agacharse, pero era demasiado tarde. El inspector los había visto, sus miradas habían coincidido. Sin embargo, en vez de hacer una seña o detenerse un instante siquiera, Le Ber no reaccionó en absoluto. Tenía un control completo sobre sí mismo.

—Nuestros guardaespaldas ya han llegado. —Claire se asomó por encima de las espesas matas de hierbas aromáticas.

—Vamos, venid conmigo.

De pronto, Cécile apareció ante ellos, con una bolsa de bandolera colgada al hombro y salió a toda prisa.

—¿Adónde vamos? —preguntó Claire, curiosa.

—¡Ya lo veréis!

Cécile se abrió paso entre los arbustos en dirección al mar. A Claire y Dupin les costó seguirla.

Cécile atravesó rápidamente la cancela abierta, cruzó los viñedos y luego siguió por el sendero que llevaba al mar. A continuación, tomó el camino de la costa que Claire y Dupin ya habían recorrido. Pero fueron solo unos metros. De repente, lo abandonaron y enfilaron un sendero escondido.

Instantes después, Cécile se detuvo; una estrecha cancela de madera les cerraba el paso. Entonces, sacó una llave y la abrió. En los metros siguientes, el camino avanzó serpenteante entre poderosos arbustos de laurel; debía de llevar directamente al mar, aunque no fuera posible verlo aún.

—Mucho cuidado al andar por aquí. —La orden era severa.

Instantes después, Claire y Dupin entendieron por qué: el descenso era muy empinado. Era un precipicio, de quince metros de profundidad como mínimo. Cécile siguió caminando como si nada. Parecía flotar. Había que fijar muy bien la vista para ver la estrecha pasarela de madera que tenían bajo los pies. De una anchura apenas suficiente para una sola persona, ahí, al final de aquel saliente de roca escarpado, se apartaba y discurría libremente por encima del abismo durante unos diez metros hasta llegar a una cabaña de pescadores. En realidad, no más que una barra de equilibrio algo más ancha con una barandilla precaria de madera en el lado derecho.

—*Et voilà*. Bienvenidos a la *pêcherie* de La Fontaine aux Bretons —dijo Cécile con orgullo—. De aquí vienen todos los platos de mar que ofrecemos a nuestros clientes o, lo que es lo mismo, lo que nos dejan los calamares. Vamos, acompañadme. He convertido un rincón de la *pêcherie* en mi lugar favorito. Yo lo llamo *mon petit bonheur*, mi pequeña felicidad.

Claire y Dupin habían llegado ya a la plataforma de madera sobre la que se alzaba la pequeña cabaña también de madera; delante había un balcón amplio. La cabaña de pescadores parecía estar suspendida sobre unos pilotes especialmente altos; o tal vez era como el trampolín de diez metros de una piscina: cuando uno estaba arriba, parecía ser mucho más elevada.

Al instante siguiente vieron a qué se refería Cécile. A mano derecha, delante del cobertizo de madera, junto a la barandilla, había una mesa desgastada del mismo material. En torno a ella había cuatro sillas plegables. Lo único que se veía era el mar. La inmensa bahía de Bourgneuf.

—Este lugar es el paraíso.

Claire no salía de su asombro. Dupin la entendía perfectamente.

A todo eso se sumaba el extraordinario espectáculo que el cielo ofrecía en ese atardecer. Aunque el sol ya se había puesto, en el horizonte por donde había desaparecido refulgía una intensa luz blanca que resultaba más brillante que el propio sol. Una nada deslumbrante que lo eclipsaba todo. Un agujero blanco en torno al cual se elevaba un naranja pálido que se intensificaba conforme aumentaba la distancia. Hasta llegar a un tono rojo anaranjado candente. De lava emergente. En cambio, un par de delicadas nubes de cristales de hielo pendidas en el cielo resplandecían con un rosa espectacular. Salvo por aquel desvarío fabuloso de colores, por lo demás, el cielo se mostraba discreto, de un tono azulado y cristalino. Parecía una fotografía retocada de modo chapucero, como si alguien hubiera colocado sin ninguna transición una franja con una puesta de sol espectacular sobre un cielo vespertino intrascendente. Todo estaba fuera de lugar, parecía irreal.

—¡Manos a la obra!

Cécile devolvió a Claire y Dupin a la realidad.

Dejó la bolsa que llevaba al hombro, colocó tres sillas una junto a la otra y arrastró la mesa hacia delante. A continuación, sacó de la bolsa dos botellas de vino y tres copas.

—*Et voilà!* Todavía no habíais tenido la oportunidad de saborear realmente nuestra chenin.

Sin pensárselo dos veces, abrió una botella, llenó las copas y se sentó. Claire y Dupin hicieron lo mismo y se quedaron contemplando el mar.

—¡Vamos! ¡Veamos los correos!

Cécile ya tenía el móvil en la mano.

—¿Habéis encontrado algo interesante?

—No. Hay un sinfín de correos electrónicos relacionados con distintas asociaciones de viticultores.

—Por ahora nos centraremos en los tres últimos meses —dijo Dupin—, es decir, los correos electrónicos recibidos a partir del 15 de junio.

Claire y Dupin también habían sacado sus móviles y se dispusieron a entrar en la cuenta.

—Los expertos de la policía pueden detectar que hay otra persona metida en la cuenta, ¿verdad?

Claire pronunció esa frase con tono neutro.

—Claro, se puede ver en las estadísticas de acceso. De todos modos, para eso deberían estar controlándola de forma activa. —Dupin ya había pensado en eso. Sería muy embarazoso.

—Mirad. Ahora he filtrado por personas —explicó Cécile—. El 30 de julio. Hay un correo extraño. Entre Brian y Dantec.

—¿De entrada? —Dupin buscó.

—No, no, de salida. —Cécile estaba emocionada—. Entre otras cosas dice: «Si no aclara usted el procedimiento de forma inmediata, pondré este asunto en manos de un abogado y presentaré una denuncia. He perdido toda confianza en usted; lo que ha hecho es un delito».

Dupin acababa de dar también con ese correo.

—Pero ¿a qué se refiere? —preguntó Claire—. No encuentro ningún mensaje anterior al que esté haciendo referencia.

En realidad, aquel mensaje solo constaba de esas dos frases, así como de un encabezado formal «Apreciado señor Dantec» y la firma de «Brian Katell», sin ninguna fórmula de saludo.

Se oyó entonces un pitido triple. Dupin acababa de recibir un mensaje de texto. Echó un vistazo a la pantalla. Le Ber. «Estamos muy cerca, ya hemos tomado posición. Puede estar tranquilo».

Le Ber estaba en su salsa.

—Aquí. Aquí hay algo más.

Ahora era Claire quien había dado con algo.

—El 5 de agosto. Brian envió a Damien Dantec un enlace diciendo: «¿¿¿¿Qué significa esto????». Con cuatro interrogantes. El enlace lleva… —una pausa breve— a una tienda de vinos en línea de Gran Bretaña llamada Finest Wines. Tienen a la venta Le Grand de Brian, su mejor vino muscadet. El que bebimos ayer. En cajas, seis botellas a trescientas libras.

—El precio es correcto —comentó Cécile—. Aquí una botella ya cuesta cuarenta euros.

—¿Y qué importancia tiene eso?

Dupin abrió el correo del 5 de agosto. Resultaba difícil seguir la conversación; al parecer, buena parte de ella se había producido en otro sitio, probablemente de manera verbal, ya que se veían a diario. Era evidente que la bandeja de correo electrónico solo recogía fragmentos.

—Lo verás —decía Claire mientras iba leyendo— en el correo electrónico de Dantec al día siguiente: «Es que todavía no me he puesto con las facturas. La semana próxima, en cuanto regrese de ver al cliente, me ocuparé de ello. Pero pienso defenderme de unas insinuaciones tan odiosas».

—Dantec vendía vino por su cuenta —dedujo Cécile—. Al menos, eso es lo que se concluye.

—Esto coincidiría con el correo electrónico del 9 de agosto. —Claire leyó en voz alta—: «He hablado por teléfono con el distribuidor. Este año llevan vendidas ya treinta y seis botellas; de hecho, el 26 de enero fue una caja entera. Sin embargo, este distribuidor no figura siquiera en nuestro sistema». Es increíble. Escuchad: «Hablaré con mi abogado. El próximo lunes me gustaría tener una reunión formal con usted».

—No tenía abogado, Brian se lo inventó. —Cécile frunció el ceño—. Brian no sabía cómo tratar con las personas que no le querían bien. Simplemente, era incapaz de ello.

—¿Has dicho cincuenta libras la botella? Multiplicado por treinta y seis da mil ochocientas libras —calculó Claire—. Por lo menos, son dos mil euros. Además, es posible que Dantec no hubiera actuado así solo con ese distribuidor.

—Seguro que no en grandes cantidades —comentó Cécile—. Eso habría llamado la atención rápidamente. Pero, sí, tal vez una caja aquí, otra allá. De este modo se ganaba un dinero extra. Con un poco de maña, eso se puede hacer durante años. De hecho, como director de marketing y ventas, podía decidir sobre todas las aportaciones.

—Así pues, parece ser que Dantec no tuvo la maña suficiente: algo llamó la atención de Brian y este empezó a sospechar.

Siguieron leyendo mensajes.

—¡Aquí! El siguiente correo es del 28 de agosto. Eso fue hace solo quince días: «Por la presente le hago llegar la rescisión del acuerdo que nos comprometía. Atentamente».

—¿El documento está en el adjunto?

—Eso parece. Pero no puedo abrirlo.

—Ya lo pruebo yo.

Dupin lo intentó, tampoco tuvo éxito.

—¡Maldita sea!

—Aquí está la respuesta de Dantec, de ese mismo día. —Claire había seguido avanzando—. Voy a... —se interrumpió un instante—. ¡Qué raro! Me han echado. —Empezó a escribir rápidamente en la pantalla—. Quiero decir, de la cuenta.

—A mí también —dijo Cécile.

A Dupin le había ocurrido lo mismo.

—Voy a volver a entrar. ¡¿Cómo? ¿Contraseña incorrecta?! —exclamó Claire.

Lo volvió a intentar.

—No puede ser cierto. Ya no va.

—Es posible que el sistema haya disparado un aviso de seguridad. Los expertos de la policía que están revisando la cuenta lo han notado y han creado una nueva contraseña. —Dupin dejó oír un suspiro de resignación; era exactamente lo que se había temido—. Aquí nosotros ya no tenemos nada que hacer.

—¡Oh, no! ¿Nos han echado? —preguntó Claire con espanto.

—Sí, nos han echado.

—Recibes el aviso de que se ha conectado un nuevo dispositivo, aunque de él solo se sabe el tipo: PC, móvil, tableta y el sistema operativo, Apple, Android, Windows. La dirección IP no se muestra.

Cécile dominaba bien ese asunto.

—En todo caso, nos han echado —dijo Claire enfadada.

—Pero no sin haber descubierto algo importante. —Cécile parecía animada—. Dantec había robado a Brian con toda la desfachatez. Brian se enteró y lo despidió. Como él era buena gente, se pusieron de acuerdo en algo y no presentó ninguna denuncia.

Dupin se había puesto de pie. Apenas unos centímetros le separaban del abismo.

Ciertamente la historia que aquello dejaba entrever —y de la que probablemente solo conocían una parte— bien podría haber ido a más. Incluso llevar al asesinato de Brian Katell. Pero entonces ¿qué había pasado con Dantec?

—Si Dantec cometió el primer asesinato, ¿quién lo mató a él? Desde luego no fue el espíritu de Brian para vengarse de su asesino.

Con esa observación Cécile dio en el clavo.

—Tal vez haya dos asesinos, dos motivos, dos casos.

—Cierto —reflexionó Claire—. O hay dos asesinos, dos motivos y, sin embargo, un motivo común, aunque aún esté por descubrir. Quiero decir —explicó— que puede ser una única historia, a pesar de que sigamos sin ver la relación. —Claire clavó la mirada en Dupin—. Por ejemplo: si alguien te matara, yo mataría también a esa persona. Al menos lo intentaría.

Una declaración de amor sin ambages.

—¿Estás diciendo que Anne-Sophie Joly mató a Damien Dantec después de descubrir que este había matado a su pareja?

Cécile se sumó a las especulaciones.

—En cualquier caso, en el momento del crimen Anne-Sophie estaba en la bodega. En sí el asesinato solo le habría llevado unos minutos. ¿Te fijaste en cuándo llegó exactamente y cuándo se marchó?

Claire cerró los ojos un instante.

—No. —La voz de Cécile parecía firme.

—Entonces, si ella sabía que Dantec estaba en esa bodega, podría haber terminado el asunto en tres o cuatro minutos.

—¿Y cómo podría saberlo? —preguntó Cécile.

—Llamando a Dantec y diciéndole que necesita hablar con él con urgencia. De inmediato. Sin que nadie la moleste. En secreto. De este modo, acuerda la hora exacta. Él teme que ella sepa algo y acepta. Tal vez solo para averiguar lo que ella sabe. Ella lo espera en la bodega con la botella tras la espalda y le golpea de inmediato. Él cae y muere. Así de fácil.

Claire, al parecer, lo había imaginado todo con exactitud. Dupin tuvo que reconocer que en ese instante ella le había inquietado un poco.

—O bien le dijo a Dantec que sospechaba o incluso sabía alguna cosa, y él le pidió que se reuniera con él en la bodega del sótano. Para matarla…, pero ella se le adelantó.

Las posibilidades criminales iban saliendo sin más de Claire. Por si fuera poco, no eran escenarios inverosímiles, no era posible objetar nada en contra.

—¿Qué opinas tú de esto, Georges? —quiso saber Cécile.

—No lo sé.

Tenía la mirada clavada en el rojo anaranjado que incendiaba el cielo. A estas alturas ya no sabía qué parte de ese incendio lo había provocado el vino que llevaba en su interior.

Aquel había sido un día largo y complicado.

—La verdad es que necesito acostarme.

Claire hablaba como cuando terminaba su jornada laboral en el hospital. De hecho, cuando pronunciaba esta frase, ya era demasiado tarde. Entonces había que apresurarse. Dupin ya sabía que luego ella, simplemente, se quedaba dormida sin más, estuviera donde estuviese.

—¿Qué vamos a hacer ahora con esta información sobre los robos de Dantec? —quiso saber Cécile.

—Lelouche también lo sabe. Él investigará esa cuestión. Hará lo que se tenga que hacer. Si es que hay algo que hacer.

Dupin también estaba cansado.

Claire se había puesto de pie.

—¿De dónde sacó Brian estos vinos antiguos? ¿Era coleccionista? ¿Acaso tenía una bodega de vinos raros? ¿Sabes tú algo de eso?

Era algo que Dupin le había querido preguntar a Cécile hacía un instante.

—No era un coleccionista de verdad, las compraba de una en una, de modo muy selectivo. Por lo menos eso hacía desde que le conocí. Vinos excepcionales que le interesaban. En su caso, no se trataba de aparentar, sino que tenía que ver con su infinita curiosidad y su pasión por el vino. Quería saber qué sabor tenían esos vinos legendarios. Para él era un auténtico experimento: una prueba científica, sensual y estética. Luego se acababa de beber las botellas con sus amistades más íntimas. Nunca solo. Conmigo, con Alain —vaciló un instante—, sospecho que también con Anne-Sophie.

—¿Dónde se compran estos vinos?

Dupin también se había puesto de pie. Sentía un mareo notorio.

—Donde más le gustaba hacerlo era en subastas. Allí siempre salen más baratos que con los distribuidores. Con un poco de suerte, son incluso mucho más baratos. De todos modos, de vez en cuando también había comprado una botella valiosa a un distribuidor de vinos. Cuando quería uno en concreto y en ese momento solo estaba disponible allí. Según parece, su abuelo había tenido una bodega bastante considerable con vinos de lo más valioso. Brian no tenía nada de eso. Tengo que admitir que ese fue siempre mi gran temor, que empezara a coleccionar vinos en serio. —Una cálida sonrisa apareció en el rostro de Cécile—. Eso habría sido su ruina. Como siempre, no habría tenido límites, se habría dejado llevar por completo por la insensatez.

Claire ya se había dirigido en silencio hacia la pasarela de madera. Era como el portal de regreso al mundo normal.

—¡Agárrate bien a la barandilla! —le gritó Cécile.

En un instante Dupin se puso a su lado. Juntos cruzaron el abismo.

Al llegar a la otra orilla, Dupin se volvió para mirar a Cécile.

Aún estaba ordenando las cosas.

El azul que lo envolvía todo se fue oscureciendo, la llegada de la noche engulló el contraste entre el mar y el cielo.

El cuarto día

Un trueno despertó a Dupin, la tormenta había vuelto.

Claire también se desveló.

—Ha sido estremecedor, como ayer. Está muy cerca.

Volvieron la vista hacia la ventana y vieron la luna, deslumbrante, blanca, prácticamente redonda. En torno a ella, un centelleo brillante de estrellas. Ninguna nube, nada. El cielo estaba despejado.

—No ha sido una tormenta.

Casi sin pensarlo, Dupin sacó la pistola que guardaba en la mesilla de noche.

De pronto estaba totalmente despierto.

De nuevo, el ruido. En realidad, un fuerte golpeteo.

Al instante, Dupin se colocó ante la puerta. Con la pistola en la mano derecha.

—¿Quién anda ahí?

—Soy yo, jefe.

Le Ber.

Dupin abrió la puerta.

—Jefe, había alguien en el jardín. Iba hacia su habitación, estoy seguro.

El inspector hablaba en voz baja.

El dormitorio de Dupin y Claire estaba en la planta baja,

y tenía una terraza propia. El comisario se había encargado de cerrar la puerta.

—Se imagina cosas, Le Ber. ¿Sabe la hora que es?

Dupin miró el reloj. Eran las cuatro y cuarto de la madrugada.

—No, no me imagino nada, jefe. Cuando me ha visto, la persona ha huido. Le Menn se ha apostado en el jardín, frente a su terraza. Están a salvo.

—Tal vez fuera uno de los jardineros. Debe de haber varios trabajando aquí.

—¿A esta hora? No me parece probable.

Le Ber tenía razón.

—¿Está seguro de que había alguien allí?

—Por completo.

—Entonces deberíamos…

—¡Georges! ¡Claire!

Unas voces apremiantes los interrumpieron.

Cécile se acercó corriendo hacia ellos, en pantalones cortos y camiseta sin mangas, parecía muy excitada.

—¡Está todo controlado, Cécile!

—¡Es el Château Joly, Georges! Hay un incendio. Dos de los edificios están en llamas.

—¿Cómo? ¿La bodega de los Joly?

Dupin lo había entendido perfectamente, pero era incapaz de creerlo.

—Lelouche me acaba de llamar desde allí. —Cécile inspiró profundamente—. Supone que se trata de un incendio provocado, parece que los indicios son claros.

—Es de locos —dijo Le Ber casi sin querer—. Esto es emplearse a fondo.

Un comentario certero.

Dupin se pasó los dedos por el pelo. Aquel asunto seguía agravándose cada vez más.

—Lelouche quiere hablar conmigo. Debo acudir al castillo de inmediato.

—Te acompañaremos en coche, Cécile. —Dupin contestó de inmediato—. Nos vemos en el aparcamiento en dos minutos.

Cécile asintió y al instante giró sobre sus talones.

Dupin entonces dio órdenes a su inspector:

—Usted y Le Menn busquen por el jardín a ver si dan con alguna pista. Pero, sobre todo, Le Ber, continúen actuando con discreción.

—De acuerdo, jefe. ¿Van a limitarse a acompañar a Cécile Cast hasta el Château Joly y a esperarla? ¿O tienen otros planes allí?

Le Ber conocía bien al comisario.

—Yo puedo ir con ustedes. De forma discreta, con mi coche.

—No será necesario, Le Ber. Llevaremos a Cécile al Château, esperaremos un poco y regresaremos juntos.

—¿No quiere hacerse una idea de la situación?

—Es mejor que no me deje ver por allí.

Le Ber asintió, pero no parecía nada convencido.

—Le llamaré, Le Ber.

—Hágalo en cuanto llegue.

Cuando Dupin regresó a la habitación, Claire lo esperaba de pie completamente vestida.

—En marcha entonces.

Evidentemente, lo había oído todo.

—Enseguida.

Dupin se puso los vaqueros, se dejó la camiseta puesta y se calzó los zapatos.

—¿Por qué ahora ese ataque al Château Joly? ¿Qué significa esto?

Cécile estaba sentada en el asiento posterior. Se había puesto un vestido negro holgado.

—¿Qué tiene esto que ver con los asesinatos?

—Ni idea.

Así era: Dupin no tenía la menor idea.

—¿Dónde está exactamente el Château?

—En el lado oeste del lago. Conduce primero como si fueras al Domaine du Lac —explicó Cécile—, pero quédate en la D751, no te desvíes en Bouaye, sigue unos cuantos kilómetros más. Ya te indicaré.

—¿A quién conoces del Château Joly? Quiero decir, de la familia, sin contar con Anne-Sophie.

—A su padre. Jérôme Joly. Como os dije, un patriarca tremendo. Trataba a su esposa como si fuera una criada. Para mí, un tipo realmente terrible. Se cree el mejor. El año pasado otros viticultores y yo fuimos invitados a una reunión de la asociación en el Château. Deberíais haberlo visto. Evidentemente, mientras estuve casada con Brian, nunca me invitaron.

—Esta asociación, ¿es la de la denominación de origen Muscadet-Côtes de Grandlieu?

Habían llegado a la D751. Dupin pisó el acelerador.

—No. Otra. Ese encuentro iba sobre la región vinícola en torno a Nantes, la región oeste.

En el gran libro de vinos de Claire Dupin había contemplado un mapa de la desembocadura del Loira: había docenas de territorios con docenas de denominaciones, una confusión desconcertante.

—Dijiste que Brian no sentía ninguna competencia o rivalidad con el Château Joly. ¿De verdad era así?

—Sí, Brian apreciaba mucho los vinos del Château Joly e incluso llegó a expresarlo públicamente. Él quería poner fin a esta vieja enemistad, que a fin de cuentas no era más que una quimera. ¡Y Anne-Sophie también! Bueno, ellos eran pareja. Y creo —vaciló apenas una fracción de segundo, pero Dupin se dio cuenta— que eran muy felices. Algo que, claro está, no le hacía ninguna gracia al viejo Joly. Siempre que tiene ocasión arremete contra el Domaine du Lac.

La carretera discurría totalmente recta. Y no había un alma. Dupin, por lo tanto, conducía con exceso de velocidad.

—¿Conoces a alguien del personal del Château Joly?

—Una enóloga muy prometedora. De la Asociación de Mujeres Viticultoras, de la que también formo parte. Luchamos por las mujeres en nuestra profesión. Realmente es todo un talento, como Emily Pic, aunque no tan ambiciosa como ella.

—¿Sabes si Emily Pic tiene sus propios planes? ¿Tal vez dirigir una bodega?

Esa era una pregunta que Dupin había querido hacer todo el tiempo.

Otra breve vacilación.

—No.

Parecía convencida.

—¿Tienes idea de si esa enóloga está en contacto con alguien de la bodega de Brian? ¿Hay ahí alguna conexión personal?

—La única persona que se me ocurre es Emily Pic. Ella también es de nuestra asociación.

—¿Son amigas?

—Ni idea.

—¿Hasta qué punto conoces a Anne-Sophie Joly?

—Nunca nos habíamos visto a solas, jamás nos habíamos citado en privado ni nada por el estilo, si es a eso a lo que te refieres.

Cécile hizo una breve pausa.

—Nos veíamos en reuniones sociales. Y de vez en cuando en el viñedo de Brian cuando iba a visitarlo. De todos modos, siempre que nos veíamos, nos llevábamos bien. Antes incluso de que Brian y ella empezaran a salir. A veces resulta un poco —parecía estar buscando la palabra adecuada— arrogante. Pero tampoco es de extrañar: el viejo Joly lleva preparándola desde pequeña para que se haga cargo del legado familiar. Siempre ha dicho que solo ella tiene lo que hay que tener.

—¿Te cae bien? —Claire se volvió hacia Cécile—. ¡Dime la verdad!

—¿La verdad? No. Se cree la más guapa, la más lista, la mejor. Es algo que ha heredado de su padre. De todos modos —daba la impresión de que Cécile se sentía algo incómoda con ese pequeño arrebato—, no se puede negar que es una persona agradable. De verdad lo es.

A Dupin eso no le sorprendió lo más mínimo. Por supuesto, tras el aprecio, siempre enfatizado, de Cécile por la nueva pareja de su exmarido, había otras emociones. Por lo menos, ambivalencias. No podía ser de otro modo. Sobre todo porque claramente Cécile seguía sintiendo cariño por Brian, tal y como había quedado demostrado en los dos últimos días.

—¿Anne-Sophie Joly estaba realmente enamorada de Brian? —preguntó Claire.

—Sí, eso creo. Seguro. A ver, si no, ¿por qué otro motivo habría estado con él? Brian no se planteaba volver a casarse, seguro que eso él se lo había dicho. Por otra parte, ella heredará algún día un gran viñedo. Pasará directamente de su padre a ella. —Cécile pareció reflexionar—. A Anne-Sophie le encanta la ropa exclusiva, las joyas, los bolsos caros y cosas así. Pero ella no necesita que nadie se las compre. Y Brian no era para nada el tipo de hombre que hace estos obsequios. Eso no significa que no fuera generoso. De hecho, lo era mucho, casi un derrochador. En uno de mis aniversarios, volamos un mediodía a Barcelona porque había reservado una mesa para cenar junto al mar. Hacía cosas así. Simplemente, estaba loco, pero su locura era sumamente atractiva.

—¿Lelouche te ha despertado? —Dupin tenía la vista clavada en la carretera. A mano derecha e izquierda, muy iluminados por los faros, los árboles se deslizaban a toda velocidad.

—Sí. Dormía como un tronco.

Cécile no se mostró molesta por ese cambio brusco de tema, pero Claire sí. Dirigió a Dupin una mirada desaprobadora.

—Anoche nos pasamos un poco con el vino —Cécile sonrió—, pero a mis nervios les sentó muy bien. Han sido, de hecho son, días intensos.

Se interrumpió. A continuación, siguió hablando despacio, de modo entrecortado.

—No me hago a la idea. La muerte de Brian me ha afectado hasta lo más hondo.

—Eso es muy comprensible.

Claire le asió la mano.

—Creo que… Brian era más importante para mí de lo que yo creía.

—¿Dónde tienes la casa en La Fontaine aux Bretons?

De nuevo, Dupin recibió una mirada reprobadora de Claire.

—En la casita blanca de la parte posterior, junto a los prados.

Ahí donde pastaban los burros que tanto le habían gustado a Dupin. Recordó la casita. Muy bonita, toda de madera y, en efecto, no muy grande.

—¿Y dónde aparcas el coche?

—Delante de la casa hay un aparcamiento. Existe un camino privado que conduce directamente a la carretera desde allí hasta Pornic.

—¿Qué distancia hay entre tu casa y el Château Joly?

—¡Georges! ¡Basta ya! —intervino Claire.

—Claire, de verdad, esas preguntas no me molestan en absoluto. Entiendo a Georges. Tiene que plantear estas cosas, no le queda más remedio. Además, está claro que el comisario Lelouche me hará las mismas preguntas.

Exactamente.

—Puede que unos cinco minutos más que para llegar a la bodega de Brian —respondió finalmente Cécile.

Eso eran, más o menos, unos treinta y cinco minutos.

—Deberíamos centrarnos en la cuestión de por qué alguien ha provocado un incendio en la bodega de los Joly. ¿Cómo es posible relacionar esto con los asesinatos?

Claire parecía impaciente.

—Tal vez —Dupin empleó un tono de voz algo vago— se trata de esos depósitos contaminados. El incidente de los Joly del año pasado. Puede que el asunto sea mayor de lo que creemos.

—¿En qué estás pensando? ¿A qué te refieres? —quiso saber Claire.

—Ha pasado todo un año —objetó Cécile— y no ha ocurrido nada: ni se ha comercializado vino contaminado ni nadie ajeno a la asociación ha tenido noticia de eso. Soy el mejor ejemplo de ello: no había oído decir nada al respecto, ni siquiera Brian me lo comentó. A todos los miembros de la asociación les interesa no hacerlo público porque cualquier daño a la reputación de la denominación de origen también les perjudica a ellos. Excepto la bodega de Brian y el Château de los Joly, la denominación de origen Muscadet-Côtes de Grandlieu siempre se ha visto un poco eclipsada por la denominación Muscadet-Sèvre et Maine, aunque en los últimos años han logrado ponerse a su nivel. Esto además significa que han podido subir precios. Ningún asociado se arriesgaría a ser objeto de un escándalo.

—Podría ser un chantaje —propuso Claire—. O tal vez, en contra de lo que afirman desde el Château, sí se vendieron botellas contaminadas. Puede que no se deshicieran del vino contaminado, que lo embotellaran... y que alguien lo descubriera.

La situación que ofrecía Caire parecía plausible, se dijo Dupin.

—Está claro que este asunto tiene que ver con algo que concierne a las dos bodegas. Georges, ¿a ti qué te parece?

Las dos mujeres lo miraron expectantes. Como si Dupin tuviera la capacidad de descifrar misterios.

—No hay que elaborar una historia demasiado pronto, hay que investigar, investigar y seguir investigando, sin más, hasta que surja. —Y rápidamente añadió—: Si lo hace.

Dupin odiaba sentencias como esa, sobre todo cuando era él quien las decía.

—¿Piensas que deberíamos...?

El móvil de Dupin emitió un sonido. Un mensaje de texto. Había dejado el teléfono en el compartimiento que había entre los asientos.

Le Ber. Dupin leyó: «¿Va todo bien, jefe? Por favor, llame al llegar al Château».

—Lo que quería decir —empezó de nuevo Claire, para ser interrumpida esta vez por el teléfono del coche.

Nolwenn.

—¿Diga? —respondió Dupin a la llamada.

—Señor comisario —la voz de Nolwenn resonó con fuerza en todo el vehículo—, estamos al corriente: un atentado fallido contra usted y otro exitoso contra el Château Joly.

—Nolwenn, no está nada claro que haya habido un intento fallido...

—He hecho un par de llamadas, señor comisario. Hay dos

edificios en llamas: la planta de producción y la zona de residencia de los Joly. Hay dos heridos. Según parece, los dos sufren una grave inhalación de humo. Uno de los heridos es Jérôme Joly. Lo han trasladado al hospital de Nantes.

—¿El padre de Anne-Sophie? —preguntó Claire.

—Exacto.

—No puede ser cierto.

—La hija está ilesa —siguió informando Nolwenn—, vive en otro edificio. Fue quien descubrió el incendio. Ahora mismo está en el hospital con su padre. Lelouche ha organizado una operación a gran escala y ha reunido a todos los efectivos disponibles. Ahora están registrando el Château —se interrumpió un instante—; bueno, las partes que no se han quemado. Por suerte, Nantes no está muy lejos y hay más de media docena de patrullas desplegadas.

—¿Se confirma definitivamente que ha sido un atentado? —quiso saber Dupin.

—Según parece, los expertos en incendios ya han obtenido pruebas. En teoría, unas botellas rellenas de gasolina, al menos dos. Cócteles molotov, por así decirlo. Más simple, imposible. Si averiguo más cosas, le llamaré, señor comisario.

—De acuerdo.

—Cuídese mucho, señor comisario. ¡Y, sobre todo, cuide a Claire! Hasta luego.

Colgó.

—Me da pena el anciano Joly. —Claire parecía consternada—. Aunque sea un tirano, es algo que uno no desea a nadie.

—Todo ocurre en torno al lago, ¿os habéis dado cuenta? —La voz de Cécile había cambiado de un modo extraño—. Si supierais lo que se cuenta sobre el lago, la de historias que circulan en torno a él… Son de lo más siniestras.

—¿Qué tipo de historias?

Claire se mostró curiosa.

—Por ejemplo, la de un barón perverso. Todavía hoy es posible visitar los restos de su castillo, no muy lejos de Pornic. Su tremenda codicia le llevó a entregarse a la magia negra. Su barba entonces adquirió un misterioso tono azul intenso y la gente pasó a llamarle simplemente Barbazul. Al poco tiempo, se obsesionó con el deseo de hacer oro y, se suponía que el diablo le iba a enseñar a lograrlo. Este lo citó junto al lago, el cual albergaba una de las entradas al infierno. Aquí, en el lago de Grand-Lieu.

Cécile se quedó callada durante un momento, escrutando la noche a través de la ventanilla lateral, como si buscara algo.

—Una noche de luna llena, el diablo propuso un pacto a Barbazul: si este le traía sangre humana, él le daría a conocer el secreto para fabricar oro. Y así fue. Barbazul comenzó a asesinar personas y, con ello, a acumular oro, convirtiéndose en el hombre más rico del mundo. Para cuando fue descubierto, había perdido la vida un número incontable de gente.

—Una historia espeluznante.

Claire se estremeció.

Aunque el Château todavía quedaba un poco lejos, en el cielo nocturno ya se veían llamas grandiosas. El incendio debía de ser enorme.

—Ahora gira a la izquierda, toma una carretera pequeña que lleva hasta el lago y está reservada a los pescadores. A través de ella llegarás al aparcamiento del personal. Lo mejor es que dejemos el coche allí. Así nadie os verá —dijo Cécile.

—Perfecto.

Al llegar a la altura de la pequeña carretera, Dupin la tomó. De todos modos, no habrían podido ir mucho más lejos, ya que, cien metros más allá, había un coche patrulla con las luces azules encendidas atravesado en medio de la calzada.

—Es un castillo de verdad. No excesivamente grande, pero muy bonito. Los Joly además alquilan también una casa de huéspedes. De alto nivel, desde luego. Trescientos euros la noche. Con una piscina enorme. Igual que la bodega de Brian, la explotación está dispuesta en forma de U, pero a otra escala. En el centro está el castillo con la arquitectura típica del Loira.

—¿Dónde está la casa de Anne-Sophie?

Claire sentía curiosidad.

—Justo al otro lado, en un bosquecillo. El terreno de los Joly llega casi hasta el lago y los humedales. En invierno, las primeras vides se encuentran a apenas cien metros del lago. Por el norte, llegan casi hasta Passay.

—¿Qué edificio es ese?

Dupin señaló una de las dos construcciones que estaban en llamas. Delante se encontraban aparcados dos grandes camiones de bomberos.

—Es el ala sur de la planta. Donde se elabora el vino. Hace quince años el viejo Joly encargó una remodelación completa de las instalaciones y ahora todo es completamente moderno.

Entonces entraron en el aparcamiento, que, como toda la zona de alrededor, estaba inquietantemente iluminado por las llamas. Por lo demás, la oscuridad era total. La infinidad de estrellas del firmamento lo hacían centellear mientras unas grandes nubes de humo cubrían buena parte del cielo.

—A un lado del castillo están las oficinas y, al otro, las habitaciones para huéspedes. Los Joly han residido en el ala norte durante generaciones. Es donde se ha producido el segundo incendio —añadió Cécile.

Dupin aparcó en una de las plazas desocupadas.

—¿Dónde has quedado con Lelouche?

—Me ha dicho que fuera a la sala de desayunos del alojamiento para huéspedes.

En el aparcamiento había varios vehículos. Dupin los examinó detenidamente.

Cécile reparó en la expresión de Dupin.

—Algunos empleados viven aquí.

Se apearon del vehículo.

Al momento, los envolvió un hedor acre.

—Te acompaño, Cécile —anunció Claire.

—No creo que sea buena idea.

Dupin opinaba lo mismo.

—No pienso abandonarte ahora, de ningún modo.

Dupin conocía ese tono de voz. Decir algo entonces era inútil. Aunque eso no le habría impedido hablar. El motivo por el que no protestó era otro.

—Me parece que Lelouche no permitirá que estés presente en el interrogatorio —insistió Cécile de nuevo.

Era evidente que ella aún no conocía ese tono de voz de Claire.

—Eso ya se verá.

Se habían quedado junto al coche.

Por suerte, esa noche la brisa era suave. Eso facilitaba un poco la labor de los bomberos. De todos modos, en los edificios antiguos, los incendios podían propagarse con rapidez. Y, a partir de cierto punto —que, en opinión de Dupin, ya se había superado hacía un buen rato—, los bomberos ya no tenían ninguna posibilidad. El fuego había tomado el control, y nadie lo podía detener. Todo lo que podían hacer era evitar que se propagara aún más. E incluso eso era bastante difícil.

Dupin se volvió hacia Cécile:

—¿Verdad que has dicho que la bodega de Brian está a cinco minutos de aquí?

—Sí, más o menos. ¿Por qué?

—¿Y tú llevas las llaves de la casa de Brian?

—Sí. ¿Quieres volver allí?

—¿Me las dejas?

Si era cierto que Lelouche había convocado a todos los efectivos disponibles en el castillo, entonces probablemente en la finca quedaban muy pocos. Eso le permitiría examinar a fondo algunos despachos y la bodega. El día anterior había olvidado comprobar una cosa y quería hacerlo.

Cécile había sacado del bolso un impresionante manojo de llaves. Soltó una llave de él.

—Aquí tienes.

—No nos hagas…

El estridente pitido del móvil de Dupin interrumpió a Claire.

Otro mensaje de texto de Le Ber.

«¿Han llegado bien al castillo, jefe?».

Dupin dejó oír un suspiro sonoro. Sería mejor responder cuanto antes; de lo contrario, Le Ber no tardaría en ponerse en marcha.

«Sí, todo perfecto».

—Pero no nos hagas esperar aquí, Georges. —Esta vez Claire logró acabar la frase—. Seguramente Lelouche no tendrá mucho tiempo para interrogar a Cécile.

—Claro.

—Por otra parte —pensó Claire en voz alta—, tal vez esta sea una oportunidad única. Es decir, si realmente tienes que entrar en el sótano de la bodega.

Ella sabía lo que él tramaba.

—Claire tiene razón, Georges. Tómate todo el tiempo que necesites. Si terminamos antes que tú, ya llegaremos a casa de alguna manera. Ya se nos ocurrirá algo.

—Nos comunicaremos por mensajes de texto. —Dupin puso su móvil en silencio.

—De acuerdo —confirmó Claire—. Y ándate con ojo con el viejo Marchand.

Dupin lo había olvidado por completo.

Regresó al coche y puso en marcha el motor.

Claire se despidió agitando la mano, luego ella y Cécile empezaron a andar.

Dupin se había detenido justo antes de Bouaye para consultar el mapa del entorno del viñedo de Katell en su teléfono móvil. No pensaba aparcar de ningún modo su Citroën en el mismo lugar que el día anterior. Era demasiado arriesgado. Así pues, optó por un camino de tierra que se encontraba en sentido contrario.

Se acercó con sigilo a la entrada posterior de la casa de Brian atravesando los viñedos. Todo estaba en silencio.

Abrió la puerta y entró. Miró por una de las ventanas hacia el patio del Domaine. Dos policías, como el día anterior. Sentados en la escalera frente a la entrada principal pertrechados con sendas linternas. Al otro lado, en el ala de oficinas, no se veía ninguna luz. No parecía que hubiera nadie más. Quizá Lelouche había reducido la presencia policial en el lugar y solo estaban esos dos hombres.

Dupin subió por la escalera hasta el primer piso. Quería echar un vistazo a las tres valiosas botellas de vino. Todas se encontraban exactamente igual que el día anterior, algunas en vertical y otras en horizontal. Por suerte, para estas cosas la memoria de Dupin era como una cámara. Regresó rápidamente a la planta baja. Allí había otras dos neveras para vino de un tamaño mayor. El día anterior había querido examinarlas con Cécile y Claire, pero los habían interrumpido.

Abrió las puertas con cuidado. Había tintos. Eran burdeos, pero de añadas recientes, de 2003 en adelante. Médoc, Pomerol, Saint-Émilion. Se disponía a volver a cerrar la nevera cuando reparó en una botella polvorienta que había en la parte inferior.

El mismo polvo, algo pegajoso, de las botellas de Château Cheval Blanc.

Dupin se agachó y la sacó. Aunque no era un experto, conocía aquel vino: Château Margaux, *premier cru classé*. Un tinto. Botella de 1959.

Sin duda, tenía en las manos un objeto de un valor de cinco cifras. Dupin hizo una foto y devolvió la botella a su sitio. Miró de nuevo para asegurarse: era la única botella antigua. En la otra nevera tampoco había ninguna otra botella de colección, solo había más deliciosos vinos burdeos.

Dupin debía apresurarse, no tenía mucho tiempo. Corrió hacia la puerta situada tras la zona de butacas. Esa que daba al edificio principal donde vivían los Marchand y se encontraban las habitaciones de los huéspedes.

Hizo girar la llave con cuidado y abrió la puerta. Ante él se abrió un largo pasillo con el suelo de madera antiguo. Se quitó los zapatos y los sostuvo con la mano izquierda.

Llegó sin más problemas al vestíbulo, al cual también se accedía desde la entrada principal; a la izquierda, una escalera antigua de madera llevaba al primer piso. Allí era donde el señor Marchand los había recibido al mediodía del día anterior.

En ese punto Dupin tenía que actuar con especial cautela, ya que los dos agentes se encontraban apostados a escasos metros. Ni en sueños podían imaginarse que un comisario de Concarneau se estaba colando de manera ilegal en el edificio que tenían a su espalda.

También los dos Marchand estaban a pocos metros, con suerte, acostados, profundamente dormidos.

Poco después Dupin estaba ante la puerta del ala de oficinas. Tras superar las cintas policiales abrió la puerta muy lentamente. Sintió alivio. En esa parte de la bodega no había ninguna señal de que hubiera guardias apostados.

Al cabo de unos instantes ya había llegado al despacho de Dantec. Por prudencia, echó un vistazo rápido por la ventana. Hacia la obra, ahí donde se erigiría el bar de vinos. Tampoco allí había ni rastro de la policía.

Dupin abrió el mueble aparador que había querido examinar el día anterior.

Estaba vacío.

O la policía se lo había llevado todo o Damien Dantec, después de ser despedido, lo había vaciado.

Abandonó el despacho.

La oficina de Emily Pic estaba justo al lado.

Era incluso un poco más grande. Pero, sobre todo, la decoración era más personal. Dupin encendió la linterna del móvil. Había cuatro fotografías sobre el escritorio. Emily Pic bronceada en un refugio después de esquiar. Emily Pic en una bonita playa sobre una toalla de colores, con una copa de bebida en la mano. Y dos imágenes de Emily Pic relacionadas con el mundo del vino, una en lo que parecía ser la graduación de la escuela de vinos con el título en la mano, y otra, con un trofeo en forma de botella. Dupin leyó la inscripción «Joven Enólogo del Año». Era apenas del año anterior.

Sobre la mesa del escritorio, en el centro, había un folleto, «El genial *Le Diabolo* de Rodallec», con una nota manuscrita que decía: «Míratelo, tal vez nos iría bien. Saludos, Damien». La recomendación de un muerto. Dupin echó un vistazo al folleto. Una especie de carretilla motorizada que permitía empujar o arrastrar pesos más fácilmente.

El móvil de Dupin vibró.

Un mensaje de texto. Esta vez era Claire: «Esperando a Lelouche. Sigue hablando con el personal. Va para largo».

Bien. Dupin se sintió aliviado. Quería ir a recoger a Claire y Cécile a toda costa.

Prosiguió rápidamente. En la esquina derecha de la mesa del escritorio había un montón de documentos. Dupin examinó los que estaban más arriba. Los resultados de unos análisis de laboratorio. En el encabezado: «Muestras de barril del Domaine du Lac». A Dupin, esas abreviaturas y valores no le decían nada. Sacó una fotografía, Cécile sabría cómo interpretarlos.

Continuó examinando más papeles. La fotocopia de un artículo de varias páginas. Un titular enorme: «La influencia de la música en el sabor del vino. La ciencia lo explica». Eso era algo para Claire, se dijo Dupin. «Unos investigadores franceses han revelado en un estudio de qué modo el sabor del vino está condicionado por la música que escuchamos al beberlo». Aquel debía de haber sido un estudio extraordinariamente divertido. «Los científicos calculan una intensificación del sabor de hasta el veinte por ciento». Dupin no dudaba de que una música bella lo mejoraba todo, pero le resultaba difícil de entender que tal cosa se pudiera calcular con tanta precisión. «Evidentemente, el carácter de la pieza musical debe coincidir con el del vino. Escuche una pieza alegre de Chopin con un rosado ligero de la Provenza; un fado melancólico con una copa de douro portugués de intenso color rojo; un Debussy de ensueño con un Châteauneuf-du-Pape celestial; una exuberante sinfonía de Beethoven, con un complejo burdeos…».

También tomó una foto de aquello.

La mayoría de los papeles que había en el montón eran de tipo administrativo. Varias facturas, entre ellas, una de un curso de formación en Burdeos.

En la parte inferior había un ejemplar de la revista vinícola *Vin de France* con un artículo marcado dos y tres veces:

«Los aromas terciarios: ¡mucho más que crianza!». Dupin recordó que antes del viaje Claire le había explicado que los aromas primarios eran los que aportaban las uvas. Los aromas secundarios, en cambio, se creaban en la bodega, durante la fase de elaboración, y ahí era donde los enólogos demostraban todo su saber hacer. Principalmente controlando la fermentación. Los aromas terciarios se creaban durante el almacenamiento y la vinificación, durante el proceso llamado de envejecimiento. Según Claire, era muy diferente que el vino envejeciera en barricas de madera —lo cual, a su vez, dependía del tipo de madera— o en depósitos de acero. Se trataba de un artículo puramente técnico, lleno de jerga. Dupin no entendía nada. Había varias frases subrayadas. De nuevo, el comisario tomó algunas fotografías.

En el despacho de Pic también había un aparador. Estaba cerrado.

Dupin volvió a mirar alrededor.

En las paredes había colgados mapas ampliados de las parcelas de la finca. Aquí y allá, Emily Pic había hecho algunas anotaciones. En su mayoría, abreviaturas que Dupin no entendía. Hubo una nota que sí pudo leer: «¡Demasiada humedad!».

En uno de los mapas se veía el complejo de edificios de la finca, incluida el ala donde se encontraba él en ese momento.

No había nada que llamara la atención.

Dupin salió de la oficina.

Dantec había estado tumbado justo en ese lugar. Y Emily Pic estaba arrodillada ante él.

Se podía ver la sangre seca. En el suelo de piedra había quedado marcado el lugar donde había caído la botella rota.

Dupin no recordaba haber pasado nunca tanto tiempo

metido en sótanos. Pero era inevitable. Miró a su alrededor. Los botelleros de obra abarcaban todas las paredes de la sala de forma tubular, del suelo al techo.

Recorrió poco a poco la estantería de la derecha, examinándola de abajo arriba. Aunque había encendido la luz, la habitación seguía estando poco iluminada. La linterna del móvil no servía de gran cosa. No había nada que le llamara la atención, nada en absoluto. Observó que el sistema de almacenamiento seguía un orden rotativo, por llamarlo de algún modo. Las añadas se sucedían una tras otra. Llegó a la más antigua. Veintidós años; de estas quedaban cinco botellas, no más. Cuanto más reciente era la añada, más botellas había. En cuanto terminaran las cinco últimas, la nueva añada ocuparía su lugar, y así sucesivamente.

Dupin llegó a la pared del fondo y prosiguió hacia el lado izquierdo. Allí estaban las dos estanterías de madera que, como las de obra, iban del suelo al techo. Al lado se encontraban los nuevos botelleros de obra; se distinguía claramente la lechada reciente entre los ladrillos, un mortero natural de color claro. Ahí se podía apreciar lo laboriosas y caras que debían de ser estas tareas de renovación de las bodegas. Las botellas de vino tenían que estar siempre en condiciones perfectas. Dupin calculó una temperatura de doce o trece grados y una humedad moderada, ni seca ni húmeda. Ningún olor, ni el típico hedor a moho de las bodegas, nada. Ese era el mérito de los ladrillos porosos. En las botellas se veía muy poco polvo.

Dupin regresó al lugar donde Dantec había yacido. Los vinos de la estantería a su lado eran de 2015; había unas veinte botellas. Pero la etiqueta de la botella con la que habían matado a Dantec era de otro año. Sí. Dupin estaba seguro. 2007.

Encontró la añada unos botelleros más allá. Aún quedaban seis botellas de Le Grand y diez de otros vinos de la bodega.

El asesino o asesina debió de haberla cogido de ahí. Dupin examinó las estanterías alrededor por segunda vez. Nada.

—¡Maldita sea!

Dupin se sentía insatisfecho. En ese caso aún estaba dando palos de ciego. Iba a tientas. Todavía no había hablado con Anne-Sophie Joly ni con su padre. Y este último seguía en el hospital. Así era difícil avanzar. Y, sobre todo, por supuesto: sin café no lo conseguiría. Al tener noticia del incendio provocado, se habían marchado a toda prisa, y ni siquiera había pensado en el café. Eso ahora le estaba pasando factura. Hacía poco Claire le había dado a leer un artículo de una famosa revista científica en el que unos expertos explicaban enormes y demostrables «efectos *booster*» de la cafeína. Dupin había memorizado ese término para tener un nuevo argumento que esgrimir cuando su médico le aconsejara otra vez que redujera su consumo de café.

Abandonó la sala contrariado, y se dirigió a la bóveda central con la larga mesa de madera para las catas, donde Lelouche los había interrogado. De ella partían cinco corredores. Uno llevaba a la salida y a la escalera de piedra con el techo de plexiglás. El segundo conducía a la bodega de vinos donde Dantec había sido asesinado. Dupin conocía también el tercer pasillo, que llegaba hasta la escalera de caracol. Los otros dos corredores que había al lado aún no sabía adónde llevaban.

Tomó el primero de ambos.

Inicialmente iba recto, luego torcía a la izquierda y, después, de nuevo a la izquierda. Teóricamente, si Dupin no se equivocaba, debería de estar debajo de las naves de producción. Súbitamente, se abrió ante él una sala alargada en forma de tubo, revestida de piedras de obra, suelo incluido. No era muy alta, apenas había unos pocos centímetros entre la cabeza del comisario y el techo. A un lado había unas barricas enormes de madera que le llegaban hasta el pecho. Al otro, unos tanques de acero inoxidable sobre cuatro patas. La sala de barricas, supuso Dupin, el lugar donde el vino desplegaba sus aromas.

Al final de la sala había un montacargas y, junto a él, una escalera de caracol de acero. Dupin subió por ella y descubrió que, en efecto, no se había equivocado: conducía directamente a las naves de producción. Eso significaba además que había otro acceso a la bodega.

Dupin volvió a bajar.

Se dijo que iba a echar un vistazo rápido al quinto y último corredor y que luego regresaría al Château Joly.

Aquel pasillo tenía dos recodos: uno a la derecha y otro a la izquierda, y luego seguía recto durante un buen trecho. Debía de pasar por debajo del edificio principal. A la derecha se veían unas puertas. Dupin abrió la primera e iluminó el interior. El suelo era de tierra, pero curiosamente tampoco ahí olía ni un ápice a humedad. Apoyadas en las paredes había unas estanterías de acero llenas de comida. Parecía una despensa. Cajas de madera con patatas, manzanas y cebollas. Botellas de aceite, conservas.

Dupin cerró la puerta.

En la sala siguiente había un puñado de barriles viejos que ya no se utilizaban. Le seguía una sala que parecía ser un trastero. Un frigorífico de aspecto profesional desechado; una cocina de gas de aspecto también profesional; dos estructuras de cama; varias lámparas de pie; una mesa naranja; varios juegos de neumáticos. La última sala del sótano estaba vacía.

Dupin regresó rápidamente.

Su humor había ido de mal en peor. Dos personas habían sido asesinadas de forma brutal; el Château Joly estaba en llamas; había otras dos personas ingresadas en el hospital por inhalación de humo, y él vagaba sin rumbo por una bodega sin tener la menor idea de lo que estaba ocurriendo.

De nuevo Dupin se había zafado de la policía como si fuera un ladrón. Tenía que reconocer que eso casi le había divertido. A continuación, atravesó a pie el viñedo, cruzó un campo y regresó a su coche.

Arrancó el motor, accionó el botón de rellamada del teléfono y pulsó el acelerador.

—¡Vaya, pero si es el señor comisario, el desaparecido! —Nolwenn no hizo el menor esfuerzo en moderar su sarcasmo—. Le Ber ha estado intentando en vano dar con usted. Estábamos a punto de enviar a la caballería. Si cree que estoy bromeando, se equivoca.

—He ido a echar un vistazo al Domaine du Lac.

—Lo sabemos. Le Ber ha hablado con Claire.

—¿Qué quería?

—Solo saber si todo iba bien. Además, me pide que le diga que Cécile ya ha hablado con el comisario. Le esperan en el aparcamiento donde las ha dejado antes.

¿Por qué Claire no le había enviado un mensaje?

Dupin tuvo que contenerse para no pisar demasiado el acelerador en esa carretera pequeña.

—Le Ber se toma su trabajo con demasiada seriedad, Nolwenn. Una cosa más: hace poco Brian Katell compró cuatro botellas de un tinto antiguo, muy raro y caro, un Château Cheval Blanc de 1953. Cécile Cast calcula que su valor podría estar en los veinte mil euros la botella. He encontrado también una botella de Château Margaux, *premier cru classé*, de 1959. Me gustaría saber dónde y cuándo la adquirió. Él solía comprar en subastas, pero también a distribuidores. Estos deben de ser muy exclusivos.

—Lo averiguaremos.

Dupin había llegado a una carretera más grande; entonces pisó de verdad el acelerador, el viejo coche se embaló de forma asombrosa.

—Y luego, otra cosa aún: mire a ver si encuentra algo sobre contaminaciones del vino en el territorio de la denominación de origen Muscadet-Côtes de Grandlieu. En general, cualquier cosa acerca de irregularidades en esta zona, incidentes de cualquier tipo, lo que sea. En especial, referidas al Château Joly.

—Creo que sé dónde puedo intentar conseguirlo.

Nolwenn sonaba confiada.

—Y me gustaría saber más cosas sobre Anne-Sophie Joly. Cualquier cosa que pueda averiguar.

—Haré lo que pueda. Es una lástima lo del viejo Joly. Por muy desagradable que sea, es algo que no se desea a nadie.

—¿Sabe algo sobre su estado?

—No. Pero si hubiera muerto, lo sabríamos.

—Y, para terminar, me gustaría conocer la situación financiera de Cécile Cast.

Silencio.

—Eso a Claire no le va a gustar.

Nolwenn aún no había terminado.

—Pero, obviamente, tiene usted razón. Veré qué puedo hacer. No será fácil. Además, seguro que Lelouche la ha comprobado. Si hubiera algo sospechoso, lo estaría investigando.

—Inténtelo.

—Como sabe, lo imposible es mi especialidad. Hasta luego. Espero que traiga a casa a Claire y Cécile sanas y salvas.

—Eso haré.

Nolwenn colgó.

Al instante siguiente, tres fuertes pitidos seguidos anunciaron la llegada de mensajes de texto. Todo indicaba que en el sótano de la bodega había una zona sin cobertura y que el móvil acababa de volver a conectarse a todos los servicios.

Dos mensajes de Le Ber, uno de Claire.

Volvió a acelerar. En dos minutos llegaría allí.

Dupin se detuvo sin apagar el motor, y Cécile y Claire se subieron al coche. Ya en la larga recta que llevaba al castillo, al comisario le había parecido que los bomberos tenían el incendio un poco más controlado.

—¿Cómo ha ido? —les preguntó a modo de saludo.

Al igual que en el viaje de ida, Claire se sentó delante y Cécile detrás.

Dupin sentía curiosidad por saber cómo se había comportado Lelouche, qué le había preguntado a Cécile.

—¿Y...? ¿Ya lo has resuelto? —preguntó Claire a su vez.

—¿Resuelto?

—Sí, ¿ya sabes de qué va todo esto? ¿Quién es el responsable de todo? ¡La solución del caso!

Abandonaron el aparcamiento. Por el retrovisor, Dupin se dio cuenta de que Cécile también lo miraba intrigada.

Suspiró.

—He estado examinando los despachos de Dantec y Pic —murmuró con una desgana evidente—, y, sobre todo, la zona de la bodega. Pero no he encontrado nada sospechoso.

Dupin entonces desbloqueó el móvil y lo pasó al asiento trasero:

—Cécile, mírate un momento las últimas fotos. Son los resultados de unos análisis que había sobre la mesa de Emily Pic. ¿Te dicen algo?

Cécile contempló las fotografías durante un rato. Luego respondió decepcionada:

—Son los análisis habituales del final de la fermentación. De la última añada. Eso permite al enólogo ver los parámetros más importantes. Lo que hay es completamente normal. No hay ningún valor que llame la atención en absoluto.

Así pues, tampoco eso era ninguna pista.

—Mira la fotografía a continuación.

—¡Oh! Es un Château Margaux. Uno de los favoritos de Brian. Y, además, una añada extraordinaria. —Cécile hablaba con auténtico entusiasmo—. 1959. *Mon Dieu.*

—¿Cuánto cuesta una botella como esta?

—Yo diría que, por lo menos, cuarenta mil.

—¿En serio?

Aquello era mucho más de lo que Dupin había esperado.

—¡Increíble! —exclamó Claire.

Con las otras tres botellas, eso hacía un total de más de cien mil euros.

—¿Qué quería saber Lelouche de ti? ¿De qué habéis hablado exactamente? —planteó entonces Dupin a Cécile.

—Me ha preguntado dónde he estado esta madrugada entre las tres y las cuatro. Y si tenía testigos. ¡Menuda gracia! Mañana a las ocho tengo que ir a la comisaría para que me siga interrogando. Y no puedo salir de Pornic hasta nuevo aviso.

—Los bomberos —añadió Claire— suponen que el incendio ha empezado en torno a las tres y cuarto de la madrugada. En tres lugares, por cierto, no en dos. Con unas botellas (de vino, cómo no) llenas de gasolina. Anne-Sophie ha descubierto el fuego a las cuatro menos cuarto. Se ha propagado muy rápidamente; las estructuras básicas y el tejado son de madera.

—¿Estuviste presente en la entrevista, Claire?

—No. He esperado delante de la casa de huéspedes, junto a la piscina. Lelouche ni siquiera me ha visto. Había mucho ajetreo. Pero he podido hablar un momento con un amable bombero. Excepto por un empleado y por Jérôme Joly, nadie ha resultado herido, aunque había más gente durmiendo en el Château. Varios empleados y dos huéspedes, amigos del viejo Joly, unos viticultores de la zona de Burdeos.

Ya habían dejado atrás Bouaye y se dirigían a la D751.

—¿Qué otras cosas te ha preguntado Lelouche?

—En realidad, casi nada. En principio, hacerme ir ahí ha sido una impertinencia. Creo que solo quería dejarme claro que ahora aún soy más sospechosa. Por el momento, dice, soy la única persona que sale beneficiada del ataque al Château.

—¡Menudo idiota! —Claire estaba enfurecida.

—Según él, eso ha debilitado por años al competidor más feroz del Domaine du Lac. Algo que viene como anillo al dedo a su nueva dueña. Está realmente convencido de que maté a Brian y a Dantec y que ahora he incendiado el Château.

—Está completamente loco —refunfuñó Claire.

—Y dice, además, que de este modo me vengaría de la pareja de mi exmarido porque es más joven y más guapa. Una venganza a sangre fría, dos pájaros de un tiro.

—¿Y por qué motivo habrías matado a Dantec? —preguntó Claire.

—Seguramente Lelouche sospecha que Dantec se enteró de algo que podía incriminarme. Y que yo entonces lo tuve que quitar de en medio.

—Esas acusaciones son inaceptables.

Dupin deseó poder afirmar algo así con el mismo convencimiento que Claire.

—Georges, vamos, di alguna cosa. Esto no puede ser. Lo siguiente será poner a Cécile en arresto preventivo.

—Claire, no tenemos ninguna influencia sobre la investigación de Lelouche —manifestó la propia Cécile.

—Cécile, ¿hay algún lugar por el camino para poder tomar un café?

En ese momento, ese era el interés principal de Dupin. Desde que habían entrado en la D751 había buscado en vano una gasolinera.

—Por aquí no, pero a la entrada de Pornic, sí. En la parte alta de la ciudad. Hay un lugar que abren muy temprano.

—Perfecto.

El cerebro de Dupin aún estaba medio dormido.

—¿Ha dicho Lelouche cuál cree que es tu móvil?

—No, no exactamente, pero yo diría que cree que sería una mezcla de codicia, orgullo herido y ambición enfermiza.

De hecho, precisamente estos tres móviles integraban la inmensa mayoría de los motivos de todos los delitos, incluidos los asesinatos.

—¿Te ha preguntado sobre tu situación económica?

—Lo hizo ayer. Pero hoy me ha preguntado por la contaminación de la prensa de vino del Château Joly el año pasado. Quería saber qué sabía yo del tema. Le he dicho la verdad, esto es, que no tenía ni idea. Que no había oído ningún rumor al respecto. No ha querido creerme. También le interesaba qué sabía Brian sobre este asunto. Así como todos los demás. Dantec, Pic, Marchand... Una pregunta absurda: si yo lo supiera, eso significaría que también yo estaba al corriente.

—¿Te ha dicho expresamente que no te creía? —Claire volvió a indignarse.

—Sí.

De pronto, Cécile pareció caer en la cuenta de otra cosa.

—Casi lo olvidaba, aunque ha sido algo muy raro. Lelouche también ha hablado una vez de botellas contaminadas. Unas que, según él, se habían retirado. Pero el hijo de Marchand dice que el vino nunca llegó a embotellarse, que la contaminación se detectó antes, en la barrica, durante la maduración.

Desde luego, era una novedad. Pero, por otro lado, tampoco era una sorpresa. Durante todo el tiempo Dupin había tenido la vaga sensación de que tal vez en esa historia había algo más. Un asunto más grave escondido bajo la alfombra.

—¿Le has preguntado al respecto? —quiso saber Dupin.

—No. Tal vez solo fuera un error. Lelouche desde luego no tiene ni idea de cómo se hace el vino.

Algo que, ciertamente, podría ser una buena explicación. O no.

—Además, me he dicho que preguntar me podría hacer parecer aún más sospechosa.

—¿De qué más habéis hablado?

Avanzaban por la noche a toda velocidad, la perspectiva de tomar un café era un aliciente inmenso para Dupin.

—Ha preguntado por las relaciones entre el Domaine du Lac y el Château Joly más allá de la vieja rivalidad. Qué empleados se conocían entre ellos. Por cierto, también ha convocado a Emily Pic en el Château. Ella se ha pasado por ahí antes que yo.

—¿Ha dicho algo sobre la entrevista con ella?

Aquella era una pregunta estúpida, él mismo se dio cuenta.

—No. Al terminar, Lelouche me ha preguntado cuál era mi teoría, de qué iba todo esto.

—¿Y?

—He dicho la verdad, que no tengo ni idea.

—¿Te ha dicho algo sobre Claire y sobre mí?

—Ni una palabra.

—¿Ninguna insinuación, nada?

—Nada de nada.

—¿Y no ha visto a Claire?

—No. Seguro que no.

Había llegado el momento: abandonaron la D751.

El café estaba muy cerca.

Las persianas metálicas del Café Margouya subieron con un chirrido lento e infernal, aquel ruido debió de despertar a toda la ciudad.

Eran las 6.39. Cécile y Claire, exhaustas, estaban sentadas a una de las mesas de la placita que había delante del café.

Un cuarto de hora atrás, cuando habían llegado, Dupin se había sentado con ellas, pero luego se había vuelto a levantar de inmediato y desde entonces vagaba inquieto de un lado a otro. Se adentró en la calle que conducía a la iglesia; allí dio con otro café de aspecto magnífico. Folle Saison, La estación loca. En esa zona, en la parte alta de la ciudad, uno tenía la extraña sensación de encontrarse en un pueblo de montaña francés; el camino desde el puerto era muy empinado, unas callejuelas estrechas serpenteaban por la cuesta, con escaleras que parecían infinitas. Entre los árboles y las casas, se vislumbraba el puerto, el mar y el horizonte. A Dupin le recordó los pueblecitos de Córcega o los de la orilla mediterránea de los Pirineos. En lo alto de aquel laberinto de callejuelas se erguía majestuosa la iglesia. Justo al lado estaba el ayuntamiento, las dependencias de la alcaldía.

El estrépito de las persianas era la salvación. Justo detrás de la puerta de cristal una mujer, entrada en los cincuenta a juicio de Dupin, media melena negra, se estremeció un instante al verlo allí de pie. Él intentó dibujar una sonrisa amistosa. Ella lo miró con recelo. Debía de ser por su aspecto: posiblemente nunca había ido tan despeinado, y sus ojeras no podían ser más profundas. Ella solo se atrevió a abrir la puerta cuando vio a Claire y Cécile, que la saludaron de forma especialmente amistosa.

—Lo siento, señora, no quería asustarla, solo quería pedir un café. Para los tres.

Dupin señaló a Claire y Cécile.

Solo después de mirar de nuevo a Claire y Cécile dijo por fin:

—Muy bien. ¿Café para todos?

—Para mí, directamente dos tazas.

—¡Una para mí! —exclamaron al unísono Claire y Cécile.

—¿Le han llegado ya los cruasanes? —preguntó Claire.

La mujer se decidió por fin a asentir y giró sobre sus talones.

—¿Y las napolitanas? —exclamó Dupin con tono esperanzado.

Ella volvió a asentir sin volverse y se encaminó hacia la gran barra.

El interior del café estaba pintado de color gris claro. Las sillas eran las mismas que en la calle. Sobre el aparador de detrás de la barra había una máquina de café de dos metros de ancho. Muy imponente. Y, sobre todo: estaba encendida. Dejaba oír ronroneos, gorgoteos y silbidos alegres. Aquello era muy prometedor, habían llegado al lugar adecuado.

—Luego, por favor, sírvame también una taza grande de café con leche.

Para mojar las napolitanas no había nada mejor.

Ya había llegado detrás del mostrador. Dupin atisbó una cesta llena de cruasanes.

—Tomaremos un cruasán y una napolitana cada uno.

La camarera asintió y empezó a accionar la máquina.

Dupin dirigió la mirada hacia el pasillo situado a la derecha del mostrador. La cafetería era también un estanco. De los clásicos, tal como le gustaban a Dupin. Una sala llena de periódicos, revistas —toda afición tenía su propia revista—, artículos de papelería, libros y, por supuesto, mucho tabaco. La combinación perfecta: si era por la mañana el periódico se leía tomando un café; si era por la tarde, acompañado de un *pastis*, una cerveza o una copa de vino. Sobre el mostrador, los expositores, con la obligada luminaria estridente, promocionaban las distintas loterías en que uno podía participar.

Dupin entró en esa pequeña sala y miró a su alrededor.

Cogió decidido el *Ouest-France* y *Le Télégramme*. Al lado había otro periódico regional, *Le Courrier du Pays de Retz*. También cogió un ejemplar. Igual que los otros dos, mostraba una hermosa fotografía del Domaine du Lac de Brian, en este caso, con el titular «Más asesinatos en el Domaine du Lac». Debajo, con una tipología algo más pequeña: «Tras el famoso viticultor y propietario, muere también asesinado su director de marketing y ventas». La edición regional del *Le Télégramme* escribía: «Otro asesinato: continúa la tragedia en el mundo del vino». Y el *Ouest-France*: «Nueva víctima: la policía, incapaz de detener los asesinatos en los viñedos». En este caso, se había insertado una fotografía de Dantec. Parecía una ficha policial.

Dupin regresó al café con los tres periódicos bajo el brazo. La comanda estaba preparada en una gran bandeja.

—¿Van a pagar juntos o por separado?

Por lo general, se solía pagar al partir. Pero, era evidente que la mujer no se fiaba mucho de Dupin.

El comisario asintió.

—Los tres periódicos también, ¿verdad?

Ella adoptó un tono como si él hubiera pretendido robar los periódicos, claramente a la vista bajo su brazo.

—Los tres periódicos también.

—Serán diecisiete euros con cincuenta —dijo ella marcando algo en la caja.

Dupin dejó un billete de veinte euros sobre el mostrador.

Ella lo miró. Algo cambió en su mirada.

—¿Usted es el comisario que está de luna de miel?

Cogió un ejemplar del *Ouest-France* que había sobre la barra y lo desplegó.

—Aquí, en la sección regional.

Señaló un artículo bastante extenso, con una foto. En ella se veía a Dupin, a Claire y a Cécile en la terraza del Marius, el lugar se distinguía perfectamente. Por desgracia, a ellos también.

«El sagaz comisario Dupin ¿solo de luna de miel?», decía el llamativo titular. Y continuaba: «El comisario de Concarneau, que acaba de casarse, se aloja con su esposa, la doctora Claire Lannoy, cardióloga de Quimper, en La Fontaine aux Bretons, establecimiento del que es propietaria la viticultora Cécile Cast (parte superior izquierda de la foto, en este caso, en la terraza del restaurante Marius). El pasado martes el exmarido de la viticultora murió asesinado en las proximidades de su finca Domaine du Lac, la misma suerte que corrió ayer el que fuera su director de marketing y ventas. Oficialmente, la investigación corre a cargo del comisario Lelouche de Nantes. Sin embargo, se impone una pregunta: ¿no estará el comisario Dupin, conocido por sus incursiones investigadoras, practicando la caza furtiva en el coto de Lelouche? A nuestra pregunta en este sentido, el Departamento de Policía de Nantes lo negó con rotundidad. Igual que el prefecto de Finistère. La luna de miel de Dupin se había organizado hacía tiempo, también la estancia en La Fontaine aux Bretons de Cécile Cast, que es amiga de su esposa. ¿Podemos creer estas afirmaciones?».

Dupin dejó de leer. Era absolutamente absurdo. ¿De dónde habían sacado la foto?

La camarera cogió la bandeja sin hacer ningún comentario y la sacó a la calle.

Dupin la siguió.

Se sentó a la mesa con Claire y Cécile.

Dupin contempló satisfecho lo que tenía delante: dos cafés solos, una taza grande de café con leche, un cruasán y una napolitana.

Bebió la primera tacita. La cafeína tuvo un efecto inmediato. La máquina cumplió las expectativas que generaba su aspecto imponente: el café era delicioso.

Los tres estaban agotados. Una conmoción más —el incendio provocado— combinado con pocas horas de sueño y mucho vino.

Dupin desplegó sobre la mesa el artículo con la fotografía de ellos.

La terraza del Café Margouya era de granito gris, estaba ligeramente elevada y constituía algo así como una pequeña isla en medio de maceteros de flores cuidados con esmero. En una esquina, una palmera de tronco abultado destacaba en una caja de madera con un porte magnífico. Las sombrillas cuadradas de color amarillo intenso seguían cerradas. Todavía no había sol, solo lucía la primera luz del amanecer, sin ninguna nube que la perturbara.

—¡Oh, vaya por Dios! —La expresión de Cécile mostraba a la vez desagrado y diversión.

—¡Qué desvergüenza! —se lamentó Claire tras examinar los periódicos—. Aquello era un momento absolutamente privado.

En el que solo habían hablado de un tema: los resultados de sus pesquisas encubiertas.

Dupin se abstuvo de hacer comentarios. En lugar de eso, se tomó su segundo café solo.

Pocas veces el café le había sentado tan bien. Cogió una napolitana —que, como las baguetes, cuando más le gustaban era cuando no estaban demasiado doradas por el horno— y la bañó solemnemente en el café con leche.

—Una desfachatez de artículo.

A Claire no le cabía en la cabeza.

El teléfono móvil de Dupin sonó.

Nolwenn.

Se levantó y caminó unos pasos.

—¿Sí?

—Hemos echado un vistazo a las pujas de vinos. Los vinos

de esa categoría no salen en subastas de tres al cuarto. En fin. Este año aún no se ha subastado ningún Château Cheval Blanc de 1953 en ninguna de las casas de subastas especializadas. Evidentemente, a estas horas aún no me he puesto en contacto con ningún distribuidor, pero ya tengo identificados a cinco o seis.

—Perfecto. Ha aparecido otro vino. Un Château Margaux *premier cru classé* de 1959.

—¡Una auténtica leyenda!

Nolwenn parecía profundamente impresionada.

—Por cierto, Nevou ha averiguado varias cosas sobre Anne-Sophie Joly: entrevistas, reseñas sobre ella, algún reportaje… En Francia se la considera una de las enólogas jóvenes más prometedoras, y no solo en el Loira. Por cierto, a esta tal Emily Pic también se le augura un futuro brillante.

—Eso he oído decir.

—Nevou le enviará lo que tiene. En algunos artículos se menciona también su relación con Brian. La historia de Romeo y Julieta. Sin embargo, en ningún sitio hemos encontrado nada negativo ni crítica alguna. Ni tampoco escándalos, o cosas por el estilo.

—Entiendo.

—Otra cosa. —Nolwenn aceleró—. Desde Nantes me acaban de comunicar que Jérôme Joly está estable. Su hija ya ha regresado al castillo. Son buenas noticias.

—¿Y qué hay del empleado del Château Joly que también estaba ingresado?

—Por fortuna, no fue nada, y le dieron el alta rápidamente.

—Perfecto.

Ningún otro cadáver. Buena cosa.

—Bien, pues, le llamaremos cuando tengamos algo más. Llamará usted a Le Ber con regularidad, ¿verdad?

—Sí.

Nolwenn colgó.

Dupin regresó a la mesa.

Cécile le dirigió al comisario una mirada de lástima.

—Este artículo admite que realmente eso son especulaciones, pero, de todos modos, me siento culpable. Georges, ¿vas a tener problemas ahora?

Dupin no había terminado de leer el artículo, pero si no iba más allá de las especulaciones, no le podía hacer mucho daño.

—Todo indica que, hasta el momento, los Marchand han guardado silencio. —Claire retomó una cuestión no poco importante del día anterior—. Al menos, no han hablado de nuestras pesquisas ni a la prensa ni a la policía. Esto hace más improbable su implicación en lo ocurrido.

—Con ello también podrían pretender parecer inocentes —replicó Cécile.

—Una cosa. —Esa cuestión llevaba desde ayer rondándole por la cabeza a Dupin—. Cuando se compra una botella de vino de veinte o cuarenta mil euros, ya sea a través de un distribuidor o una subasta, ¿suele estar siempre polvorienta como esas de Brian?

—Buena pregunta. Nunca he comprado una botella tan antigua. No lo sé, pero creo que al menos se limpian un poco. Al hacerlo hay que ir con muchísimo cuidado para no dañar las etiquetas antiguas, que son muy delicadas y forman parte del aura de esas botellas. Pero, desde luego, al menos el cristal se frota para retirarle la suciedad y el polvo más visible. Yo… —Se interrumpió—. Es curioso, tienes razón. Las tres botellas estaban tremendamente sucias de polvo.

Sonó el móvil de Cécile.

Miró la pantalla.

—El notario de Brian. El que me anunció la herencia.

Parecía insegura.

—¿Poco después de las siete de la mañana?

Se levantó.

—Será mejor que responda.

Se adentró en la callejuela en dirección a la iglesia.

—¿Qué dice tu famoso instinto, Georges? —preguntó Claire—. ¿Tu séptimo sentido? ¿De verdad que aún no notas nada?

—No.

Era la respuesta de verdad. Aunque a veces había sentido un cosquilleo nervioso. Una especie de precursor del instinto del que hablaba Claire.

—Bueno, quizá te venga más tarde. De todos modos, debemos redoblar los esfuerzos.

Cuanto más se complicaba la situación, más belicosa se volvía Claire.

Ella volvió a centrarse en los periódicos.

Dupin, por su parte, había sacado su Clairefontaine roja. No había anotado muchas cosas.

Elaboró una breve secuencia cronológica:

– Mar.: asesinato Brian Katell. Lago, corriendo. Escopeta.

– Miérc.: asesinato de Dantec. Bodega. Botella.

– Miérc.: correo electrónico anónimo con amenaza.

– Juev.: incendio provocado en el Château Joly. Planta producción y vivienda. J. Joly herido, ¿intencionado?

– Juev.: ¿Desconocido en jardín de La Fontaine?

Así anotado, parecía intrascendente.

A continuación, Dupin añadió las causas posibles y subrayó algunos puntos concretos:

– Conflicto Katell-Dantec; robo, dimisión, despido

– ¡Aventura Pic-Dantec!

– Acusaciones de manipulación del concurso de vinos, Joly-Katell

– «Romeo y Julieta», Brian Katell y A.-S. Joly. ¿A.-S. Joly tiene otros motivos?

– Bar de vinos, proyecto conjunto de Katell y Chevrier, inversiones. ¿Participa Chevrier con dinero propio?

– Contaminación en el Château Joly. ¿Y si fuera más grave? ¿Botellas en el mercado?

– Burdeos muy valiosos. Tres Cheval de 20.000 euros; un Margaux de 40.000. Polvo

– Visita de A.-S. Joly al Domaine du Lac. Monedero, ¿hizo desaparecer alguna cosa?

– Herencia/Cécile nueva propietaria del Domaine. Situación financiera de Cécile.

– ¿Rivalidad Domaine-Château Joly? Asociación de Mujeres Viticultoras.

– Amenaza por correo electrónico. ¿Persona en el jardín de La Fontaine?

Dupin se reclinó en su asiento: en una mano, la taza de café con leche; en la otra, el resto de la napolitana. ¡Qué delicia! ¡La masa impregnándose en el líquido, el chocolate fundiéndose en la leche caliente y mezclándose con el sabor del café! A Dupin aquello le encantaba, desde niño. Un ritual con cada desayuno.

—¡No os lo vais a creer!

Cécile. Se les acercó a paso rápido por el pavimento irregular.

—Alain y Brian tuvieron una discusión.

Llegó a la mesa.

—A ver —comenzó a decir ella—, es complicado… y muy extraño. Ayer por la tarde Alain Chevrier estuvo un buen rato reunido con el notario y le puso al corriente de su situación, del proyecto del bar de vinos.

Ella se quedó de pie junto a la mesa y susurró.

—Según Alain, se suponía que aquello iba a ser una empresa conjunta. Cada uno invertiría quinientos mil euros y el resto se financiaría con préstamos. Habían calculado que el coste total de los cinco bares con toda la parafernalia rondaría los tres millones y medio.

Cécile ladeó la cabeza.

—Es mucho dinero, mucho más de lo que yo creía. Pero Brian era un esteta y, además, perfeccionista. Una combinación muy cara. Ya habéis visto el diseño del bar de vinos del Domaine. Lo impresionante era —un brillo asomó en los ojos de ella— que sus locuras al final solían salir bien. No siempre, pero casi siempre. En todo caso, Brian había encargado un borrador del contrato al notario para regular la propiedad de la empresa conjunta. Iban a medias. Brian fue, como siempre, generoso, y puso a disposición de la empresa el terreno para el bar del Domaine prácticamente a cambio de nada, igual que un terreno en Sainte-Marie que compró dos años atrás.

Cécile tomó asiento por fin.

—El contrato fue revisado por un bufete especializado de Nantes y desde principios de agosto estaba listo para su firma. Alain firmó a mediados de agosto. Pero entonces, hace tres semanas, Brian informó a Alain y luego, al notario, de que prefería financiar el proyecto por su propia cuenta. Según él, Alain solo sería el arquitecto y el director de obra, a cambio de lo cual recibiría unos honorarios muy generosos y un porcentaje sobre los beneficios. Él quería ser el único propietario.

—¿Por qué? ¿Qué ocurrió?

Claire se adelantó a Dupin.

—Brian dijo que no había otro modo. Que todo tenía que estar en manos de uno solo. Y que era su prerrogativa como heredero y propietario del Domaine. En su opinión, esos bares de vinos no eran sino puntos de venta del Domaine. Tiendas insignia. Y que todo estaba inextricablemente ligado a su bodega.

—Un poco tarde para darse cuenta —comentó Claire.

—A veces las cosas tienen que concretarse para adquirir su pleno significado.

Claire pareció reflexionar.

—Cierto. Esto a veces pasa en la vida.

—¿Y qué hay de ese medio millón que quería aportar como capital? ¿Brian lo tenía sin más? —preguntó Dupin—. Es una suma considerable.

—Sí, eso también me tiene intrigada. Yo le echaba unos ahorros de entre ciento cincuenta mil y doscientos mil euros. Además, acababa de hacer inversiones considerables para las obras de la bodega y, sin duda, tenía préstamos que pagar. Todavía no tengo cita en su banco: es lo siguiente que debo hacer.

Se hizo el silencio. Dupin entonces se levantó de repente y empezó a pasearse de un lado a otro de la terraza.

—Este proyecto y el problema con Alain Chevrier a partir de ahora es asunto tuyo, ¿verdad?

Clavó la mirada en Cécile.

—¡Sí! Lo heredo todo, también esto. Alain, por supuesto, está decidido a continuar con el proyecto y, además, como copropietario, esto es, tal y como se planeó originalmente. Ayer por la tarde me envió un mensaje para decirme que quería reunirse conmigo. Sin embargo, yo entonces no conocía la situación. El notario me ha dicho que Alain ya ha contratado a un abogado.

—Ayer no dijiste nada de todo eso —comentó Claire—, de que el arquitecto quería verte.

—¡Pasaron tantas cosas, Claire!

Dupin se acercó a la mesa.

—Quiero regresar al Domaine.

—¿Qué? —Claire le miró atónita—. Pero ¿por qué?

—Quiero volver a examinar el sótano.

—¿Y por qué motivo? —Claire no daba su brazo a torcer.

—No lo acabo de saber.

Eso solo era cierto a medias.

—Entonces, te acompañaremos —exigió Claire.

—De ningún modo.

—Piénsatelo bien: Cécile conoce la bodega. Tú, no.

Eso tal vez podía ser una ventaja. En más de un sentido.

—De acuerdo.

Se puso en marcha de inmediato. Tenía el Citroën a menos de cien metros.

Con suerte, aún no se habría reforzado la vigilancia en el Domaine.

Cécile y Claire se apresuraron tras él.

Por segunda vez en pocas horas, Dupin condujo por la pista de tierra cercana al Domaine.

En un abrir y cerrar de ojos entraron en la vivienda de Katell.

Por la ventana vieron a dos policías. Dupin aún no los conocía. La luz exterior sobre la entrada principal estaba encendida y el hermoso patio quedaba bañado por una luz cálida.

Claire, Cécile y Dupin alcanzaron la puerta que comunicaba con el edificio principal. Dupin se descalzó, y Claire y Cécile hicieron lo mismo. A continuación, atravesaron el largo corredor que llevaba hasta la entrada principal y, por fin, subieron por la escalera. De pronto, oyeron un crujido. Se quedaron inmóviles, como paralizados por un rayo.

Era evidente: alguien había abierto una puerta del pasillo.

Regresaron tan rápido como pudieron al piso de Brian; como ya había hecho durante la noche, Dupin, por precaución, dejó la puerta abierta.

Al instante siguiente oyeron la voz de Jules Marchand y, luego, la de su hijo, pero no pudieron entender lo que decían. Al parecer se dirigían hacia la salida.

Dupin se deslizó sigilosamente hacia la ventana que daba al patio para ver lo que ocurría. Marchand y su hijo abandonaron el edificio y saludaron a los agentes. Mantuvieron una breve charla. Después, padre e hijo se encaminaron hacia un viejo Volvo todoterreno. Momentos después, el vehículo abandonó el patio haciendo crujir la grava con las ruedas.

—Vale, vamos a intentarlo de nuevo —propuso Dupin.

Cécile y Claire aguardaban junto a la puerta.

Esta vez todo fue como la seda.

Al poco rato se encontraban en el sótano. No había rastro de más policías.

Llegaron a la gran bóveda con la larga mesa de madera. Los tres habían activado las linternas de sus móviles.

—¿Adónde? —preguntó Cécile.

—¿Hay algún otro lugar donde se guarde vino aparte de la habitación donde se encontró a Dantec? —le preguntó Dupin a Cécile.

—Tras su elaboración, los vinos maduran en barricas y en tanques de acero, que se encuentran en una bodega debajo de las plantas de producción. —Señaló el corredor que Dupin había explorado por la noche—. Luego, las botellas terminadas se guardan en la sala posterior de la parte de arriba, donde son recogidas para su envío. Las existencias que se reserva el Domaine se guardan en la bodega que ya conocéis. Ahí donde Dantec fue asesinado. No hay otro lugar, no. Solo este. Hacen falta unas condiciones muy buenas, una temperatura constante de unos trece grados, y una humedad del sesenta por ciento.

—En ese caso, debemos volver al almacén. —Dupin se puso al frente.

Llegaron a la sala de forma tubular.

Dupin se dirigió con paso decidido a la parte de la bodega donde se habían renovado las estanterías de obra. Claire y Cécile lo siguieron en silencio.

El comisario se acercó a los estantes y empezó a examinar la estructura de ladrillo con la linterna.

—Cécile, ¿sabes qué problema había aquí, en esta pared? ¿Humedad?

Cécile y Claire estaban justo detrás de él.

—Exacto. En la pared que hay detrás de los estantes de vino había siempre un poco de humedad, desde hacía mucho tiempo. No era nada grave, pero, por supuesto, no debería haberla. Al final, la humedad llegaría a filtrarse a los ladrillos. Por esto, se retiraron dos de las estanterías originales de ladrillo y se sustituyeron por unas de madera, pero eso fue hace décadas —señaló las estructuras de madera— y, por supuesto, no era una solución definitiva. Para resolver el problema del modo debido, Brian eliminó las estanterías de obra y dejó que la pared se secara por completo. Luego, instaló un moderno sistema de ventilación con extracción de aire, pues en este caso el aislamiento no bastaba. Fue carísimo. Por suerte, en esta sala solo se vio afectada la pared del fondo.

Cécile conocía extraordinariamente bien la bodega de Brian.

—¿Y la pared solo es de tierra?

—Pura tierra —confirmó Cécile—, bastante arcillosa, intercalada con grandes trozos de granito.

—¿Hay cavidades?

—¿Qué quieres decir?

Dupin no respondió. Retiró una de las botellas de la estantería de obra que tenía delante y metió la otra mano en la estantería hasta llegar a tocar la pared de detrás. Entonces empezó a golpear tan bien como se lo permitía esa posición.

—¿Qué haces?

Cécile parecía confusa.

—¡Chis!

El golpeteo apenas se podía oír; el ruido en la pared terrosa era sordo y apagado, sin resonancia.

Devolvió la botella a su sitio.

A continuación, repitió el procedimiento más a la derecha. El mismo sonido.

—Creo que Georges quiere saber si hay algún punto que suene a hueco. —Claire comentó la acción de Dupin—. Está buscando una cámara secreta.

No intentó siquiera disimular su excitación.

—¿Cómo?

—Una cámara secreta detrás de la pared.

A continuación, Dupin lo intentó a la izquierda de donde había empezado.

—¿Por qué debería haber una cámara oculta? —Cécile seguía igual de confusa.

Dupin lo volvió a intentar, esta vez totalmente a la izquierda. De nuevo, en vano.

Entonces se giró hacia los dos estantes de madera situados a lo largo. También allí retiró una botella e iluminó el espacio vacío. Dupin golpeó la pared del fondo. El sonido fue un poco más intenso, pero se oía muy bien que la resonancia estaba amortiguada, fundamentalmente por la tierra que había detrás.

Hizo un intento más abajo. Otra vez lo mismo.

—¿Cómo se te ha ocurrido que…?

—¡Chis! —Dupin interrumpió a Cécile.

El comisario estaba haciendo esa misma prueba en el segundo de los dos estantes de madera, pero esta vez el efecto fue completamente distinto. La madera vibró con fuerza, dejando oír un sonido grave y prolongado.

Volvió a golpear. El mismo ruido.

—Hueco, sin duda —comentó Claire.

Dupin apartó una segunda botella que había unos estantes más abajo. Al golpear en la pared, también sonó a hueco. Y más abajo, también.

—Rápido, ayudadme a vaciar el botellero.

No tenían mucho tiempo; cada vez era mayor el peligro de que aparecieran en el Domaine más policías, tal vez incluso Lelouche.

—¿Todas las botellas?

Cécile parecía desconcertada.

—Todas.

Al poco rato las botellas de muscadet se alineaban sobre el suelo de piedra y el botellero quedó vacío.

Dupin examinó la pared del fondo con la luz de la linterna del móvil lo mejor que pudo. No vio nada inusual. Una superficie de madera lisa, roble macizo.

—¿Qué estás haciendo? —preguntó Cécile.

—Echad un vistazo a los estantes con las linternas, a ver si veis algo que os llame la atención —ordenó a Cécile y Claire.

A continuación, Dupin se agachó para examinar la parte inferior del botellero. Unas tablas sólidas y gruesas, de unos tres centímetros, según Dupin. Aguantaban cientos de años.

Tampoco ahí había nada especial.

—¡Maldita sea!

Dupin se quedó quieto mientras permanecía agachado.

—¿Qué sospechas? ¡Vamos, dime! —Cécile no se daba por vencida.

—¡Un momento!

Dupin reparó en la cara de asombro de Cécile cuando lo vio recostarse en el suelo frente a la estantería de las botellas.

Entonces iluminó las últimas tablas desde abajo.

—Ahí. Ahí hay algo —dijo él.

En la tabla inferior. En el extremo izquierdo, una especie de muesca, de unos cinco centímetros de largo y un centímetro de profundidad.

Se asió a ese sitio, se aproximó un poco más al botellero con los pies.

—¿Qué hay ahí? ¿Qué has encontrado?

—Hay una muesca en la madera. Pero ningún mecan…

Dupin se interrumpió y se levantó al instante.

¡No hacía falta ningún mecanismo! ¡Eso era!

De niño, en una ocasión, había construido algo parecido con su padre. En la casa de sus abuelos, en el Jura. Una puerta secreta. Lo hicieron igual, de un modo muy sencillo pero eficaz. Se acababa de acordar.

¡Tenía que ser eso!

—Apartaos hacia atrás —dijo.

Se agachó, buscó la muesca y al momento dio con ella.

Luego tiró de la estantería.

Nada.

Volvió a tirar, esta vez con más fuerza.

De pronto, se oyó un crujido sonoro. El botellero se movió, solo un poco, pero de forma evidente. Y, además, por el lado izquierdo, justo donde estaba la muesca.

—¡Es de locos! —Claire estaba perpleja.

Dupin continuó tirando. Los chirridos casi lastimaban los oídos. De repente la estantería empezó a deslizarse de verdad. Se abrió como una puerta. Probablemente estaba sujeta por el otro lado con una bisagra oculta y sólida. Y debajo, detrás del revestimiento de madera, debía de haber unos rodillos.

Claire y Cécile retrocedieron.

Dupin abrió la puerta del botellero hasta dejarla en ángulo recto; no era posible abrirla más.

Una cavidad oscura quedó al descubierto. No se veía nada más que una profunda negrura.

Dupin iluminó la oscuridad con la linterna del móvil.

Fue entonces cuando repararon en lo pequeña que era esa estancia. Se trataba de una pequeña bóveda. En su interior solo había una única estantería vacía situada a la derecha, también de ladrillo, pero con la apariencia de ser mucho más antigua que la bodega de al lado.

—¿Qué es esta sala? —preguntó Claire, inquieta.

Dupin dio unos pasos en el interior de la estrecha bóveda. No había ninguna lámpara ni tan solo una bombilla desnuda. Solo esa estantería.

Estaba vacía.

—Otra bodega. Parece bastante antigua —oyeron decir a Cécile—. Sospecho que lleva mucho tiempo sin utilizarse. Eso, al menos, es lo que parece. Un nicho inútil. En todas las bodegas laberínticas de las fincas vitícolas antiguas los hay similares.

—¿Y por qué la puerta secreta? —Claire miró a su alrededor.

—Debe de haber una razón para esto. El hueco también se podría haber dejado abierto. O incluso tapado. O colocarle una puerta normal.

Así era. Dupin alumbró la estantería, pasó la mano por los ladrillos y se miró los dedos con la luz del móvil.

—¡Polvo! Y… —Dupin vaciló, volvió a tocar— es un poco pegajoso.

Volvió a iluminar la estantería. Vio sus huellas, unas líneas alargadas.

—Como el de las botellas de Château Cheval Blanc que encontramos arriba, en la casa de Brian. —A Claire la voz le temblaba—. Es el mismo polvo pegajoso.

—Exacto —corroboró Dupin—. Creo que antes estuvieron justo aquí.

—De ningún modo —protestó Cécile con vehemencia—, imposible. Brian no habría guardado aquí ninguna botella, yo lo habría sabido. Y…

Se interrumpió de repente.

—A no ser que… —Parecía completamente alterada—. Quiero decir… Pero no puede ser. Podría ser…

Volvió a enmudecer.

—Podría tratarse de la bodega del abuelo de Brian. —Dupin intervino—. Creo que lo es. Ya nos hablaste de ella. Cécile, dijiste que el abuelo de Brian coleccionaba vinos antiguos, que tenía una bodega de vinos valiosos.

Cécile se quedó en silencio un rato y luego dijo:

—Es verdad, tenía una gran colección… —Cécile habló con tono apagado—. Brian decía que no sabía qué había pasado con ella. Y su padre, tampoco. Suponía que su padre había vendido la colección de vinos para invertir en la bodega. Sin duda, esa bodega todavía debía de existir cuando el padre de Brian era niño; eso debía de ser a principios de los años sesenta. Más tarde, el abuelo de Brian murió de forma repentina de un ataque al corazón. Y su mujer, poco después de él.

Cécile hizo otra pausa.

—Desde entonces nadie ha visto ni oído nada sobre la colección.

Claire tenía la vista clavada en la estantería.

—¿De verdad crees que esta es la cámara del tesoro del abuelo de Brian?

—… y que se descubrió durante los trabajos de renovación de la bodega —añadió Dupin—. Sí.

—Entonces, aquí estaban los cuatro Château Cheval Blanc y el Château Margaux —concluyó Claire.

—Puede que no solo estuvieran esas botellas —dijo Dupin.

Iluminó la estantería una vez más. A la altura de los ojos.

Ahí estaba lo que buscaba. Examinó el lugar. No había duda: en una franja larga del botellero faltaba algo de polvo. A poco menos de diez centímetros a la derecha y la izquierda ocurría lo mismo. Y no solo eso: si uno se fijaba bien, podía advertirse un patrón uniforme en todo el botellero.

De pronto, Dupin abandonó precipitadamente la estancia para volver al cabo de un momento con tres botellas de vino de la bodega de al lado.

—¿Qué haces? —quiso saber Claire.

Dupin no contestó. Colocó con cuidado las botellas en la estantería que tenía delante.

—¡El patrón exacto!

Luego retiró las botellas de una en una. Las inspeccionó detenidamente. No tenían ni rastro de ese polvo pegajoso.

Dupin echó un rápido vistazo a los estantes inferiores del botellero.

—Es lo que pensaba. Hasta hace poco, en este estante hubo muchas botellas —constató Dupin— y, además, durante mucho tiempo.

—Entonces... Eso sería —Cécile titubeó—, eso sería el motivo de todo. A ver, ¡Imagináoslo! ¡Si realmente esta fuera la legendaria bodega del abuelo de Brian! ¡Repleta de rarezas fabulosas! Hablamos de valores inmensos. De muchos millones.

Dupin estaba calculando las dimensiones de la estantería.

Claire se dio cuenta e hizo cuentas:

—Unos dos metros de largo por nueve estantes, en los que caben unas diez botellas por metro. Eso son veinte en toda la longitud. Eso hace un total de ciento ochenta botellas.

—¡Es de locos! —exclamó Cécile—. Ciento ochenta multiplicado por veinte mil euros, esto es, tomando como media el valor de las botellas de Château Cheval Blanc. Esto hace un total de tres millones seiscientos mil euros. Es posible que algunas valiesen incluso más, otras menos. Es posible que algunas ya no se pudieran degustar. Por las huellas dejadas podríamos saber si el botellero estaba totalmente lleno, así...

—Por ahora, es suficiente —intervino Dupin. No necesitaban más detalles—. Ahora deberíamos marcharnos de aquí a toda prisa.

Cuanto más tiempo permanecieran ahí, mayor sería el peligro de ser descubiertos.

—La probabilidad de que el asesinato de Dantec ocurriera por casualidad aquí, en la bodega del sótano, a pocos metros de la cámara secreta es extremadamente baja.

Claire había dado en el clavo.

—Tenemos que marcharnos de aquí.

Dupin salió de la sala con las tres botellas, seguido por Cécile y Claire. Cerraron la puerta secreta y la dejaron tal y como la habían encontrado.

—¿Sabes quién se encargó de la rehabilitación de esta zona? —preguntó Dupin a Cécile—. ¿Conoces la empresa?

Atravesaron la bodega de vinos después de que Dupin hubiera devuelto a su sitio las botellas.

—Claro, yo se la recomendé a Brian. Es una empresa de Nantes especializada en fincas vinícolas que opera por todo el valle del Loira. Caves Restauration. Jean-Yves es el jefe. Lo conozco bastante bien. Yo...

—¿Lo puedes llamar y preguntarle si los operarios que renovaron la pared de la bodega supieron de la existencia de la cámara secreta?

—¿Ahora?

—Cuando lleguemos arriba.

—Por supuesto, lo intentaré.

Se encontraban junto a la escalera de caracol. Se quitaron los zapatos y los sostuvieron en la mano.

Alcanzaron cautelosamente el último escalón. Dupin encabezaba la marcha. Una mirada a la izquierda, otra a la derecha. No había nadie. Al poco rato, alcanzaron el punto más delicado: la entrada del edificio principal. De nuevo, los agentes se encontraban apenas a unos pocos metros de ellos. Uno tras otro pasaron con sigilo junto a la puerta principal en dirección al pasillo que conducía al piso de Brian.

En cuanto llegaron al salón y hubieron cerrado cuidadosamente la puerta tras ellos, Dupin suspiró aliviado. Aquella había sido una operación de mucho riesgo: muy arriesgada y muy exitosa.

—Prueba a ver si puedes contactar con este tal Jean-Yves de la constructora.

Dupin estaba impaciente.

Cécile sacó su móvil.

—¿Qué es exactamente lo que le debo preguntar?

Dupin reflexionó un instante. Habría preferido hablar directamente con ese hombre.

—Averigua primero si los operarios saben algo de la existencia de esa cámara.

Cécile marcó un número. Todo sucedió con rapidez:

—*Bonjour*, Jean-Yves. Soy Cécile. Buenos días… Sí, terrible, simplemente terrible, una gran impresión… Una cosa solo: es sobre la obra que hiciste en la bodega de Brian, en la sala de forma tubular… ¿Hubo algo allí que os llamara la atención?

Dupin era consciente de que esa conversación no era sencilla. Además, por discreta que fuera Cécile con ese asunto, sin duda el responsable de la constructora se extrañaría. Pero eso entonces no tenía ninguna importancia.

Se hallaban frente a la puerta posterior que daba a los viñedos.

—Ya veo. Nada en particular. La obra resultó trabajosa,

pero fue muy bien… Sí, por supuesto. Envíame solo los nombres y sus teléfonos. Muchas gracias, Jean-Yves. *Au revoir.*

Colgó.

—Me enviará los números de teléfono de los operarios que rehabilitaron las paredes.

El móvil de Dupin vibró varias veces seguidas. Al volver a tener cobertura, todos los mensajes de texto llegaron a la vez. Dupin echó un vistazo a los remitentes: tres veces Labat, tres veces Le Ber. Entonces abrió la puerta con cautela.

—Todo despejado.

Anduvieron a buen paso entre las vides y al cabo de un rato llegaron a un bosquecillo.

Al llegar allí se atrevieron a volver a hablar.

—Aún no me lo creo. —Cécile seguía desconcertada—. Es increíble, se trata de vinos añejos.

—Eso, por fin, lo aclararía todo —analizó Claire— de un modo bastante directo, sin hipótesis complicadas. Excepto por el incendio provocado en el Château Joly, a eso aún no le encuentro explicación. Puede que exista un tira y afloja por el vino.

Caminaban entre la maleza de aquel típico bosque genuinamente bretón, con árboles entrelazados entre sí, cargados de muérdago, hiedra, líquenes y musgo.

—¿Qué quieres decir? —preguntó Cécile.

—Fácil. Podría haber varias personas que supieran lo del vino. Y que ahora todos lo quieran para sí. Tal vez Brian fue sorprendido por alguien cuando iba a sacar las botellas de la cámara oculta, algo que posiblemente se hizo porque las botellas ya no están allí. Tal vez fuera Dantec. Y entonces él mismo se convirtió en víctima porque un tercero lo sabía.

—¿Por qué Brian querría sacar las botellas de la cámara? Allí estaban perfectamente guardadas —preguntó Cécile.

Estaban abandonando el bosquecillo, pronto llegarían al camino de tierra y al coche de Dupin.

—Porque casualmente durante las obras de rehabilitación el escondite fue descubierto. Así empezó todo.

El escenario de Claire resultaba absolutamente plausible.

—De todos modos —al parecer ella misma quiso contenerse—, hasta aquí todo esto son hipótesis sin pruebas, y más cuando aún hay muchas variables desconocidas. Por cierto, otra persona podría haber sacado las botellas de la bodega, hay...

—¡Mi coche!

Dupin se detuvo en un instante, lívido.

Clavó la vista en su coche. El parabrisas destrozado. Las luces delanteras, hechas añicos. Los neumáticos, pinchados. El capó, brutalmente abollado, igual que la puerta del conductor.

—¡Al suelo! —gritó al momento siguiente—. ¡Cuerpo a tierra!

Al instante, sacó el arma.

Cécile y Claire reaccionaron de inmediato.

Dupin giró una vez sobre sí mismo, con la pistola dispuesta. Luego una vez más, esta vez con lentitud, escudriñando su alrededor.

Cécile y Claire estaban tumbadas en el suelo, calladas.

Era un lugar con poca visibilidad. Tras ellos estaba el bosquecillo; delante, a mano izquierda, había un prado silvestre con helechos altos y hierbas y, a la derecha, un campo segado atravesado por un viejo murete de piedra del alto de su cintura. El camino de tierra estaba flanqueado a ambos lados por varios robles grandes y una maleza espesa. Todo eso significaba que había multitud de escondites. Por supuesto, era concebible que quien había destrozado su coche todavía estuviera por ahí acechándolos con el punto de mira fijo en ellos. El autor, lo sabían, tenía una escopeta.

Dupin debía hacer algo. Estaban expuestos.

Corrió de un salto hacia el coche y abrió la puerta trasera por el lado del conductor.

—¡Vamos! Tumbaos detrás de los asientos delanteros —gritó—. ¡Y permaneced agachadas!

De nuevo, Claire y Cécile reaccionaron de inmediato.

Dupin cerró la puerta del coche.

Si no les disparaban desde demasiado cerca, ambas estarían bastante a salvo de los proyectiles de la escopeta.

De pronto, se oyó un ruido. Un crujido intenso. A su espalda.

Dupin se giró rápidamente.

Permaneció inmóvil. Apuntó el arma hacia el lugar de donde provenía el ruido. Tenía todos los músculos del cuerpo completamente tensionados.

—Soy el comisario Dupin de la Policía Nacional. ¡Salga! ¡Estoy armado y no dudaré en disparar!

Otro fuerte crujido.

Dupin caminó hacia él con paso decidido. Con la pistola asida con ambas manos, los brazos extendidos, el dedo índice de la mano derecha en el gatillo. Bastaba con un mínimo gesto. Dupin tenía unos reflejos excelentes.

Llegó a la altura del matorral.

—Este es mi último aviso. Voy a disparar. Salga...

Un sonido espantoso le interrumpió, un grito prolongado, estremecedor. Al mismo tiempo, algo salió corriendo de entre la maleza.

El dedo índice de Dupin se contrajo. En el último momento recuperó el control.

Un animal.

Cabeza negra. Manchas rojas a ambos lados del pico blanco. Un cuello blanco, tronco marrón rojizo, unos cincuenta centímetros de altura.

Un faisán. Huyendo y dejando oír un cacareo histérico.

Dupin permaneció inmóvil un momento. Notaba los latidos de su propio corazón en los oídos.

—¡Está todo bien! ¡Es solo un faisán! —gritó sin mover la cabeza.

Si obedecían sus instrucciones, Claire y Cécile no verían nada de lo que ocurría ahí fuera.

—Ten cuidado, Georges —oyó que le decía Claire.

Dupin se recuperó, penetró unos metros en el bosque con el arma dispuesta y giró bruscamente a la izquierda. El faisán había desaparecido, pero quienquiera que hubiera destrozado su coche aún podía estar al acecho en cualquier parte.

Lo único que oía entonces eran sus propios pasos en la maleza. Crujidos de ramas rompiéndose. Por lo demás, el silencio era absoluto.

—¿Qué haces, Georges?

Claire no parecía asustada.

—¡Quédate en el coche! Estoy mirando a ver si queda alguien por aquí.

A esas alturas, lo dudaba. Aun así...

—¿Llamamos a la policía?

Esta vez era la voz de Cécile.

—No.

Dupin había abandonado el bosquecillo. Se dirigía entonces hacia el antiguo murete de piedra. Luego, anduvo un poco por el prado y, a continuación, se encaminó hacia los robles próximos. Por último, examinó los matorrales que había a derecha e izquierda del camino de tierra.

—¡Está todo en orden! —gritó con fuerza.

La persona que había destrozado el coche, al parecer, había huido.

—Ya podéis salir.

Dupin abrió la puerta trasera del lado del conductor.

Cécile y Claire salieron del coche.

—¿Cómo supo el atacante que estábamos aquí?

Claire se enderezó y estiró el cuerpo. A Dupin le impresionó lo serena que parecía. Cécile, en cambio, estaba pálida como una sábana.

Dupin sintió que la rabia le invadía.

Su viejo Citroën. Adoraba ese coche. El daño era inmenso.

—Ni idea. —El tono de Dupin era sombrío—. O el autor nos ha seguido o ha descubierto el coche porque también anda husmeando por aquí. Tal vez esté buscando los vinos.

—¿Te parece que aún podrían estar en el Domaine?

Claire hizo un gesto vago con la cabeza en dirección a la bodega.

—Es posible.

—¿Quién crees que los sacó de la bodega secreta?

—O lo hizo el propio Brian, o fue su asesino. En ese caso, después del crimen.

Pero Dupin no lo sabía.

—Estos vinos añejos deben guardarse en condiciones ideales. —Daba la impresión de que Cécile se estaba recuperando—. Son muy delicados. Basta con un par de días a una temperatura demasiado alta para que se echen a perder. Su tolerancia es extremadamente baja.

Dupin había dado una vuelta alrededor de su coche. Era como si lo hubieran aporreado con un bate de béisbol.

—¿Cuánto se tarda en llegar a pie a Bouaye? —preguntó Dupin a Cécile.

Debían marcharse de ahí cuanto antes. Además, tenían mucho que hacer.

—Andando en línea recta a través de los campos, los viñedos y el bosquecillo, a buen paso, son unos veinte minutos.

—Bien.

Dupin sacó su móvil. Marcó el número de Le Ber.

—¡Por fin, jefe! ¿Dónde está usted?

Le Ber empleó un tono de reproche.

—Todo va bien, Le Ber. Márchese de inmediato. Nos encontraremos en Bouaye. Dígale a Le Menn que se quede en La Fontaine y lo vigile todo. Alguien ha destrozado mi coche. Ya no está en condiciones de circular.

—¿Su coche? ¿Qué ha pas...? —Le Ber se interrumpió—. ¿Dónde están ahora, jefe?

—En un camino de tierra, a poco menos de un kilómetro del Domaine. Creo que ahora ya sabemos de qué va todo este asunto.

—¿En serio? ¿Cómo es eso? ¿Y qué hacen en un camino de tierra?

La confusión de Le Ber, era comprensible, iba en aumento.

—Venga tan pronto como pueda, Le Ber.

—¿Dónde nos encontraremos en Bouaye? ¿No sería mejor que fuera a recogerles?

—Tardará usted más en llegar en coche desde Pornic que nosotros en llegar a pie a Bouaye. Aguarde un momento.

Dupin se volvió hacia Cécile.

—¿Cuál es el mejor lugar para que Le Ber nos recoja?

—La estación de tren. A fin de cuentas, venimos desde el sur.

—¿Lo ha oído, Le Ber? En la estación de tren. Estaremos... —Dupin se interrumpió—. Cécile, ¿dónde podemos tomar un café?

—¿Un café?

—En Bouaye. Debemos sentarnos y hablar en algún sitio.

Cécile pensó.

—En verano Sylvie abre a las nueve de la mañana... En el À Deux Pas du Lac.

—¿No es una crepería?

—Sí, pero también una cafetería, tienen abierto todo el día.

—Perfecto.

Dupin se sintió satisfecho. El café allí había sido impecable.

—¿Ha oído eso, Le Ber? —Dupin reanudó la conversación con su inspector—. Olvídese de la estación de tren. Nos veremos en el À Deux Pas du Lac.

—Ya estoy en camino, jefe. Informaré a Nolwenn sobre lo de su coche. Hay que recogerlo de allí cuanto antes.

—Muy bien.

—¿Y de qué va todo esto ahora, jefe? Yo…

—De la bodega del abuelo de Brian Katell, de una gran cantidad de botellas de vino muy valiosas.

Por ahora eso era suficiente.

—Le contaré el resto en un momento, Le Ber.

—¿Va de una bodega? ¿Y para eso dos asesinatos y un incendio provocado?

—En un momentito, Le Ber, en un momentito.

Dupin colgó.

Por su tono de voz, Le Ber parecía más excitado que horrorizado. Aquel caso sería muy de su gusto: un tesoro legendario de vinos…

—¡En marcha, pues! —exclamó Dupin con tono apremiante—. ¡A Bouaye!

Todo olía intensamente a campiña. Campiña de verano. Atravesaron un gran campo de girasoles. Miles de cabezas de girasol miraban al sur algo dobladas y un poco mustias. Era comprensible: al final del verano cada una albergaba cientos de pipas maduras.

—Cécile, ¿has recibido ya los teléfonos de los empleados de esa constructora? ¿Me los reenvías?

—¿Es prudente que les llames? ¿No debería hacerlo yo?

Cécile encabezaba la marcha, Claire y Dupin iban justo detrás de ella.

—Les diré que me has pedido que los llame.

Lo cual tenía además la ventaja de que Dupin podría hacerse el tonto si le hacían alguna pregunta.

—Entiendo.

Cécile tecleó en su móvil mientras caminaba.

—Te lo acabo de reenviar.

—¿Podrías quedar con Alain Chevrier, Cécile? —Desde el hallazgo de la bodega oculta, la cabeza de Dupin discurría a toda máquina—. Dile que te gustaría verle por el proyecto del bar de vinos. Que el notario te ha llamado al respecto.

—No hay problema. A fin de cuentas tengo que hacerlo con urgencia. ¿Para cuándo te parece que quede?

—Cuanto antes, yo diría que ahora él es el primero en la lista de sospechosos —constató Claire sin más.

Tenía razón.

Dupin miró la hora.

—Pídele que se acerque a la crepería a las diez y media, que es a donde nos dirigimos ahora.

—¿La crepería?

—Sí.

Dupin aún sentía la ira agitándose en su interior. Alguien le había destrozado el Citroën. Lo había conducido durante más de dos décadas. El comisario no era precisamente un loco de los coches, pero había desarrollado un intenso apego por ese vehículo.

—De acuerdo.

Cécile sacó el móvil.

—Luego deberíamos hablar con Emily Pic. Pongamos, a las once y media. En el mismo lugar.

—Bueno, Sylvie estará encantada...

Cécile empezó a marcar el primer número.

—Un momento, Cécile.

Dupin tenía algunas preguntas que hacer antes de que ella realizara las llamadas.

—¿Dónde vive Chevrier?

—En Saint-Philbert-de-Grand-Lieu. No muy lejos de aquí. A diez minutos en coche. Está cerca de la abadía carolingia del siglo IX. Rehabilitó ahí una antigua granja y convirtió el granero en su oficina. Alain también tiene una pequeña bodega. No son vinos caros, pero la selección es excelente.

—Necesitamos saber dónde están todos ahora mismo. La persona que ha destrozado el coche estuvo por aquí entre las 7.50 y las 8.50. Así pues, intenta averiguar de algún modo dónde está Alain Chevrier en este momento.

Si aquella fuera oficialmente su investigación, lo sabrían de inmediato.

—En tercer lugar, llama a Anne-Sophie Joly —Dupin acabó de definir los pasos que debían seguir— y queda con ella. Que sea después de la reunión con Emily Pic. A las doce y media.

Tras dejar atrás el campo de girasoles, habían saltado por encima de un murete y se adentraron de nuevo en un bosquecillo; a continuación, tenían que atravesar un arroyo.

—¿Y qué le digo? Ella tiene otras cosas de las que preocuparse ahora. Su padre, el castillo…

Cécile se quitó los zapatos y vadeó el arroyo, Claire y Dupin la siguieron.

—Dile que…

El móvil de Dupin. Todavía lo tenía en la mano.

Labat.

—Sí, Labat, soy yo —confirmó Dupin—. ¿Qué hay?

—¡Buenas noticias! Finalmente he golpeado la cola de uno de esos bichos con el WASP Devil. Bueno, eso creo. La del negro. Eso tiene que dejarle una impresión duradera, ya verá.

Los pájaros carpinteros. Justo lo que faltaba.

—En este momento tenemos otros problemas, Labat.

—Sí, pero solo gracias a mis esfuerzos. Desde que he acampado en su jardín no han hecho ni un agujero más. Yo…

—¡Excelente, Labat! —Debía procurar mantener los ánimos del inspector. Pero, la verdad, aquel no era el momento para largas charlas sobre pájaros carpinteros—. Magnífico, siga así. Por desgracia, ahora mismo me cuesta entenderle, tengo mala cobertura.

—Yo le escucho muy bien, debe de…

Dupin colgó.

—¿Los pájaros carpinteros? —preguntó Claire.

—Sí, pero no te preocupes. Desde ayer no ha habido nuevos ataques. Labat se encuentra defendiendo el fuerte.

—No me preocupa.

Ahora quien se preocupó fue Dupin.

—¿Qué quieres decir? —preguntó intrigado.

—Te lo dije: yo me ocupo de esos pájaros.

Dupin no preguntó más detalles. Por el momento, tenían problemas más graves que los ataques de los pájaros carpinteros. Mucho más graves. Ellos en persona eran objeto de ataques. El ataque al coche había sido un ataque contra ellos. Contra Claire y contra él. Aunque Dupin no quería darle vueltas a ello. De hecho, lo que tenían que hacer era parar y marcharse. Pero eso estaba fuera de cuestión.

Llegaron a un viñedo más grande; también allí las uvas colgaban bien henchidas, maduras y redondas de las vides.

Cécile retomó la planificación de las entrevistas:

—Prefiero decirle a Anne-Sophie que me pasaré por su casa a la hora del almuerzo. No creo que ella hoy vaya a abandonar el castillo. Y eso si encuentra tiempo para reunirse con nosotros. Entendería perfectamente que lo rechazara.

Dupin no tenía nada que objetar.

—Entonces, hagámoslo así, Cécile. Dile a Anne-Sophie

que hoy al mediodía te pasarás un momento por su casa para visitarla. Tal vez se te ocurra alguna excusa.

—La verdad es que me gustaría mucho echarle una mano. Si hay algo que pueda hacer, lo haré. A ver, es tremendo: anteayer pierde a su pareja; esta noche se incendia el castillo y su padre casi pierde la vida; y, durante un tiempo, será imposible producir vino, lo cual conllevará unas importantes pérdidas económicas. ¡Menuda conmoción!

—¿Brian tenía otras casas? ¿O terrenos? —Dupin cambió de tema—. ¿Hay algún cobertizo o caseta en los viñedos donde tal vez podría haber escondido los vinos?

Aunque Dupin estaba completamente seguro de que todo aquello giraba en torno al vino, seguía necesitando las botellas como prueba. Solo de ese modo podrían demostrar la culpabilidad del autor. Así pues, lo principal entonces era dar con el vino.

—No, no tenía más propiedades. Solo el Domaine. Y ese terreno de Sainte-Marie. Pero ahí no hay ningún cobertizo. Ni tampoco en los viñedos. Por otra parte, un cobertizo sería un lugar muy poco adecuado para guardar, aunque fuera de manera temporal, unas botellas de vino valiosas. Demasiado calor, demasiada humedad, demasiadas fluctuaciones de temperatura. Estos vinos requieren unas condiciones perfectas, de lo contrario se estropean enseguida.

—¿Qué más hace falta?

—Como decía: temperatura constante de unos trece grados, luz escasa o ninguna, nada de sol, una humedad de aproximadamente el sesenta o el setenta por ciento, aire limpio y, sobre todo, ninguna contaminación olfativa. No debe haber ningún olor, por baja que sea la permeabilidad al aire de los corchos. Por cierto, las vides por las que estamos pasando son todas de Brian. —De pronto Cécile adoptó una expresión triste—. Estos son los viñedos del Domaine.

—Quizá el asesino ya se haya llevado las botellas a otro lugar —apuntó Claire.

También eso era posible. De hecho, se deberían registrar los domicilios de todos los sospechosos.

—¿Y qué hay de la segunda planta, la de los tanques de fermentación y la planta embotelladora, allí donde se guardan las botellas producidas?

—¿Qué quieres decir?

—¿Podría Brian u otra persona haber escondido las botellas antiguas debajo de las nuevas?

—Mmm. Las botellas llenas se embalan en cajas de seis y se colocan en palés. Luego se trasladan al almacén de distribución y desde ahí se despachan. Brian no se encargaba de eso. Es una empresa independiente.

Cécile hizo una pausa.

—¿Se podrían esconder allí? Sin duda. Si se las embalara también en cajas de cartón, podrían quedar muy bien disimuladas entre las demás cajas. Y las condiciones son buenas. La planta está debidamente refrigerada. De todos modos, ahora mismo no hay muchos palés. El Domaine aún no ha empezado a embotellar.

—Esto significa que, de momento, las recogidas no son regulares.

—No.

A Dupin le habría gustado examinar de cerca esos palés, pero ¿cómo llegar hasta allí sin que nadie reparara en su presencia? Aquello era demasiado arriesgado.

—Suponiendo que hubiera ciento cincuenta botellas, eso serían veinticinco cajas —calculó Claire—. Sacar de la bodega secreta ese número de botellas es mucho esfuerzo para una sola persona. Lo lógico, por lo tanto, sería esconderlas primero en un lugar próximo. Tal vez un sitio al que se pudiera acceder con una carretilla.

Abandonaron los viñedos, superaron otro murete de poca altura, y entonces se extendió ante ellos otro campo, este cosechado también desde hacía tiempo y en el que solo quedaban rastrojos amarillos. Y balas de paja, uno de los símbolos más hermosos del final del verano.

—¿Cómo y dónde vender esos vinos si uno quisiera hacerlo?

Dupin se lo acababa de preguntar.

—O por subasta o a través de un marchante especializado que compre de forma específica. —Cécile había superado el murete con elegancia—. Aunque no es tan habitual, en privado, por anuncios en revistas especializadas. Naturalmente, ese es un buen modo de permanecer en el anonimato. Aunque, claro está, también se puede operar así en subastas o distribuidores. Muchos postores importantes se mantienen en el anonimato.

—Ya veo. —Dupin sintió crecer la impaciencia en su interior—. Deberíamos hacer esas llamadas, Cécile.

—De acuerdo.

Dupin se quedó rezagado unos metros. Claire alcanzó a Cécile, que andaba a buen ritmo y no parecía tener intención de aflojar.

Cécile ya había enviado a Dupin los datos de contacto de los dos trabajadores. El primero de ellos se llamaba Bertrand Mano.

Hubo que esperar un rato hasta que alguien contestó.

—¿Diga?

Por la voz, era un hombre joven.

—¿Bertrand Mano?

—¿Sí?

—Cécile Cast, la nueva propietaria del Domaine du Lac, acaba de hablar por teléfono con el jefe de usted. —Dos personas de autoridad, un buen comienzo—. Ella me ha pedido que le llamara.

—¿Y bien?

—Es sobre las obras en la bodega del Domaine. En la parte frontal de esa bóveda en forma de tubo. Ahí donde se tuvo que instalar un sistema de ventilación detrás de los botelleros por la humedad.

—Sí, ya sé.

Un joven de pocas palabras. En este caso, una ventaja; saltaba a la vista que no iba a preguntar quién era la persona que le llamaba.

—¿Realizó usted esa obra?

—Sí.

—Hay dos botelleros de madera en el rincón de la izquierda, ¿los recuerda?

—Sí.

—¿Hubo algo que le llamara la atención en ellos?

Desde luego, una pregunta muy vaga.

—Pesan mucho.

Era inútil.

—¿Alguna cosa más?

—El del lado izquierdo va montado sobre unos rodillos. Supongo que se puede mover.

Dupin se quedó clavado en el sitio.

—¿Cómo dice?

—Tuvimos que sacar medidas del suelo con un medidor láser. Cuando te tumbas en el suelo, se ven los rodillos.

—¿Debajo del revestimiento de madera?

—Exacto.

Aquello no podía estar ocurriendo. Dupin se obligó a mantener la calma.

—¿Intentaron ustedes desplazar el botellero?

—No. Le pregunté al señor Katell si quería que lo intentásemos. Creo que hace falta mucha fuerza, o incluso algún golpe. Daba la impresión de que hacía tiempo que no se movía.

—¿Y…?

—El señor Katell dijo que ya se ocuparía él de eso.

—¿Y luego?

Dupin seguía en el mismo sitio. A ese joven había que arrancarle de la boca las palabras de una en una.

—Luego, nada. Al día siguiente el señor Katell me dijo que había examinado la estantería y que todo estaba bien. Que no nos preocupásemos por eso.

—¿Eso fue todo?

—Eso fue todo.

—¿Les dijo que no compartieran esa información con nadie?

—No.

Posiblemente Katell supuso que, de hacerlo, despertaría aún más la curiosidad del hombre.

—¿Le vio hacer algo a la estantería?

—¿Qué quiere decir?

—¿Se acuerda usted —Dupin ignoró la pregunta— cuándo ocurrió eso? ¿Cuándo descubrieron las ruedas e informaron de ello?

—Debe de hacer tres semanas.

—¿Podría ser más concreto?

—Tendría que pensar un poco.

—Entonces, hágalo.

Se produjo una larga pausa.

—Sí, hace tres semanas.

—¿Tres semanas?

—Sí.

—¿Se acuerda tal vez del día de la semana?

Otra pausa.

—Lunes. El mismo lunes.

—¿Fue entonces cuando descubrieron los rodillos?

—Sí, y se lo conté al señor Katell. Él se pasaba una o dos veces al día para ver cómo íbamos avanzando.

—Ese lunes hace tres semanas y tres días, ¿fue cuando usted se lo dijo?

—Sí.

—¿Se lo contó a alguien más?

—No.

—¿A nadie?

—No.

—¿A su colega?

Dupin quería estar seguro, aquello podía ser decisivo.

—Solo le dije que no teníamos que preocuparnos por la pared de al lado.

—¿A su supervisor?

—No.

—¿Al señor Dantec?

—No.

—¿A Emily Pic?

—No. ¿Quiénes son esas personas?

—¿Al administrador?

—No. Ya se lo he dicho. ¡A nadie!

Dupin se interrumpió. Probablemente ese hombre se había desentendido del asunto después de aclarar lo que, en su opinión, tenía que aclarar.

—En ese caso, gracias.

—Oiga, ¿quién es usted?

—Adiós.

Dupin colgó.

Se pasó la mano por el pelo. Eso era más que un indicio vago. Claro que aún no era la demostración cierta de su hipótesis sobre aquel tesoro en vinos, pero casi. Era, por así decirlo, un superindicio.

Katell posiblemente habría estudiado la cuestión de los rodillos bajo el botellero y había dado con la bodega secreta. El tesoro, perdido y valiosísimo, de los vinos de su abuelo. Luego se había llevado, al menos, cinco botellas: cuatro de Château Cheval Blanc y una de Château Margaux.

Tal vez alguien le había visto hacerlo. Al final, Brian había trasladado lo más deprisa posible todas las botellas a otro lugar, por precaución. Es lo que Dupin, sin duda, habría hecho.

Cécile y Claire estaban algo más adelantadas que él.

Cécile seguía al teléfono, Claire andaba a su lado; era posible que Cécile hubiera activado el altavoz. Dupin empezó a ponerse en marcha cuando su móvil sonó.

Nolwenn.

—¿Diga?

—Señor comisario, es increíble lo ocurrido con su coche. Lo lamento muchísimo.

Nolwenn sabía el apego que Dupin sentía por su viejo Citroën XM. Y Dupin sabía lo que Nolwenn pensaba de ese coche. Se sentiría muy aliviada si el comisario se deshacía por fin de él. Eran innumerables las veces que ella había querido solicitar un coche oficial.

—Pero ahora no es momento para sentimentalismos. Por mucho que me duela, tengo información muy interesante sobre Cécile Cast.

—¿Cómo dice?

De nuevo, Dupin se detuvo bruscamente. Había hablado con más fuerza de la que pretendía.

—Es sobre uno de los préstamos que pidió para la renovación del hotel. Un préstamo cuantioso. Más de setecientos cincuenta mil euros. El banco no quiere concedérselo a pesar del contrato existente; alega que, como la base ha cambiado, eso anula el contrato.

—¿Y qué significa eso?

—Es lo que iba a explicarle ahora, señor comisario. Cécile Cast está construyendo un nuevo hotel a una escala mayor que la prevista y de lo que estipulaba el contrato del préstamo. Aunque notificó la modificación al banco, no aguardó la autorización.

—¿Y bien?

—Hubo una disputa judicial. Hace dos meses incluso se habló de ella en un breve artículo de *Le Courrier du Pays de Retz* sobre los grandes proyectos de construcción de Pornic y sus alrededores. Claro que no sé cómo está ahora la situación. Y el articulista de entonces tampoco lo sabe. Acabo de hablar con él. Me ha contado que Cécile Cast estaba prácticamente desesperada.

—¿Cómo podríamos saber cómo se ha desarrollado este asunto?

—El periodista supone que la disputa sigue en curso. Pero probablemente usted no tendrá más remedio que preguntarle directamente a Cécile Cast, algo que, entiendo, es muy delicado. No solo por Claire, sino también porque eso le da motivos para ser la asesina.

—Lo de mi coche no lo pudo hacer ella.

—Pero todo lo demás sí, ¿no? Sin duda, es una colección de vinos extremadamente valiosa; es posible que haya varias personas detrás de esas botellas. Como en ese caso suyo del rey Arturo, ¿se acuerda?

A Dupin no le gustaba nada recordar aquello. Una historia terrible, con dos asesinos.

—Muchas gracias por esta información tan importante, Nolwenn.

—Por cierto, ya he contratado un servicio de grúa de Nantes. Un empleado irá a recoger su coche en media hora. Basta con que me envíe las coordenadas de su ubicación y yo se las haré llegar a él. He contactado con ese hombre como particular, desde mi móvil privado. No sabe que usted es policía. Solo le he dicho que hoy usted estaba de luna de miel visitando al lago de Grand-Lieu y que, al regresar de un paseo, se encontró el coche destrozado y los neumáticos pinchados.

—¿A él no le ha parecido extraño?

—Dice que en esta zona no se producen actos vandálicos, pero que, a fin de cuentas, la gran ciudad no está lejos.

Lo que allí se consideraba una gran ciudad.

—Gracias, Nolwenn.

—Al fin ha llegado el momento de comprar un coche nuevo. No puedo ocultarle que me siento algo contenta por ello.

Dupin fue a protestar, pero no era el momento oportuno. Se dio cuenta de que, sin querer, él había apretado el puño. En ese instante se percató de que tal vez ese incidente había acabado definitivamente con su coche.

—Ya hablaremos de esto en otro momento, Nolwenn.

—¿Cómo se lo va a decir a Claire?

—¿El qué?

—Que incluso Cécile habría tenido un motivo.

Buena pregunta.

—Hasta luego, Nolwenn.

Esta vez fue Dupin quien colgó primero.

Realmente aquella noticia era muy importante.

Siguió andando. Al cabo de unos pasos, marcó el número de Le Menn.

—¡Vaya, señor comisario! ¿Qué hay?

Fueran como fuesen las cosas, Le Menn siempre tenía un tono de voz animoso.

—¿Sigue aún en La Fontaine?

—Así es.

—Me gustaría que examinara las bodegas de ahí, Le Menn.

—¿En busca de botellas de vino muy antiguas y valiosas?

Le Ber, por lo tanto, ya la había puesto en antecedentes. Perfecto.

—Eso es. Se trataría de entre ciento cincuenta y ciento ochenta botellas. Deben guardarse en salas oscuras e inodoras a una temperatura de trece grados.

Los propietarios de bodegas, por supuesto, tenían las mejores condiciones para guardar unos vinos tan antiguos y delicados. Esto era aplicable a varios sospechosos: a Cécile y a los dos Joly. Eso sin olvidar la bodega particular de Alain Chevrier de la que Cécile les había hablado. De todos modos, todos los demás sospechosos también tenían acceso a bodegas.

—¿Cómo los puedo reconocer? ¿De qué vinos hablamos? Como sabe, soy más de cerveza.

Dupin lo sabía.

—Tintos que sean de antes de... —Dupin pensó un momento—, de 1970. Burdeos. O Châteauneuf-du-Pape. Lo más probable es que las botellas estén cubiertas de una capa de polvo. No solo son viejas, sino que lo parecen.

—De acuerdo.

—Sea lo más discreta posible, Le Menn.

—Por supuesto.

—Entonces, hasta luego.

—Hasta luego, señor comisario.

—Tienes que oír esto, Georges. Acabamos de saber algo extremadamente interesante.

De pronto, Claire apareció ante él; instantes atrás estaba andando junto a Cécile, que seguía hablando por teléfono, o lo había vuelto a hacer.

—Hay varios empleados del Domaine du Lac reunidos en L'Arlequin, un café de Bouaye para hablar de qué van a hacer ahora. Están preocupados.

Era comprensible.

—Emily Pic, Marchand y su hijo también están allí.

Así pues, era allí adonde habían ido antes los dos.

—Alain Chevrier, también. Lo han invitado para conocer el estado del proyecto.

—¿Cómo lo habéis sabido?

—Nos lo ha dicho Emily Pic. Alain Chevrier, en cambio, ni siquiera lo ha mencionado. Es el primero al que Cécile ha llamado. Pero la cosa se pone aún más interesante. —Claire hizo una pausa dramática, algo nada común en ella—. ¿Sabes cuándo ha empezado la reunión? A las ocho y media. ¿Te das cuenta de lo que significa?

—Como de Bouaye al lugar donde aparcamos se tarda menos de cinco minutos en coche, todos han tenido tiempo y ocasión para destrozarnos el Citroën antes.

—Es cierto. Incluso Anne-Sophie Joly. A esa hora ella ya había abandonado el hospital. Ella…

El móvil de Dupin de nuevo.

Nolwenn otra vez.

—¿Diga?

—Antes he olvidado mencionarlo: ya le he alquilado un coche, señor comisario. También de forma privada. Un empleado de la empresa de alquiler se lo llevará de Nantes a la crepería de Bouaye. Partirá enseguida. Un nuevo y elegante Citroën DS7, extraordinariamente dinámico, igual que su modo de conducir. Lo he alquilado de forma provisional para un mes. Usted necesita disponer siempre de un vehículo, no solo para lo que le queda de su luna de miel.

Aquella era la única cuestión en que Dupin recelaba de Nolwenn. Su secretaria no dudaría en aprovecharse de la situación actual. Antes de que él se diera cuenta, aquel coche nuevo no solo estaría alquilado, sino comprado.

—¿Qué hay de mi Citroën? ¿Cuándo sabré la gravedad de la reparación?

—Esto no va rápido. En cuanto llegue al taller, le harán un presupuesto.

—Vale. Por favor, envíeme el nombre y el número de teléfono de ese taller.

Dupin quería hablar con ellos en persona.

—No me hace mucha gracia, pero…

—Tengo que llamar con urgencia a Le Ber. —Dupin interrumpió a Nolwenn. Acababa de tener una ocurrencia—. ¡Hasta luego!

Colgó.

Claire lo miró intrigada.

—¿Los encuentros con Alain Chevrier y Emily Pic están confirmados? —preguntó Dupin haciendo caso omiso de esa mirada.

—Tal como querías: a las diez y media y a las once y media. En la crepería. Está apenas a unos cientos de metros del café donde se encuentran reunidos.

—Bien.

Dupin marcó el número de Le Ber.

El inspector contestó al instante.

—Voy para allá, jefe. En cinco minutos.

—Cambio de planes, Le Ber. Conduzca un poco más junto al lago hasta llegar a esa abadía carolingia.

—¿Saint-Philbert-de-Grand-Lieu?

—Eso es. Alain Chevrier, el arquitecto amigo de Brian Katell, ha rehabilitado cerca de allí una antigua granja donde también tiene su despacho. Chevrier no llegará a la casa hasta las doce y media. Me gustaría que echara un vistazo por allí, Le Ber. Al parecer también tiene una pequeña bodega.

—¿Quiere que examine las botellas?

—Exacto.

—No es una acción legal.

Las objeciones de verdad sonaban de manera distinta.

—No.

—¿Usted ya vigila, jefe?

Un tono de voz admonitorio.

—Desde luego. Ahora nos dirigimos a la crepería. Allí nos reuniremos primero con Alain Chevrier y, luego, con Emily Pic. Más tarde pasaremos un momento por la residencia de Anne-Sophie Joly.

Dupin había informado de buena gana y sin ambages de su plan para la mañana. Le Ber no podía quejarse.

—Pronto su coche nuevo va a...

—Alquilado, Le Ber. Coche alquilado...

Dupin adivinó la estrategia de Nolwenn.

—Por supuesto, jefe. El conductor se lo entregará en una o dos horas. Entonces usted volverá a poder desplazarse.

—Llámeme, Le Ber.

—Sea prudente, jefe.

Al punto la llamada finalizó.

Dupin y Claire se apresuraron hasta alcanzar a Cécile. Ella también había dejado de hablar por teléfono y se dirigía al bosquecillo siguiente con paso decidido.

—Ya he hablado con todo el mundo. He concertado todas las citas —afirmó Cécile.

—Es lo que pensaba. Si queremos ver a Anne-Sophie, debemos ir a su casa. Ahora mismo está muy ocupada con las consecuencias del desastre. Más tarde, volverá al hospital junto a su padre.

—Hagámoslo así —confirmó Dupin. No le acababa de gustar, pero era importante hablar con ella.

—Entonces vamos a tener que darnos prisa con las demás reuniones —dijo Claire con tono animoso.

Entraron en la siguiente jungla bretona. El suelo tapizado de hiedra, maleza espinosa y ramas grandes y pequeñas. A su alrededor se elevaban robles centenarios de los que pendían muérdago y hiedra y estaban cubiertos de líquenes de color amarillo anaranjado, con los que llevaban conviviendo décadas, o incluso siglos.

—La charla con el operario ha sido extremadamente reveladora.

Dupin informó de la espectacular noticia.

—¡Es de locos! —Cécile parecía exultante—. Ahora por fin estamos seguros de que Brian sabía de la existencia de la bodega secreta. Y también cómo se produjo el descubrimiento. ¡Menuda historia!

—¿Cuánto falta? —preguntó Dupin.

—En cuanto salgamos de este bosquecillo, deberíamos ver las primeras casas.

Parecía como si tras semanas atravesando zonas desiertas llegaran por fin de vuelta a la civilización.

—Bien. ¿Y qué más ha dicho Anne-Sophie Joly? —preguntó Dupin a Cécile.

—Tiene los nervios destrozados. Por lo menos, su padre está bien, considerando las circunstancias. Ha tenido suerte. El incendio ya se encuentra completamente extinguido. Dice que el castillo está bien asegurado. Pero, aun así... Yo —Cécile parecía también muy afectada—... veré cómo puedo ayudarla. En cierto modo, teníamos algo en común.

Suspiró profundamente.

Avanzaban muy despacio, más lentamente que en los anteriores bosquecillos. Tenían que andar con cuidado para no quedarse atascados en ningún sitio.

—Cécile, ¿podrías dar órdenes para que los palés con las cajas de vino del almacén del Domaine sean recogidos y los lleven a la empresa de transportes?

—¿Yo? ¿Ahora?

—Posiblemente es el único modo de averiguar si los vinos añejos están escondidos en las cajas.

Dupin había sopesado todo tipo de ideas y las había ido desestimando una a una.

—No sé. Por un lado, oficialmente aún no soy la propietaria y, por otro, estoy segura de que hay un empleado que se encarga de ello y se sorprendería si yo ahora interviniera. Además, Lelouche ha bloqueado todo el negocio, ya sabes cómo funciona eso.

—Si entraba dentro de las responsabilidades de Dantec, eso de momento está pendiente. Visto así, puede que, después de todo, nadie se sorprendiera. Puedes decirle a Lelouche que tienes la posibilidad de vender el vino. A uno de tus distribuidores.

Dupin improvisaba. Una de sus especialidades.

—Si Lelouche aún no sabe que este caso gira en torno al vino, le dará igual todo el asunto —apuntó Claire.

—¿No creéis que Lelouche hará examinar las cajas antes de que salgan del Domaine? —preguntó Cécile.

—Debería. Mejor aún. Si así se descubren las botellas antiguas, Lelouche habrá resuelto el caso.

Dupin hablaba en serio.

—Una solución ideal.

De hecho, debía informar urgentemente a Lelouche. Decirle que había una bodega secreta. Y que era muy probable que la antigua colección de vinos hubiera estado guardada allí. Todo, y de inmediato. Pero de momento Dupin no lo iba a hacer. Hasta ahora, a pesar de los fuertes indicios, que el tesoro de vinos fuera el motivo del asesinato era una mera hipótesis. Esa era una razón. La otra era que Dupin estaba demasiado involucrado en el caso como para arriesgarse. Bastaba con pensar en las repetidas incursiones que había hecho en la escena del crimen. La reprimenda que le podía caer encima si eso salía a la luz era inmensa. No podía tomárselo a la ligera. Sobre todo si su hipótesis era equivocada. Solo contactaría con Lelouche cuando realmente tuviera pruebas, e incluso entonces tendría que pensar cómo hacerlo sin poner en peligro su trabajo.

Súbitamente, salieron del bosque. El pueblo empezaba ante ellos.

—En tres minutos estaremos en la crepería —aseguró Cécile.

La camisa de arquitecto de rigor ese día era de color antracita; por lo demás, Alain Chevrier vestía lo mismo que el día anterior. Vaqueros negros, zapatos de cuero negro lustrados. La única diferencia era que ahora su pelo parecía aún más ralo y él estaba más pálido y tenso.

—Como sabes, me llamó el notario.

Cécile hablaba en un tono de voz especialmente suave.

Alain Chevrier acababa de llegar, con apenas unos minutos de retraso.

Estaban sentados en una mesa para cuatro en el pequeño y bonito patio del establecimiento. Claire junto al arquitecto, y Cécile y Dupin frente a ellos.

La propietaria del local les había cedido aquel patio para toda la mañana y lo tenía todo dispuesto.

—Espero que comprendas que contactara directamente con él, Cécile. Esto es, antes de hablar contigo.

Por un momento, Alain Chevrier parecía desesperado.

—Es un problema que afecta directamente a la base de mi sustento económico. Debes entenderlo.

—Por supuesto que lo entiendo, Alain.

Dupin se tomó su segundo café negro. Esta vez, Claire también había pedido dos para ella. A esas horas ya llevaban un día largo tras de sí, apenas habían dormido.

—No sé lo que sabes tú, Cécile. Pero todo eso fue idea mía. El bar, la tienda insignia… Yo tuve la iniciativa. Y tiene un potencial enorme. ¡Se podría incluso llegar a París! La invitación del amable viticultor del Loira a entrar en su casa, esa es la actitud. Para comer habrá especialidades bretonas, ostras por supuesto, pero también otros mariscos. Y siempre el muscadet de Brian.

Chevrier hablaba con pasión.

—Brian estaba entusiasmado. Por supuesto, él también tenía ideas. Ya sabes cómo era. Pero la esencia, el concepto básico, era mío. Brian tenía más recursos, pero yo recibí una herencia y estaba dispuesto a invertirla por completo. Medio millón, no está mal. Ese fue el trato. Se suponía que iba a ser un proyecto conjunto, seguro que el notario te lo dijo. El préstamo necesario iba a cargo de Brian, así que mi participación habría sido menor, eso estaba claro. Los contratos estaban redactados, nunca hubo ninguna discusión al respecto.

—La verdad es que no sé nada de esto, Alain. Para mí esto es completamente nuevo.

Cécile parecía estar a la defensiva. O era una actitud táctica.

—¿Qué pasó exactamente? ¿Cuándo y por qué Brian cambió de opinión?

Varias preguntas importantes a la vez.

—Hace unas tres semanas, el viernes. Habíamos quedado para cenar en Nantes. Y entonces me viene con que en todo lo relacionado con el Domaine él tenía que seguir siendo el único propietario. Que tenía que estar en manos de una sola persona. No entendí lo que quería decir con eso. Él…

—Supongo que a Brian le preocupaba la marca —le interrumpió Cécile—. Para él, los bares de vinos planeados formaban parte de la esencia de la marca Domaine du Lac. —Cécile mostraba una actitud resuelta—. Y eso únicamente puede estar en manos de una sola persona. Desde el punto de vista empresarial, no hay otro modo; cualquier otra cosa sería una negligencia.

—Yo era su mejor amigo, y tú, Cécile, lo sabes. No era un inversor cualquiera. Además, antes de esas tres semanas Brian no parecía tener ninguna objeción, por lo menos nunca dijo nada. Todo fue muy repentino.

—¿Esto significa —intervino Dupin— que Brian Katell quería emprender él solo la inversión?

—En efecto.

Dupin comprendía el enojo de Chevrier. Y su inquietud. Pero todo encajaba a la perfección. Incluso la cronología de los hechos. Si la hipótesis de las botellas valiosas de vino era correcta, antes de la reunión con Alain Chevrier tres semanas atrás, Brian Katell habría sabido que ya no necesitaba un socio inversor. Lo interesante era que, al parecer, no le había contado a Chevrier nada sobre el hallazgo. O tal vez sí se lo dijo poniendo así en marcha toda esa tragedia.

—Pero esto no es justo —dijo Chevrier indignado—. No se puede hacer eso. No en general, ni, desde luego, con tu mejor amigo. Brian sabía lo que este proyecto significaba para mí. Yo di por sentado que iba a ser una parte fundamental de mi futuro empresarial. Iba a ser algo realmente grande.

—¿Le dijo usted esto a Brian Katell? —preguntó Dupin.

—Sí, lo hice... —Chevrier se revolvió nervioso en su asiento—. No de forma tan contundente como ahora mismo —era evidente que se sentía algo incómodo—, pero sí, se lo dije.

—¿Qué quiere decir con esto? —Dupin no aflojó.

—Le dije que me sentía muy molesto con ese cambio suyo de opinión. Y que se lo pensara de nuevo.

—¿Y?

—Me aseguró que se lo volvería a pensar a conciencia.

—¿Y?

—No hubo ocasión de volver a hablar. Insistí dos veces; se excusó diciendo que en ese momento no le era posible. Me propuso una reunión para finales de la semana que viene.

—¿Cuándo fue la última vez que vio a Brian Katell?

—En la pequeña fiesta de aniversario del lunes por la noche. Pero eso fue con todo el mundo. Un poco antes de ese momento, nos encontramos un instante a última hora de la tarde. Por casualidad, en la bodega de las catas. Los dos contemplábamos el avance de las obras.

—Eso fue el día anterior al asesinato —constató Dupin sin más—. ¿De qué hablaron?

—Solo sobre un par de detalles de la rehabilitación. Y él me habló de la vendimia.

—¿Y no hablaron del proyecto?

—No. Pero ya nos habíamos citado para la semana siguiente.

—¿No dejó entrever de algún modo lo que había decidido?

—No, en absoluto.

—¿Le pareció que él estaba cambiado, distinto de algún modo? ¿Nervioso? ¿Preocupado?

—No, para nada. De hecho, estaba bastante contento. Porque las obras de rehabilitación iban a acabar pronto. A ver, Brian siempre fue impulsivo. No fue nunca una persona tranquila o relajada. Simplemente, era incapaz de serlo.

Fue la primera entrevista que Dupin sintió como una investigación normal.

—¿Las obras de construcción del bar de vinos empezaron a la vez que las de la rehabilitación en las bodegas?

—¡La de preguntas que hace usted! —Chevrier miró a Dupin con una mezcla de asombro y diversión—. Brian quiso hacerlo todo a la vez. Además, para el bar de vinos era preciso modificar la escalera que conduce a la bodega.

—Eso significa que últimamente ha pasado usted mucho tiempo en las bodegas del Domaine.

—Desde luego.

—Y que conoce muy bien el lugar.

—Solo la parte delantera.

Dupin vaciló un instante, luego prosiguió:

—En la vivienda de Brian Katell hay unas botellas de vino de un valor excepcional. ¿Sabía de su existencia? ¿Él le dijo algo de esos vinos?

—No. ¿Cuáles son?

Chevrier respondió al momento, sin inquietud, sin pestañear siquiera…, pero eso no significaba nada, y Dupin lo sabía.

—No importa, señor Chevrier. Pero de su riña con el señor Dantec sí le habló, ¿verdad?

—Sí, claro. Menudo idiota, ese Dantec. —Chevrier hizo una pausa, asustado—. Está muerto y esas cosas no se dicen sobre alguien que ha fallecido. —Vaciló—. Pero era un idiota.

La antipatía era notoria.

—Brian y él no se llevaban bien, sus ideas eran completamente distintas. No entiendo qué vio Brian en él, porque, al fin y al cabo, lo contrató. Pero es bueno saber que al poco tiempo quería librarse de él.

—¿Y Brian Katell lo despidió por esa disparidad de ideas?

Dupin clavó la vista en Chevrier.

—¡Es razón suficiente! Dantec habría destruido la bodega. Brian debería haberlo despedido mucho antes. Dantec también estaba en contra de nuestro proyecto de bar de vinos: le parecía demasiado local, demasiado limitado. Pensaba que debíamos ir más lejos, a nivel nacional. Le molestaba que no hubiera sido idea suya.

El Alain Chevrier que Dupin veía ese día era distinto del que había conocido el día anterior.

—¿Brian Katell sabía de la aventura entre Dantec y Emily Pic?

—No le sabría decir. Probablemente, no. A Brian nunca le interesaron ese tipo de cosas.

—¿Usted lo sabía?

—No. Pero a mí me pasa lo mismo: es algo que no me interesa.

—¿Tiene usted algún tipo de relación con la familia Joly? ¿Con la bodega o los empleados de ahí?

Chevrier se reclinó en su asiento. Se hizo una larga pausa.

—Tengo la sensación de que aquí ocurre algo raro. Se está convirtiendo en un auténtico interrogatorio. —Entonces él fue quien clavó la vista en Dupin—. Está claro que usted está investigando el caso por su cuenta, como dice la prensa. Yo no tengo nada que ver con los asesinatos. Todo este asunto es una auténtica tragedia. Sin embargo, ahora debo centrarme en mis propios intereses. —Su tono cambió—. No pienso convertirme yo mismo también en una víctima.

—Eso espero —respondió Dupin con tono impasible.

—El notario dijo —prosiguió Cécile en tono conciliador— que Brian estaba dispuesto a pagar unos honorarios muy generosos a modo de compensación. Evidentemente, la oferta sigue en pie, claro, incluso ahora…

—Yo no quiero honorarios generosos. —Su voz entonces sonó muy tensa—. No quiero nada de honorarios, Cécile. Lo repito: quiero ser parte de la empresa, el cincuenta por ciento del proyecto. Lo que se había planificado y luego acordó Brian.

—Pero él cambió de idea.

—No podía hacer eso. Y él lo sabía. Al final habría mantenido su palabra. Espero que tú también lo hagas.

Su tono no era agresivo, pero sí muy decidido.

Cécile permaneció inmutable.

—Como te imaginas, todavía no puedo decir nada al respecto. Aún no tengo ni siquiera una idea general de lo concerniente al Domaine du Lac.

—¿Qué quieres decir con eso? ¿Acaso pones todo esto en tela de juicio?

Parecía que iba a ponerse de pie de un salto de un momento a otro.

—Tampoco quería decir eso, Alain —repuso Cécile—. Antes de que yo me convierta formalmente en la propietaria han de pasar semanas. Durante ese tiempo, voy a familiarizarme con todos los asuntos de la bodega. Entonces veré qué se puede hacer y hablaremos. Y luego, decidiré. En todo caso, no voy a poder asumir sin más los préstamos de Brian; los bancos no van a querer. Como nueva propietaria, voy a tener que reorganizarlo todo y…

—Ya me había figurado algo así —Chevrier se levantó de un salto de la silla—, por eso acudí primero al notario. —El arquitecto no ocultaba su enojo—. Y también he hablado con un abogado. No pienso tolerar todo esto.

—Alain, cálmate. No he dicho que quiera cancelar el proyecto. Ni tampoco que no participes en él.

Cécile se mantenía impasible. Dupin estaba impresionado.

—Ahora mismo, ni puedo ni quiero decidir nada. Eso es todo lo que he dicho. Ni más ni menos. Cualquier otra actuación por mi parte sería una imprudencia, creo que en esto estarás de acuerdo conmigo.

—No puedo creerlo.

Chevrier se dio la vuelta.

—Pero tú siempre has sido una persona fría. Incluso después de su muerte, aún quieres mandar sobre Brian.

Se encaminó decidido hacia la puerta que llevaba al interior de la crepería.

—Alain, vuelve.

Cécile parecía estar realmente preocupada, a pesar de los ataques personales.

—Te lo ruego. Quédate y hablemos.

El arquitecto se volvió a girar.

—Me resulta muy raro que estéis aquí los tres. Unos amigos tuyos que ni siquiera conocían a Brian. Y un comisario que investiga al margen de la ley.

Luego desapareció por la puerta.

Claire tomó la mano de Cécile.

—¡Qué se habrá pensado! Tú ahora estás a cargo de todo. De esta bodega importante, no solo de su buen nombre, sino también de todos sus empleados. De su prosperidad económica. Por supuesto, tienes que saber dónde te metes. Has hecho lo correcto. —Claire estaba indignada—. Y que encima te ataque personalmente… Eso realmente no puede ser.

Dupin apuró el café y sacó la libreta.

Dupin había hablado con Le Ber para advertirle de que, después de todo, Alain Chevrier regresaría a su casa y no asistiría al encuentro en L'Arlequin. Le Ber había entrado en la casa de Chevrier a través del jardín y la puerta trasera, que, como solía ocurrir en la Bretaña rural, no estaba cerrada con llave. La pequeña bodega de Chevrier estaba llena principalmente de vinos del Domaine du Lac. No había rastro de vinos raros. Le Ber también había echado un vistazo rápido a todas las habitaciones. Y no había descubierto nada digno de mención. No había entrado en el antiguo granero, la oficina. Era evidente que Chevrier no trabajaba solo allí, Le Ber se había tropezado con dos empleados y se había hecho pasar por un turista que se había despistado.

A continuación, Dupin había hablado con Le Menn. La agente no había podido ir muy lejos en su inspección de la finca de Cécile. Aunque la enóloga que había dirigido la cata de vinos el martes le había mostrado la bodega —también Le Menn se había hecho pasar por una turista interesada—, no le había enseñado todas las estancias. A continuación, valiéndose de un pretexto, Le Menn se había paseado un poco sola por el lugar, pero encontró muchas salas cerradas. Tampoco en la bodega hubo nada que le llamara especialmente la atención.

Cécile había hablado por teléfono con el comisario Lelouche, que en ese momento se dirigía al Domaine du Lac. Lelouche le había pedido una explicación detallada de por qué era preciso trasladar el vino al almacén de expedición, pero no puso ninguna objeción. Sin embargo, quería echar un vistazo en persona a los palés antes de que los pasaran a recoger al mediodía. Antes Cécile había llamado a uno de sus clientes, un distribuidor de Pornic, y le había convencido para que encargara ciento veinte botellas del Domaine du Lac. Hasta entonces, solo ofrecía los muscadet del Château Joly. El hecho de que el comisario no demostrara cierta prevención significaba que posiblemente él no compartía la sospecha de Dupin de que los asesinatos tenían algo que ver con los vinos.

Eran las once y media, y Emily Pic llegó puntual.

Ese día llevaba un vestido de color azul marino riguroso, que contrastaba intensamente con su larga melena rubia, y unas zapatillas deportivas también azul oscuro. Sus gestos seguían transmitiendo el dinamismo que Claire y Dupin ya habían percibido en su primer encuentro, pero los acontecimientos habían dejado huellas claras en su rostro.

—Gracias por venir —dijo Cécile saludándola—. No pretendo entretenerla mucho rato, solo quiero comentar un par de cosas con usted.

Emily Pic tomó asiento, no sin antes lanzar una mirada molesta a Claire y Dupin.

—Ya conoce usted a mi amiga Claire y a su marido Georges. Estoy muy contenta de tenerlos a mi lado estos días, son un gran apoyo para mí. —Cambió de tono—. Debió de ser una gran impresión para usted ayer encontrar muerto a su compañero.

—Desde luego —respondió Emily Pic parcamente a la vez que dirigía a Dupin una mirada inquisidora—. Llamé al comisario Lelouche de inmediato después de nuestra conversación telefónica. —En ese instante se dirigía directamente a Dupin—. De nuevo, muchas gracias por sus consejos en confianza.

Dupin asintió.

—El comisario Dupin está de luna de miel, no se encuentra de servicio —aclaró Cécile.

Emily Pic intentó esbozar media sonrisa.

—Lo que quería decirle sobre todo es que cuento con usted, señora Pic. —Cécile se inclinó hacia ella—. Nos conocemos desde que usted llegó al Domaine. Desde el principio su trabajo me ha entusiasmado, y a Brian, también. Solo he oído cosas buenas de usted. En el futuro la veo desempeñando un papel clave en el Domaine, creo que es algo que debería usted saber. Vamos a necesitar una maestra de bodega experta.

Dupin pensó que Cécile se estaba comprometiendo de forma rápida y muy clara.

—Creo que esta podría, debería, ser la perspectiva. Quería que lo supiera usted.

Emily Pic se había mantenido extrañamente inexpresiva. Solo entonces asomó en su rostro un atisbo de sonrisa.

—Evidentemente, me alegro mucho de oír esto. Tengo ideas muy claras sobre el futuro de los vinos del Domaine du Lac. Sería estupendo poder hacerlas realidad. Pero debo hablarle con franqueza. —En ese momento parecía incluso un poco harta—. No puedo darle una respuesta afirmativa para el futuro inmediato más allá de los próximos meses.

—¿Qué quiere decir?

Era evidente que Cécile había contado con una reacción distinta.

—Pues lo que he dicho. En todo caso, en la situación actual, me alegrará asumir más responsabilidad. De ser así, sin duda eso conllevará un incremento de mi salario.

—Por supuesto —corroboró Cécile.

—¿Ha seguido las obras de rehabilitación de las bodegas? —preguntó de pronto Dupin. Quería ver cómo reaccionaba Emily Pic ante ese tema.

—No de manera particularmente intensa. No forma parte de mi trabajo. Brian se encargaba de eso, de todo lo que afectara a los edificios de la finca.

Aquel tema no parecía afectarle.

Dupin fue más incisivo:

—¿Notó usted allí algo inusual en las últimas tres semanas?

La observó atentamente.

—¿Algo inusual? ¿Algo que pudiera estar relacionado con el asesinato de Damien?

—Tal vez.

—No. Nada de nada. Todo estaba como siempre.

—Me figuro que usted conoce bien las salas del sótano.

—Desde luego. Pero solo utilizo la sala grande cuando me encargo de las catas, el almacén pequeño para nuestros vinos y, por supuesto, la planta de elaboración del vino. De hecho, no estoy nunca en las demás salas de la bodega.

—Sin embargo, seguramente usted también habrá estado en el almacén de vino durante las obras de rehabilitación, ¿no? ¿Tal vez en las últimas tres semanas?

Dupin tenía su libreta Clairefontaine roja abierta ante él.

—De vez en cuando, pero no muy a menudo.

—¿Se fijó en si había un par de botellas de burdeos antiguas?

—¿Por qué debería haber allí vinos añejos de Burdeos?

Dupin no estaba completamente seguro, pero por una fracción de segundo en el rostro de ella asomó una expresión parecida a la de sorpresa o confusión.

—Allí solo se guardan los vinos de nuestra bodega. Jamás he visto allí un burdeos, y mucho menos uno añejo.

—El señor Katell se había comprado unas cuantas botellas de un burdeos exquisito, es algo que creo que usted ya sabía.

Ella parecía cada vez más desconcertada.

—Lo único que sé es el generoso regalo que le hizo a Jules Marchand. Esa botella de Château Cheval Blanc.

—¿Qué sabe usted de la disputa que mantenían Damien Dantec y Brian Katell por las ventas?

Dupin formuló la pregunta de forma deliberadamente vaga.

—¿A qué ventas se refiere? Sus diferencias tenían que ver —dio la impresión de que ella reflexionaba un instante— con el tipo de marketing apropiado para la bodega. Los dos tenían opiniones muy diferentes al respecto.

—¿Eso era todo?

—Sí.

—¿De verdad Brian había despedido a Damien Dantec? —quiso saber Cécile.

—Sí. Fue hace unas semanas. Damien me lo contó.

—¿Por esas discrepancias? ¿Le dijo él eso? —insistió Dupin.

—Exacto. Simplemente ellos no encajaban. Pasa a veces.

El conflicto entre su amante y su jefe no parecía haberle afectado demasiado, al menos no daba la impresión de estar atrapada entre dos aguas.

—Damien ya tenía otra oferta.

Eso era nuevo.

—¿Dónde, cómo?

—En Saumur. En el Château de Chaintres. Una bodega de mucho prestigio. Allí él podría haberse involucrado de verdad.

—¿Había firmado ya el contrato?

—No, eso no. Pero tenía el compromiso desde el miércoles pasado.

Interesante. Dupin hizo algunas anotaciones.

—¿Cuál era la situación financiera del señor Dantec? ¿Tenía problemas?

Ella miró a Dupin molesta.

—¿Qué le hace pensar tal cosa? No. En absoluto. Por lo menos, a mí no me consta. Sin embargo —vaciló—, le gustaba vivir a lo grande. Pero, al parecer, se lo podía permitir.

—Llevaba un gran tren de vida, ¿verdad?

—Por ejemplo, tenía que conducir necesariamente un Porsche.

—¿Dónde vivía?

Dupin se dio cuenta de que sabían demasiado poco sobre Dantec.

—En Pornic. En la parte alta de la ciudad. Tenía una casa allí. De alquiler, pero muy elegante. Un jardín con una pequeña piscina. Yo…

El móvil de Cécile sonó.

—Tengo que responder. Es Anne-Sophie.

Ya se había puesto de pie y empezó a atravesar el patio en dirección al interior del establecimiento.

Dupin prosiguió.

—Y, hablando de la señora Joly, ¿la conoce personalmente? ¿Tal vez de la Asociación de Mujeres Viticultoras, por ejemplo?

—Sí, nos caemos bien, pero no somos amigas ni nada.

—¿Solo coinciden en este entorno?

—Bueno, y en todo tipo de eventos de la zona. Esa asociación no es la única que existe.

—Entiendo. ¿Cuándo fue la última vez que la vio?

—La semana pasada en la reunión de la asociación.

—¿Ocurrió entonces alguna cosa especial? ¿Algo que le llamara la atención?

—Nada en absoluto. Luego salimos todos a cenar.

—¿Y qué hay de ese escándalo? —Dupin la miró muy fijamente—. ¿El escándalo de la contaminación?

—¿Qué escándalo? ¿Qué quiere usted decir?

Realmente ella no parecía saber de qué le estaba hablando.

—¿No se habló de ello en su círculo? ¿Del escándalo de la contaminación del año pasado?

—No sé de ninguno.

—Entiendo.

—Hace mucho tiempo que en nuestra zona no tiene lugar un incidente de ese tipo.

—¿La bodega del Domaine du Lac está cerrada con llave o se puede entrar en cualquier momento? —Dupin cambió bruscamente de tema.

—No está cerrada. Hay tres entradas, una de ellas directa desde el exterior. Últimamente permanecía abierta buena parte del tiempo a causa de las obras.

—Yo supongo que usted debe de tener su propia bodega. Quiero decir, en casa. ¿Tal vez una pequeña? Los vinos son su vida, su pasión.

El atisbo de una sonrisa.

—Una pequeña.

—¿Dónde vive?

—Aquí, en Bouaye. Cerca de la Maison du Lac.

—¿Tiene un piso?

—Una casa pequeña y vieja. Con un pequeño sótano. Pero aquí todas las casas tienen un sótano.

Dupin hizo una anotación.

—Y…

—Claire, Georges… Anne-Sophie solo tiene tiempo hasta las doce. Si queremos hablar con ella, tenemos que marcharnos.

Cécile había regresado al patio, pero estaba claro que no tenía ninguna intención de volver a sentarse. Dupin aún tenía algunas preguntas para Emily Pic, pero la conversación con Anne-Sophie Joly ahora mismo era una prioridad.

Claire se levantó, y luego, Dupin.

—Señora Cast —Emily Pic se volvió hacia Cécile—, he oído que quiere enviar los palés de vino de la planta al almacén de expediciones.

—¿Quién se lo ha dicho?

—Me acaban de llamar desde el almacén, me han dicho que les había llamado usted y les había anunciado eso. Sería más sencillo si, en casos así, me avisara usted directamente a mí. ¿Por qué deben ser trasladados allí?

—Un distribuidor de Pornic ha hecho un pedido de veinte cajas.

—¿Quién?

—La tienda de vinos La Cave de Jade.

—¿Y las otras?

—Seguro que pronto se venderán. He pensado que era mejor que se llevaran todas las cajas; a fin de cuentas, ya no quedan muchas.

—Aún quedan veinticinco. Aunque la mayoría ya están reservadas.

—Por desgracia, tenemos que marcharnos. Ahora ya sabe que usted tiene un futuro en el Domaine du Lac. Un futuro importante, si usted quiere.

—Gracias.

Se despidieron y abandonaron la crepería.

Se les acercó un joven bronceado y con una camisa rosa.

—¿Señor Dupin? —Un tono de voz excesivamente alegre.

—¿Sí? —El comisario enarcó las cejas con desconfianza.

—Le traigo su coche de alquiler, señor.

Lo inevitable.

El hombre, con una sonrisa radiante, señaló un SUV de color verde bosque que estaba aparcado a un lado de la calle.

—Un flamante Citroën DS7 E-Tense Esprit de Voyage. La tecnología híbrida enchufable más avanzada, 360 CV.

Darían la impresión de ir de caza. El color era atroz.

—Elegancia de vanguardia, diseño carismático. El automóvil...

—Entendido. —Dupin interrumpió al hombre y cogió la llave que le tendía. No tenían tiempo, y Dupin, ningún interés.

El paisaje era fabuloso.

Viñedos, prados y campos se iban alternando con pequeñas arboledas en medio y el enorme lago en el centro. Un mundo soleado de colores rotundos; las aguas, surcadas por una vegetación exuberante, centelleaban con un intenso tono verde azulado: parecía la tranquilidad perfecta.

El despacho de Anne-Sophie Joly, como el de su padre, se encontraba en una de las dos torretas del castillo. Estas eran de piedra clara, pero, por lo demás, el edificio estaba enlucido y pintado de un beige elegante, y las ventanas enmarcadas por piedra de tono rojizo. El imponente tejado de pizarra se estrechaba en punta y tenía incrustados unos saledizos elevados que formaban la tercera planta.

Todo estaba cuidado con esmero, lo que creaba un contraste atroz con la residencia particular, cuyo tejado se había derrumbado en parte y estaba completamente cubierta de hollín. Parecía calcinada por entero, al igual que la sala de producción que había detrás. El penetrante olor a quemado se percibía ya cuando emprendieron el largo camino de entrada al castillo, y solo entonces vieron la imagen desastrosa.

Aún había dos camiones de bomberos aparcados junto al ala de viviendas incendiada, así como varios coches patrulla. El camino de acceso estaba acordonado, los agentes habían llamado a Anne-Sophie y solo entonces los habían dejado pasar.

El despacho de Anne-Sophie Joly ocupaba toda la planta superior de la torre y tenía las ventanas orientadas en tres direcciones. El de su padre estaba un piso más abajo. Era una estancia bañada de luz, y no resultaba opresiva ni olía a moho, como suele ocurrir con las paredes antiguas. En la reforma no se había escatimado en gastos. El granito natural, de tono gris, también se mostraba al natural en el interior de la sala, y la lechada entre las piedras era de color gris claro. El suelo era de madera noble, Dupin supuso que sería nogal; era como si los tablones se hubieran sacado de un par de árboles vetustos y luego se hubieran dispuesto sin más tratamiento. En un semicírculo, había un mueble bajo hecho de la misma madera. En el otro extremo de la pared, dos butacas de color gris oscuro, de diseño sofisticado, para poder sentarse a ambos lados y contemplar el escritorio de Anne-Sophie o el lago.

El ambiente era a la vez tenso y triste; se habían cruzado, sin duda, con dos docenas de personas; una empleada los acompañó hasta el despacho de Anne-Sophie, que, después de saludarlos brevemente, había tenido que disculparse y marcharse de inmediato.

—Las vistas son increíbles. —Claire se quedó junto a Dupin—. Un mundo muy particular. En cierto modo, surrealista. ¡Qué calma tan solemne! ¡Qué tranquilidad! Toda la naturaleza abandonada a su suerte. En el corazón del vino, de los viticultores, de los campesinos.

A Dupin le gustaba el modo de ver el mundo de Claire y las palabras que utilizaba para describirlo.

Sobre el lago, había un leve velo gris, como niebla, deslumbrante bajo el sol.

—Si os fijáis bien —Cécile dejó vagar la mirada por el lago—, tal vez veréis el *cheval Mallet*, el caballo martillo, un caballo blanco como la nieve, que a veces flota sobre el agua. Es un animal hermoso y mágico, pero también malvado. Aparece con el anochecer y promete a las personas un viaje fabuloso por encima de las aguas. Basta con que se monten en su lomo y el caballo sale galopando como un huracán. El trayecto acaba siempre con la muerte del jinete, a menos que este lleve una medalla de san Benito, conocida como «cruz de magos», que el caballo acepta como rescate.

—Suena aterrador —comentó Claire.

Cécile señaló la orilla norte:

—Y allí, en la punta norte del lago hay una roca que bloquea el acceso a un desfiladero en el que está atrapado un gigante cuya ira es capaz de desatar tormentas. Según la leyenda, solo una doncella podría liberarlo y aplacar su ira.

—Ya estoy de vuelta, disculpas.

Anne-Sophie había regresado y subía a toda prisa los últimos peldaños de la escalera de caracol.

—Sentaos, por favor. Así que usted es el famoso comisario de Concarneau.

Miró a Dupin, con una expresión difícil de interpretar.

Cécile y Claire tomaron asiento, el policía permaneció de pie junto al sofá.

—Mi amiga Claire y su marido —continuó Cécile con voz cálida— están siendo una gran ayuda para mí en estos días terribles. Ha sido una suerte para mí tenerlos aquí, pasando su luna de miel.

—¡Enhorabuena! Sin duda, uno se imagina una luna de

miel junto al Loira de otro modo. Yo, al menos, tendría suficiente.

Anne-Sophie Joly lucía un vestido corto de tela vaquera desgastada y llevaba suelta su cabellera negra azabache. Cara agraciada, una belleza casi clásica, que contrastaba con su modo de comportarse y hablar. La madre de Dupin habría dicho que resultaba un poco vulgar.

—Solo tienes que decirme en qué puedo ayudarte, Anne-Sophie. ¿Querríais usar nuestras prensas después de la vendimia? También podemos ayudar con el transporte. Lo podemos hacer. He hablado ya con mi jefe de bodega.

—Es muy amable de tu parte, Cécile.

Anne-Sophie Joly mantenía una actitud extrañamente impasible, se dijo Dupin. Además, Cécile estaba improvisando de un modo excelente. Suponía que se estaba inventando aquello sobre la marcha.

—Pero la cantidad lo complica. Ya le he estado dando vueltas a esto. Se nos tendrá que ocurrir algo. Seguro que pasará un año antes de que todo vuelva a funcionar. Estoy considerando la posibilidad de alquilar un par de contenedores y limpiar unas prensas y tanques de fermentación. Se podría levantar una estructura provisional sólida en el terreno del Château. No lejos de las viñas. De este modo, podríamos madurar el vino en la finca. Las bodegas donde se almacena están intactas, igual que los depósitos, las barricas. Todo está en perfecto estado. Así podríamos sacar adelante la vendimia iniciada.

—Entiendo.

Dupin estaba impresionado. La mujer parecía estar bien organizada, como si, a pesar de la conmoción, ya tuviera un plan para continuar con el negocio. En ese momento, no se advertían señales de pesar por el asesinato de su pareja.

—Tengo una enóloga joven fabulosa. Marie. Una amiga

de Emily Pic. Ahora las dos juntas estamos encargándonos de todo. Y papá pronto estará de vuelta. Ya se encuentra mucho mejor. —Entornó los ojos con rabia—. Espero que pronto encuentren al cerdo que nos hizo esto. A mi padre y a mí.

—Y a Brian. Y a Damien Dantec —añadió Cécile.

A Dupin le habría gustado conocer a esa enóloga. Emily Pic y ella eran —además de Brian Katell y Anne-Sophie Joly— otro vínculo entre ambas bodegas. Pero ¿cómo hacerlo?

—¿Lelouche le ha dicho ya alguna cosa sobre cómo va la investigación? —intervino Claire—. ¿Hay alguna hipótesis respecto al ataque? ¿Y qué hay de los asesinatos?

—Lelouche ha dicho que seguía varias pistas, en particular, dos de manera especialmente intensa. Le pregunté al respecto, pero no logré sacarle ningún detalle. Todo lo que dijo fue que era muy optimista.

Aquello posiblemente quería decir que estaba dando palos de ciego. En esos casos, era lo que se solía decir. Dupin lo sabía muy bien.

—¿Usted conocía a Damien Dantec, señora? —preguntó.

—Lo vi un par de veces en el Domaine. Pero en realidad solo nos saludamos. Nunca comprendí por qué Brian estaba tan enfadado con él, realmente lo odiaba. A mí me parecía un lameculos. Y además era poco imaginativo.

—¿Alguna vez Brian Katell dijo qué otras cosas le molestaban de Dantec?

—No.

—¿Y le había despedido?

—No lo sé. A Brian este tipo de cosas le costaban mucho. Le faltaba la dureza necesaria.

Dupin no soportaba frases como aquellas, ni lo que se escondía detrás de esas palabras.

Para su asombro, vio una lágrima asomándose en el ojo derecho de Anne-Sophie Joly, que ella se apresuró a secar.

Ella reparó en la mirada de Dupin.

—No me gusta mostrar mis emociones en público. Son asuntos privados.

—Lo entiendo, señora Joly. ¿Qué me dice de esos vinos caros que hay en la casa del señor Katell? Seguro que sabe a qué me refiero.

—¿Ese magnífico Cheval Blanc? La semana pasada tomamos uno juntos. Fue un verdadero placer.

—¡¿Os tomasteis una botella?! —exclamó Cécile asombrada.

—¡Sí! Cumplí treinta y cinco años. Nuestros aniversarios eran muy seguidos. Brian cocinó algo y descorchó una botella. Debía de tener cinco. Nunca he bebido nada parecido, una maravilla de la naturaleza con la que es posible ver cómo un vino así madura por su propia cuenta, con solo lo que tiene. Llevaba evolucionando desde 1953. Imagínense.

Independientemente de lo que uno pudiera pensar de Anne-Sophie —a fin de cuentas era una viticultora muy diferente a Cécile—, nadie podía negar su gran pasión y entusiasmo por el vino. Estaba claro que eso iba mucho más allá de lo comercial.

—¿Tiene usted una colección de vinos especialmente valiosos?

Dupin suponía que la gente coleccionaba botellas caras como si fueran obras de arte. Y, en ocasiones muy especiales, también se las bebían, aunque sin duda aquello no era el factor más decisivo. El propio acto de coleccionar —la búsqueda y la captura— era algo extraordinario. Eso era lo importante en este tipo de asuntos. Percibir un poco del aura de estas cosas.

Ella lo miró sin saber qué decir.

—No. Tengo muchas manías, pero esta no.

—¿Dónde consiguió Brian Katell esas cinco botellas? ¿Lo sabe usted?

—Dijo que pujó por ellas en una subasta. No quiero saber lo que pagaría por ellas. Él… —Ella habló con pesar—, en ese sentido, estaba loco. Bueno, de hecho, en todos los sentidos. —Se interrumpió—. De vez en cuando pujaba por vinos raros. Por simple curiosidad y entusiasmo. Quería saber lo que era posible. Lo que es capaz de hacer un vino.

—Ya veo. ¿Sabe si pujó por más cosas?

Dupin clavó la mirada en Anne-Sophie Joly.

—No. No lo creo. No, al menos, en esta subasta. Recientemente, no.

—Debemos estar hablando de más de cien mil euros.

—Así es —corroboró ella impasible.

—¿La contaminación de su vino el año anterior causó importantes perjuicios económicos al Château Joly?

Tal y como le gustaba hacer, Dupin cambió de tema sin más preámbulos.

—Sin duda, debieron de perder buena parte de la producción anual —añadió. Puras especulaciones.

Anne-Sophie Joly se lo quedó mirando un momento, indignada.

—Parece que eso es algo que ahora interesa a todos los comisarios.

—¿Y bien? —insistió Dupin.

—Evidentemente fue jodido, claro. En una de las prensas viejas se formaron unas grietas finísimas en el metal y las bacterias las colonizaron. Tuvimos que destruir tres cuartas partes del vino que teníamos en los tanques. Antes, insisto, antes de embotellar una sola botella. Y sí, nos costó mucho dinero.

—¿Eso puso en peligro la continuidad del Château Joly?

La mirada de ella reflejó todavía más indignación.

—¡Menuda tontería! ¿Quién le ha dicho algo así?

La expresión de su rostro se había endurecido.

—Nadie. Yo solo pregunto.

Entonces esbozó una sonrisa forzada.

—Nuestro patrimonio es lo bastante sólido como para hacer frente a algo así. Y ahora —se levantó de pronto—, lo siento, pero tengo que marcharme.

Cécile y Claire también se levantaron.

—No se olvide el monedero. —Dupin le oyó decir a Claire.

—¿Cómo dice?

Por un momento, Anne-Sophie pareció confundida.

—¿Qué insinúa usted?

—Nada. Yo a menudo me lo olvido —respondió Claire con aplomo.

—¿Cómo lo ha sabido? —preguntó ella mirando a Claire sin duda ofendida.

—¿El qué? —Claire no perdió la compostura.

—Que yo… —Se interrumpió y le dio la espalda a Claire de forma ostensiva—. Bien, pues, de nuevo miles de gracias por tu generosa oferta, Cécile. Es muy amable de tu parte.

—Como siempre, si te puedo ser de ayuda, solo tienes que decírmelo.

—¡Lo haré! Pero saldremos adelante.

Se dirigió hacia la escalera de caracol.

Claire, Cécile y Dupin se apresuraron a seguirla.

—Me da la impresión de que vosotros tres estáis haciendo pesquisas por vuestra cuenta por aquí.

Anne-Sophie había alcanzado el primer escalón y hablaba sin volverse hacia ellos.

—Lelouche afirmó en una entrevista que estas cosas usted no las hace, comisario —entonces se volvió hacia Dupin—, y que no está autorizado de ningún modo a hacerlo.

Ahora su voz sonaba abiertamente agresiva. Luego sin más dibujó una sonrisa.

—A mí me da igual. Si usted es más eficaz que Lelouche, mejor. El cerdo que ha hecho todo esto debe pagar por ello. Sobre todo —se interrumpió—, por Brian.

Su expresión cambió. Reflejó una ira inmensa. Luego bajó la escalera a toda prisa.

Claire, Cécile y Dupin fueron tras ella.

—Tengo que irme por aquí —dijo señalando un corredor que llevaba de la torre al edificio principal—. Basta con que sigáis bajando por la escalera y saldréis directamente.

—De acuerdo. Llámame algún día.

—¡Gracias, Cécile!

Anne-Sophie la abrazó.

—¡Espero que acaben de pasar una feliz luna de miel!

En sus palabras no se apreciaba sarcasmo alguno.

Al instante se había dado la vuelta y se apresuraba por el corredor.

Cécile, Claire y Dupin siguieron bajando escalones.

Al llegar abajo, se encontraron ante una puerta abierta de madera que daba al patio; a un lado, el desastre calcinado y, al otro, la piscina elegante y generosa con unas palmeras esbeltas. Dupin seguía impresionado por el aplomo con el que Anne-Sophie Joly manejaba la situación.

—Mirad. —Claire señaló una puerta de madera empotrada en la pared al final de la escalera de caracol. Seguro que lleva hasta el sótano.

Al punto, hizo girar el pomo antiguo de la puerta. Ante ellos se mostraron unos escalones empinados de piedra que descendían hacia un abismo negro del que salía un olor rancio.

—No querrás ir ahí abajo. A ver, no lo podemos hacer. —Cécile se colocó junto a Claire.

—¿Por qué no? Si tiene las botellas, seguro que están en la bodega del sótano.

—Pero esto de aquí no es una bodega. Esto es un sótano normal.

Claire hizo caso omiso de la objeción, pulsó el interruptor de la luz y empezó a bajar.

A Dupin eso no le parecía una buena idea. Sin embargo, no iría mal echar un vistazo rápido. A fin de cuentas, ya estaban allí.

Había muchos escalones. Al poco rato, se encontraron a varios metros bajo tierra. Otra vez. Dupin jamás en la vida había pasado tanto tiempo en sótanos como en esos días.

El aire estaba viciado. Ese era otro motivo por el que Dupin odiaba los sótanos. Ya abajo, se encontraron en una sala escasamente iluminada, y con el suelo de baldosas de piedra antiguas. La estancia estaba vacía. Las baldosas estaban cubiertas de una capa de polvo; nadie había estado allí desde hacía mucho tiempo. Una puerta cerrada. Claire la abrió de inmediato. Un pasillo que parecía ir en línea recta sin tener fin, justo debajo del castillo; puertas a la izquierda, dispuestas en intervalos regulares. No se veía ni se oía a nadie. Sin duda, porque todo el mundo en el Château Joly tenía otras cosas que hacer ese día. Claire abrió la primera puerta.

Encendió la luz y echó un vistazo al interior.

—Solo trastos.

Cécile y Dupin estaban a su lado.

Muebles viejos. Electrodomésticos usados. Un frigorífico enorme, un coloso.

El mismo modelo que en casa de Brian Katell. La diferencia era que en este faltaba una de las dos puertas y la otra estaba entreabierta.

—Un Bartscher viejo. Las mejores neveras para hostelería. Nosotros tenemos también de estos. La verdad es que aguantan lo que se les eche —dijo Cécile.

—Sigamos. —Dupin se sentía incómodo y no tenía intención de permanecer allí mucho rato.

—Esperad. —Claire corrió hacia un baúl de madera y lo abrió—. Vacío.

Luego se acercó al frigorífico y abrió la puerta que quedaba. Hizo bien. Las botellas, por supuesto, se podían haber escondido ahí. Dependiendo de cuántas fueran.

—Nada.

Dupin salió de la estancia y se apresuró hacia la siguiente puerta.

La luz de la bombilla en esa sala era más intensa. Pero ahí no había más que muebles viejos, sobre todo sillas, la mayoría con daños visibles, tumbonas viejas, por lo menos una docena, ventiladores viejos. Allí no se podían esconder botellas de vino.

Al punto se encaminaron hacia la habitación siguiente.

—¡Oh! —En esta ocasión fue Cécile la primera en mirar dentro—. ¡Menuda despensa!

Aquella sala se encontraba prácticamente repleta de estanterías de acero. La mayoría de ellas estaban llenas de tarros de conserva. Debía de haber cientos, de todos los tamaños. Dupin lo recordaba de su infancia, cuando pasaba largas temporadas en el Jura con sus abuelos. Las conservas de las ciruelas mirabel de su abuela le habían parecido la cosa más deliciosa del mundo.

—Nada de interés. —Fue el comentario de Claire, que seguía avanzando por el corredor.

En la sala contigua el suelo de piedra no existía y en su lugar había tierra aplastada, de tono oscuro, prácticamente negra. Dupin también conocía eso. Una despensa para la fruta y las verduras, cajas grandes de madera junto a las paredes, dentro de las cuales, en cajas de colores, había remolacha, patatas, manzanas, peras y zanahorias.

—Como yo, tienen un huerto propio y arriates. Con una bodega como esta, no hace falta usar conservantes. De hecho, también es un lugar perfecto para el vino —explicó Cécile.

Dupin miró a su alrededor.

Allí nadie había escondido nada.

Se apresuraron a salir de aquella despensa.

Siguieron avanzando. De pronto se abrió ante ellos una estancia más grande, de techo mucho más alto y paredes blancas, bien iluminada, con una sólida escalera de madera oscura y un gran paternóster a la izquierda. El aire allí era más fresco. Había un amplio pasillo que parecía llevar hasta la parte trasera del castillo, desde donde llegaba algo de luz natural; seguramente había una rampa o una escalera que conducía hacia arriba.

Cécile se dio cuenta de la cara de Dupin.

—Es la entrega de mercancías. Todos los castillos antiguos tienen algo así. Seguramente aquí encima está la cocina.

—Es ideal —pensó Claire en voz alta—. Ella podría haber escondido fácilmente aquí los vinos de Brian. Ella...

—¡Un momento!

Dupin interrumpió de forma brusca a Claire.

Se pasó los dedos por el pelo con tanta fuerza que cualquiera hubiera podido creer que iba a arrancarse un mechón.

—Podría ser eso.

—¿Qué? ¿Qué estás diciendo?

—Yo... —Se interrumpió—. Tenemos que regresar al Domaine du Lac. De inmediato.

Partió al instante.

—¡Venid conmigo! ¡Rápido!

A Cécile y Claire les costaba trabajo seguirle el paso.

—¡Pero seguramente ahí ahora habrá más policías! —exclamó Cécile.

—De algún modo lo lograremos.

Por supuesto, necesitaban un nuevo escondite donde aparcar el coche, pero Cécile conocía muy bien la zona. Esta vez dejaron el vehículo en un bosquecillo situado justo al lado del Étier, uno de los canales que daban al gran lago. Aunque estaba a un kilómetro del Domaine, debían cerciorarse de que nadie los viera. Dupin tenía muy viva en la memoria la imagen del comisario de Nantes caminando entre vides.

Cécile y Claire habían intentado persuadir a Dupin para que les contara qué era lo que se le había ocurrido de repente y por qué habían suspendido la misión en la bodega de un modo tan repentino. «Tal vez esté confundido», fue la única respuesta que él les dio. El resto del trayecto —apenas diez minutos— permanecieron en silencio; había una gran tensión en el ambiente. Dupin tenía que admitir que el coche alquilado iba bien. Mucho. Había una cosa a la que tenía que acostumbrarse: pisar a fondo el acelerador no era una opción con 360 CV. En dos o tres ocasiones, la situación se había vuelto bastante delicada.

—¡Por aquí! —indicó Cécile.

Volvían a atravesar campos, prados y un bosquecillo.

Entonces llegaron a un viñedo.

—Este es el viñedo que hay detrás de la casa de Brian.

Instantes después vieron el edificio. Se aproximaron desde un lado con la esperanza de que Marchand no los volviera a ver desde su ventana. Iban a ciegas, no tenían idea de cuántos agentes había ni dónde se encontraban.

Iban con mucha cautela.

—Esperad aquí. Voy a abrir.

Cécile fue a toda prisa hasta la puerta trasera del piso de Brian.

En un abrir y cerrar de ojos, abrió. Claire y Dupin fueron detrás de ella.

Cécile volvió a cerrar.

Dupin se acercó sigilosamente a una de las ventanas que daban al patio.

Había dos policías vigilando.

—¡Vamos! —Fue hacia la puerta que había detrás de la zona de butacas.

Se detuvo. También esta vez se descalzó, igual que Claire y Cécile. Abrió con el máximo sigilo.

No se veía ninguna persona. Ni tampoco se oía a nadie.

Dupin echó a andar caminando con cuidado por el corredor. Como un *déjà-vu*. Claire y Cécile iban detrás de él.

La entrada principal estaba entreabierta. Dupin se quedó quieto. Los dos policías hablaban.

Sobre fútbol.

No tenían más opción. Debían intentarlo.

Dupin hizo una señal y fueron pasando a hurtadillas junto a la puerta para entrar en el corredor de la derecha. Ahora debían bajar por la escalera. Empezó a descender a toda prisa. Al llegar abajo, se detuvo de nuevo y aguzó el oído. La luz estaba encendida. Así pues, alguien había estado por ahí. Tal vez los Marchand hacían una ronda de control de vez en cuando. En cualquier caso, de momento, todo estaba tranquilo; allí no había nadie. O al menos eso parecía.

Llegaron a la sala de la gran mesa. Claire y Cécile fueron hacia el almacén de vinos, pero Dupin dobló bruscamente hacia la izquierda. Hacia la parte de la bodega que había examinado a solas la noche anterior. Pronto llegaron a la primera puerta, la despensa. Luego, a la habitación con los barriles vacíos. Las dejó atrás sin más.

No así en la tercera estancia, el trastero. Se parecía mucho al del Château Joly. Dupin abrió la puerta, encendió la débil bombilla y entró a toda prisa.

Para entonces Cécile y Claire también habían llegado al trastero.

Dupin se detuvo de golpe. Inspiró y abrió la puerta derecha del refrigerador para hostelería desechado.

Un grito agudo, apenas reprimido, se oyó en la sala.

Cécile. Aproximándose con ímpetu.

Miraba el frigorífico atónita. Entretanto, Dupin había abierto también la segunda puerta.

Estaba repleto de botellas, botellas de vino. Cuidadosamente dispuestas en dos capas por compartimento.

—Es..., es esto —musitó Cécile casi de manera solemne—: Este es el tesoro de Brian.

—Pues no lo parece —dijo Claire sin más—. Solo son muscadets de Brian.

—¿Cómo?

Dupin sacó una de las botellas.

Así era. Vino blanco. Le Grand, cosecha 2007. Un muscadet de más años, pero no había ningún tinto.

—Menuda mierda.

—Habría sido perfecto. —La voz de Cécile parecía decepcionada.

En efecto. Y Dupin había estado totalmente convencido.

—Pero ¿por qué Brian guardaba estas botellas aquí, en esta nevera vieja y destartalada y no en el almacén como las demás?

Dupin se disponía a marcharse cuando Claire, de repente dijo:

—Esperad.

Sacó la botella que había debajo del muscadet.

Antes incluso de que ella pudiera decir algo, Dupin lo vio: polvo. Una capa de polvo.

—Un Pomerol de 1949.

Los tres se quedaron mirando la botella que Claire tenía en las manos.

Casi de manera simultánea, Dupin y Cécile sacaron con cuidado botellas de las filas inferiores.

—Es increíble —balbuceó Cécile—. Un Château d'Yquem de 1912. Nunca he visto nada igual.

—Un Romanée-Conti de 1945 —leyó Dupin en voz alta.

—Es de locos.

Cécile estaba fuera de sí. Sostenía otra botella.

—Château Margaux de 1927. Asombroso. Es posible que de algunos de estos vinos solo exista esta única botella.

—Yo diría que tenemos el tesoro. Quienquiera que trasladara aquí estos burdeos —explicó Claire— los ocultó entre botellas del Domaine. Si la policía hubiera echado un vistazo al frigorífico —y seguramente lo hicieron—, solo habrían encontrado muscadets. Al carecer de sospechas concretas, no tenían razón para examinar con más detenimiento.

—Eso se…

Un golpe fuerte interrumpió a Cécile.

Los tres se volvieron de pronto con un respingo.

Alguien había cerrado la puerta desde fuera. Oyeron que la llave giraba.

Dupin se precipitó hacia la puerta, con la pistola en la mano. Era una puerta de madera, vieja y pesada.

Golpeó contra ella.

—Le habla el comisario Georges Dupin, de la Policía Nacional. Abra inmediatamente. ¿Hola? Déjenos salir de aquí.

Aporreó la puerta con todas sus fuerzas.

Para entonces, Claire y Cécile también habían llegado junto a la puerta y golpeaban desesperadamente contra ella.

No lograrían nada.

No había cobertura, ni ventanas ni tampoco tuberías de calefacción para poder enviar señales de alarma a otras estancias. Nada. Y el arma de Dupin no podía destrozar la gran cerradura.

—El asesino de Brian estaba aquí, a pocos metros de nosotros. —Cécile hablaba como en trance—. El asesino de Brian y de Dantec fue probablemente quien también provocó el incendio. Y nos ha encerrado. Debía de estar cerca, aquí abajo, en algún lugar del sótano. ¡Qué espanto! Nos ha oído, se ha escondido y ha esperado la ocasión.

—No nos van a encontrar hasta que alguien baje al corredor y nos oiga golpear la puerta. —Claire hablaba con tono apagado—. A duras penas nos oirán al otro lado. ¿Y para qué vendrían los agentes otra vez a este corredor?

Dupin se fijó atentamente en las dos bisagras de la puerta.

—Aunque hagan la ronda, no pasarán por aquí. Mientras la bodega no reanude su actividad, ningún empleado bajará al sótano. —Claire parecía estar pensando en voz alta—. Solo Marchand tal vez podría aparecer por aquí. —A continuación, formuló su conclusión con tono desapasionado—: La única posibilidad realista que tenemos es que nuestros golpes se oigan en la sala principal y alguien pase por allí en ese momento.

Las bisagras eran de hierro fundido y extremadamente sólidas. Sin embargo, aplicándoles la fuerza suficiente se romperían. En teoría, se podía intentar arrojar la vieja cocina o el frigorífico contra la puerta, pero ni los tres a la vez lo lograrían.

—Tu gente te echará de menos, Georges. Le Ber y Le Menn. Y Nolwenn, por supuesto.

La voz de Cécile tenía un tono suplicante.

—Lo malo es que no saben dónde estoy, dónde estamos.

—Pero si no te localizan durante un buen tiempo, empezarán a buscarte.

—Con Georges están acostumbrados a todo tipo de cosas. Va a pasar algo de tiempo antes de que empiecen a preocuparse de verdad.

Claire tenía razón.

—Y, por mi parte, para mis compañeros, yo estoy de luna de miel —añadió.

A esas alturas, su viaje de bodas no era más que un vago recuerdo.

—Ahora, el asesino sabe que hemos descubierto lo que ocurre. —La voz de Cécile tembló un poco—. Y que hemos averiguado el secreto.

—Sin embargo, lo malo para él es que nos ha encerrado con el objeto de su deseo —constató Claire—. De hecho, debería deshacerse de nosotros. Es el único modo que tiene para acceder al vino. Solo así evitaría que lo descubramos.

—¿Crees que él nos quiere matar?

—No va a aceptar que le cedamos sin más las botellas y nos olvidemos de todo. Él…

Otro gritito breve y agudo de Cécile. La luz se había apagado y la oscuridad entonces era total.

—No temas. —La voz de Claire sonaba firme—. Posiblemente solo ha accionado el disyuntor. Intenta intimidarnos.

Dupin sacó su móvil, que entonces era inútil excepto por la función de la linterna. Al menos iluminaba un poco la habitación.

—Georges, di algo de una vez.

La voz de Cécile sonaba casi suplicante.

—Tenemos que pensar.

Era una frase hueca, y Dupin lo sabía. Pero ¿qué podía decir? Habían caído en una trampa, y, pese a todo, hicieron exactamente lo que podían hacer. Lo único. No debería haberse llevado a Claire y Cécile al sótano otra vez. De todos modos, en lo que respecta a Claire, ella no le habría permitido bajar solo ahí.

—Claire tiene razón. El asesino no nos dejará aquí encerrados sin más. Tenemos lo que quiere. Y esta es nuestra oportunidad. Él va a tener que regresar.

—Pero ¿cuánto tiempo falta? ¿Podríamos estar aquí durante días sin que nadie nos encuentre?

—Desde luego —dijo Claire—. ¿Qué posibilidades hay de que alguien necesite algo de este trastero? Además, la policía ya lo debe de haber examinado: ¿para qué registrar otra vez una habitación repleta de trastos?

La mente de Claire funcionaba de forma despiadada. Pero estaba en lo cierto. Para sobrevivir, todos los detalles eran importantes, había que afrontar los hechos como eran y no como a uno le habría gustado que fueran.

—¿El inspector Le Ber no os buscará?

Cécile tenía razón, pero eso le llevaría tiempo. Le Ber no estaba informado de su regreso al Domaine.

Claire prosiguió:

—Si el autor supone que nadie nos va a buscar aquí, se limitará a esperar lo suficiente y, desde su punto de vista, el problema se resolverá solo. No tenemos agua. Y el vino solo ayuda hasta cierto punto. Nos quedan pocos días. Pocos días para aporrear la puerta y que alguien nos oiga.

Preciso y descorazonador.

—Georges, ¿cuánto tiempo te parece que Lelouche va a tener cerrada la bodega? ¿Cuándo podrían reanudar las operaciones?

—Eso es algo que decide él solo, en función del estado de la investigación.

—Pero no puede hacer que cierren de forma indefinida.

—No, pero cuatro días sin problemas. Aunque, no creo que el asesino espere tanto. Lo más seguro para él sería llevarse las botellas de aquí cuanto antes. Seguramente imagina que hemos hablado del tesoro de vino a otras personas, que tal vez luego podrían buscarlo en algún momento en la bodega.

—Pero no sabemos si realmente piensa tanto —objetó Claire.

Comenzó un periodo de silencio largo y deprimente.

Dupin dejó encendida la linterna del móvil. El difuso cono de luz se deslizaba de un lado a otro de la estancia mientras él se paseaba inquieto arriba y abajo. Claire y Cécile se habían sentado contra la pared junto a la puerta.

—¿Quién creéis que es?

Cécile rompió el silencio. Debían de haber transcurrido quince minutos en silencio absoluto.

—Debemos centrarnos en la cuestión de cómo salir de aquí —repuso Dupin, todavía yendo de un lado a otro—. Eso es todo lo que importa ahora mismo.

—Georges tiene razón, Cécile.

Pero Dupin también sabía que, en realidad, solo había una cosa que podían hacer: nada. Nada en absoluto. Tan solo esperar. Tratar de soportar la impotencia absoluta.

De repente, se oyeron unos ruidos metálicos.

Había alguien manipulando claramente la cerradura al otro lado de la puerta.

—¿Qué vamos a hacer? —susurró Cécile.

Dupin ya tenía la pistola en la mano.

—Id ahí, al rincón —susurró mientras se colocaba justo al lado de la puerta, pegado a la pared del sótano, de modo que, si alguien entraba, no les pudiera ver al primer momento.

Apagó la luz del móvil.

Pasó un rato y no ocurrió nada. Dupin no oía respirar ni a Claire ni a Cécile.

Entonces ocurrió.

La puerta se abrió de golpe y un haz de luz brillante penetró en la estancia.

Todo ocurrió en apenas una fracción de segundo.

—¡Voy armado! —gritó Dupin.

—Y yo tengo una escopeta, y dispararé de inmediato —le interrumpió una voz—, sin dudarlo. Los mataré a los tres de un disparo.

Dupin reconoció la voz enseguida. Nunca se le hubiera ocurrido, y eso le había pasado muy pocas veces en su carrera.

—Arroje ahora mismo su arma al suelo del pasillo. ¡Ahora!

La mente de Dupin iba a toda velocidad: en esa situación era demasiado arriesgado pasar al ataque. A una distancia tan corta, una escopeta era capaz de hacer cosas espantosas. No estaba solo, pondría en peligro a Claire y a Cécile.

No tenía elección. Dupin tiró la pistola al pasillo.

—Y ahora salgan uno por uno. Y vayan a la izquierda. Hay una puerta abierta que da a otra sala del sótano. Entren ahí. Usted, primero. Después, las mujeres.

Dupin pensaba. Necesitaba tener una idea brillante. La situación era complicada.

—Entendido —dijo él y empezó a moverse. Claire le agarró la mano izquierda y se la apretó con fuerza.

Dupin salió de la sala al pasillo.

—Muy lentamente.

La linterna con la que el anciano Marchand los alumbraba era cegadora y estaba enfocada directamente a la cara de Dupin.

—A la izquierda por el pasillo.

—Vale, vale —intentó tranquilizarle Dupin.

Hizo ver que se dirigía hacia la izquierda, solo para luego abalanzarse con todas sus fuerzas hacia la fuente de luz. Fue un salto a un vacío deslumbrante con las manos por delante.

Dupin notó que alcanzaba al administrador y arremetía con fuerza contra él, sin saber en absoluto dónde o cómo, y en ese mismo momento estalló un ruido infernal.

Marchand había disparado. Un dolor muy intenso abrasaba un lugar indefinido en el muslo derecho de Dupin. No importaba. Golpeaba furioso el cuerpo que había derribado y que ahora tenía agarrado. La linterna salió despedida por el pasillo dibujando un arco elevado. Marchand gritaba con fuerza. De dolor, pero sobre todo de rabia. Dupin pudo mirarlo por primera vez. Al instante, descargó sus puños sobre la cara de Marchand. Dos, tres veces. Con toda la fuerza de sus músculos. Le golpeó la nariz, la sien. Los gritos para entonces eran de puro dolor, pero también eran cortos. Luego solo emitió una especie de gemido. Dupin estaba sentado sobre él.

—Georges, ¿estás bien?

Claire se precipitó hacia el corredor. La linterna lo seguía iluminando.

—Dame el arma, Claire.

Dupin no apartaba la vista de Marchand, inmovilizándole los brazos con las piernas. Los gemidos eran algo más quedos. La escopeta estaba sobre el suelo de piedra, junto a Marchand.

—Toma.

Claire se acercó a Dupin y le tendió la pistola. El comisario se incorporó en un instante y apuntó a Marchand con ella.

—¿Jules? —Cécile también se les había acercado—. ¿Usted? ¿Fue usted? ¿Todo fue obra suya?

Su voz era firme.

—¿Mató usted a Brian? Él se portaba muy bien con usted. Y con su hijo. Le consideraba como de la familia. ¿Por qué?

Ella se aproximó a la altura de la cabeza. Dupin temió por un momento que le diera una patada.

Claire, entretanto, había recogido la linterna y la enfocó hacia Marchand.

—Está medio inconsciente —constató—. Ahora mismo no es capaz de decir nada.

—Pero él…

—¡Georges, estás herido! —exclamó entonces Claire—. Estás sangrando mucho. —Iluminó el muslo derecho de Dupin. Tenía los vaqueros rasgados en un punto y una gran mancha de sangre que se iba extendiendo.

—No es nada —murmuró Dupin.

—Tengo que detener la hemorragia de inmediato.

—Ahora no, Claire.

De pronto, Marchand empezó a hablar. Con voz muy baja.

—¿Como de la familia? ¿Muy bien conmigo?

Era difícil comprender lo que decía.

—¿Qué insinúa usted? —preguntó Cécile en tono agresivo.

—Se lo… —Marchand se interrumpió. Su voz tenía un tono lúgubre, metálico. Pese a que era evidente que hablar era todo un esfuerzo para él, se percibía en su voz una emoción tremenda.

—Se lo di todo: el Domaine du Lac. Todo. Desde que yo tenía diecinueve años. Puse mi vida a su servicio, lo sacrifiqué todo.

No hacía ningún ademán de querer levantarse. Probablemente no habría podido. Tenía la vista clavada hacia lo alto con la mirada perdida. Tenía la nariz torcida, probablemente rota; la sangre le había salido a borbotones, aunque lentamente la hemorragia iba desapareciendo.

—Como mi padre. Él también lo dio todo a la finca. Toda su fuerza, toda su existencia. Y ahora, también mi hijo. Él… —Marchand se detuvo un instante para reunir fuerzas—. ¿Y qué hemos obtenido a cambio?

Ahí estaban: esas distancias insalvables. Invisibles, imperceptibles incluso para el más avezado de los psicólogos, o para las amistades, o para la familia. Unas distancias que, de repente, se manifestaban con todas sus consecuencias. Entonces, esas lógicas internas, inflexibles, sin relación con el mundo exterior, que llevaban a la acción se volvían forzosamente plausibles para quienes sentían de ese modo y veían así el mundo.

—Tiene usted un buen salario —Cécile se enfureció— y seguridad, afecto, simpatía, confianza, amistad. Y mucha responsabilidad. ¡Lo tiene todo!

—¿Un salario? ¿Eh? —Marchand hablaba sin entonación, sus palabras vacías y mecánicas contrastaban de un modo inquietante con el tremendo contenido de lo que decía—. Yo tenía derecho… A mí me corresponde algo completamente diferente… Nosotros, mi familia, tenemos derecho a algo completamente diferente. El éxito de la bodega es obra de los míos.

Dupin conocía esta lógica. Marchand estaba convencido de que simplemente se había limitado a corregir un error.

—Hace dos años, cuando Laurent cumplió treinta, le dije al señor Katell que un día mi hijo podría hacerse cargo de todo esto. Le habría podido nombrar heredero suyo. Se lo dije. Él no quiso. Ni siquiera eso.

Marchand permanecía en el suelo, inmóvil. No había intentado siquiera volver la cabeza hacia Cécile. Ni mirarla.

—Me he limitado a quedarme lo que me correspondía.

—¿La propiedad de Brian? ¿Es eso lo que se merecía?

Cécile se dejó arrastrar por el desvarío de Marchand, una reacción comprensible, pero completamente inútil. Al instante siguiente, ella misma pareció darse cuenta de ello y rompió a llorar.

—¿Estaba en su derecho de quitarle la vida? ¿En serio? ¿Y de robarle a Brian vino de un valor de varios millones?

Ella estaba fuera de sí.

—Habríamos podido crear nuestra propia bodega. —Marchand gimió; parecía sufrir de mucho dolor, pero por dentro permanecía impasible—. La finca Domaine Marchand. Un día Laurent la habría podido dirigir solo. Él…

—¿Hola? ¡Aquí la Policía Nacional! ¿Me oyen?

Uno de los agentes de policía. Probablemente en la bodega principal.

—¡Estamos aquí! —exclamó Dupin.

—Vamos armados. —Otro agente—. Salga lentamente del corredor.

—Le habla Claire Lannoy. —Claire tomó la palabra—. Llamen a dos ambulancias. De inmediato. Aquí hay dos heridos. Uno es el asesino que buscaban. El otro es el comisario Georges Dupin, de la comisaría de Concarneau. Ha recibido un disparo.

Al momento asomaron dos policías pertrechados con linternas y con las armas desenfundadas. Se aproximaron al grupo. La imagen debía de ser impresionante. Dos hombres sangrando, el suelo de piedra manchado de sangre y dos mujeres junto a ellos bajo los intensos haces de luz.

—Informen de inmediato al comisario Lelouche. —Dupin pasó a la ofensiva.

—Pero antes llamen a dos ambulancias —insistió Claire.

Era evidente que los policías no sabían qué hacer.

—Hemos oído algo parecido a un disparo. Pero era difícil decir de dónde provenía el sonido. Por eso hemos…

—Ha sido un disparo y mi marido está herido en el muslo derecho. Está perdiendo mucha sangre. Llamen inmediatamente a dos ambulancias, de lo contrario estarán incurriendo en una grave negligencia.

Claire se acercó hacia ellos.

—¡Ahora! ¡De inmediato!

—Yo… —farfulló uno de los agentes—. ¿La situación está controlada, comisario? —preguntó a Dupin, que seguía apuntando a Marchand con su arma.

—Lo está. —Dupin se sobrepuso. Desde hacía un instante se sentía un poco mal. Y mareado, con una leve y extraña sensación de frío.

—Yo llamaré a Lelouche y tú, a las ambulancias —le dijo un policía al otro. Al instante, salieron corriendo.

Cécile seguía peligrosamente cerca de la cabeza de Marchand.

—¿De verdad le disparó a Brian con la escopeta? ¿Cómo fue capaz? ¿Cómo se puede hacer algo así?

Se calló.

—¿Cómo supo lo de las botellas de vino? —preguntó Claire sin ninguna emoción.

Dupin se apoyó contra la pared del sótano. Tenía una temperatura muy fresca y agradable.

Cuando parecía que Marchand no iba a decir nada, de pronto empezó a hablar.

—Vi al señor Katell en el almacén en el momento en que desaparecía en la cámara secreta. Al instante supe de qué se trataba. Eran los valiosos vinos añejos de su abuelo. Él lo negó. Pero yo no soy estúpido. Mi padre me había hablado de ellos cuando era pequeño. Le dije al señor Katell que quería mi parte. Él no lo entendió. Y entonces me regaló una botella. Después de cincuenta años.

—Seguro que vale veinte mil euros por lo menos.

—Él no atendía a razones. Son así. Así es esa gente, me dije. Pero también me dije que esta vez no lo iba a tolerar. Yo…

—¿Y por qué tuvo que morir Damien Dantec?

A Dupin le costó formular esa pregunta. Cada vez se sentía más mareado.

—¿Dantec?

—El señor Dantec, sí.

—Simplemente, tuvo mala suerte. Fui trasladando poco a poco las botellas a ese viejo frigorífico. Solo unas pocas cada vez. De repente, me lo encontré en la bodega mientras yo salía de la cámara secreta. Reconoció enseguida lo que llevaba en la mano, esto es, el valor de esos vinos. Tuve que hacerlo. No me quedó más remedio. El señor Katell debería haberlo despedido mucho antes. Este hombre no era digno de trabajar para el Domaine.

—¿Y entonces le golpeó con una botella?

Dupin deslizó la espalda por la pared y se sentó. Estar de pie le resultaba demasiado agotador. Seguía apuntando con la pistola hacia Marchand, aunque no parecía que aquel estuviera en condiciones de atacar; todavía le brotaba sangre de la nariz hinchada y parecía desmejorado.

—Georges, ¿estás bien?

Claire se agachó junto a Dupin.

—Mírame.

—Estoy bien. Solo estoy un poco débil.

Claire lo miró atentamente.

—Sigue mi dedo con la vista.

Le pasó el índice por delante de los ojos de derecha a izquierda, de izquierda a derecha.

—La ambulancia está a punto de llegar, Georges.

Le tomó el pulso en la mano izquierda, que reposaba sobre el muslo, y luego en la carótida.

—Voy a detenerte la hemorragia ahora mismo, Georges. Me da igual lo que digas.

Al instante siguiente, llevó las manos hacia el cinturón de Dupin. Él quiso protestar, pero desistió. Con un poco de esfuerzo, Claire le quitó el cinturón y se lo ató en el muslo por encima de la herida.

—¿Y qué me dice del incendio en el Château Joly? ¿También fue usted?

Cécile no aflojaba.

Marchand gimió brevemente, pero no contestó.

—Estoy seguro —Dupin intentó responder con la voz un poco entrecortada— de que lo hizo para desviar la atención. Para crear confusión en la investigación. Por llamar la atención hacia otros motivos posibles, la feroz competencia entre las dos bodegas.

Marchand volvió a intervenir.

—Me enteré de que ella quería dejar a Brian. Últimamente no hacían sino discutir. Al fin y al cabo —asomó entonces un profundo desprecio—, ella no era más que una Joly. Y los Joly siempre han querido destruir el Domaine du Lac. Nos odian.

—Así que usted pretendía matar dos pájaros de un tiro. —La rabia de Cécile era inmensa—. Con el incendio quiso poner una pista falsa, despistar a la policía y, a la vez, destruir al enemigo. O, por lo menos, perjudicarle gravemente.

De pronto, el corredor del sótano pareció inclinarse profundamente, como si fuera un tobogán empinado. En un gesto instintivo, Dupin trató de agarrarse al suelo y dejó caer la pistola de su mano. Era como si el suelo hubiera perdido el equilibrio y se estuviera ladeando. Algo no iba bien.

—¡Georges! ¡Georges!

Claire se inclinó sobre él. Dupin apenas la vio. Y luego no notó nada más.

—¡Georges! ¡Georges!

Dupin abrió los ojos.

¿Qué había ocurrido? ¿Dónde estaba?

Se oía un ruido infernal. Una sirena. Y también otros ruidos extraños. Un motor. Sacudidas.

—Ya has vuelto en ti.

Claire se inclinó sobre él, parecía muy preocupada por algo.

—Yo…

Le costaba hablar.

—¿Dónde está Marchand?

De pronto, Dupin se incorporó. Mejor dicho, lo intentó. Le fue imposible. Estaba sujeto. Y demasiado débil. Había logrado hacer la pregunta solo tras un esfuerzo extremo.

—Todo va bien, Georges. La policía lo ha arrestado y ahora se lo está llevando a Nantes. Nosotros también vamos hacia allí. Estamos a punto de llegar. Vamos en la ambulancia. —Claire hablaba de forma tranquila y firme—. Te han disparado, en el muslo. Has perdido mucha sangre y luego te has desmayado. Te acaban de poner una infusión para estabilizarte.

—¿Ha hecho alguna otra cosa? ¿Cécile está bien?

—No, no ha hecho nada. Solo estaba medio inconsciente. Después de que te desmayaras, he cogido tu arma. Cécile está bien. Y tú también te encontrarás mejor muy pronto. En dos días reemprenderemos nuestro viaje de bodas.

Todo aquello sonaba muy descabellado, pero hermoso.

—¿Y qué hay de Lelouche?

Poco a poco, los recuerdos volvían a él. Eso, por desgracia, también.

—No te preocupes. He hablado con él.

—¿Qué le has dicho?

—Cécile y yo le hemos felicitado por haber resuelto el caso de forma tan magnífica. Le hemos expresado nuestra admiración por haber descubierto lo del vino y darse cuenta de que Marchand estaba detrás de aquello. Además, le he dado las gracias por habernos rescatado. A fin de cuentas,

Marchand nos tenía retenidos. Y Lelouche y sus hombres nos han liberado. Cécile ha dicho que había ido al almacén del Domaine por el envío del vino y que nosotros la acompañábamos. Luego ella ha querido sacar algunas botellas de la bodega, y Marchand nos ha amenazado. Más tarde, cuando Marchand cuente la historia, habrá algunas discrepancias, pero da igual. Lelouche ha anunciado una rueda de prensa para las tres de la tarde. No creo que te pueda hacer nada, Georges.

Dupin sonrió. Claire era maravillosa.

—¿Sabes? No hay nada tan poderoso como el narcisismo de la gente. Por lo menos, el de la mayoría.

—Gracias, Claire.

—Ahora necesitas descansar. Cierra los ojos. Yo estoy contigo.

Claire le tomó de la mano.

Dupin cerró los ojos.

El quinto día

Por supuesto, el día anterior Lelouche ya había intentado hablar con Dupin a última hora de la tarde; de hecho, se llegó a presentar en persona en el hospital. Claire y la doctora de la planta le negaron el acceso a la habitación de Dupin. Antes Claire se había llevado el móvil de su marido consigo. De hecho, él no habría estado en condiciones de mantener una conversación prolongada. Le habían sacado los perdigones con anestesia local. Tres proyectiles. Y luego había dormido unas horas. Las infusiones habían hecho su efecto, y por la noche ya se sentía mucho mejor.

Eran las 7.20 de la mañana. Lelouche se había presentado de nuevo en el hospital. El encuentro ahora era inevitable.

—¡Ah, comisario Lelouche, *bonjour*! —Claire salió a recibirle en la puerta—. Enhorabuena una vez más. Hemos sabido que dio una conferencia de prensa. Todo un éxito. Por todas partes se afirma que usted y la policía de Nantes han resuelto un caso complejo en un abrir y cerrar de ojos. Además, parece que incluso la prensa nacional se ha interesado mucho por este asunto. Es natural: un tesoro de vinos centenario. Y usted dio con él. Es absolutamente impresionante. Lo dicho: un gran éxito. Y, cómo decirlo —Claire le sonrió—, sería una lástima que dejara de serlo.

Una amenaza en toda regla. Dupin, por supuesto, se metería en un buen lío si se descubría que había estado investigando por su cuenta, pero, a la vez, también tendría el honor de haber resuelto el caso. Y eso dejaría a Lelouche como un impostor.

Lelouche había intentado decir algo un par de veces, pero Claire no le había dejado.

—*Bonjour.* —Dupin saludó a Lelouche con la cabeza. Se esforzó por adoptar un tono amable.

Dupin estaba sentado en la cama. De hecho, se encontraba bien. Incluso Claire le había llevado ya un café. Tenía el muslo derecho vendado. Estaba en una pequeña habitación individual. La ventana daba al jardín de la clínica.

Lelouche le devolvió el saludo con la cabeza. Aquel hombre alto y delgado, de pelo algo ondulado, vestía ese día camisa de color azul claro y pantalones azul oscuro con mocasines negros.

—Hay algunas cosas más, Dupin. —Era difícil interpretar el tono y la expresión de Lelouche—. Sé exactamente…

—Mi marido sufre una amnesia parcial a consecuencia de los sucesos de ayer. Por el disparo, su desmayo, la hemorragia —le interrumpió Claire—. He observado que hay cosas que no las recuerda con exactitud. Es algo que suele ocurrir. La mayoría de las veces los recuerdos vuelven, aunque nunca se sabe exactamente cuándo. Incluso a Cécile Cast y a mí nos parece que tenemos algunas lagunas. Fue una situación extremadamente traumática quedar encerrados en ese sótano: sin nadie que nos oyera, o se diera cuenta de nuestra presencia. Pensamos que íbamos a morir ahí. Estos síntomas de estrés postraumático son bastante habituales.

—Usted… Quiero decir…

Claire había desconcentrado a Lelouche.

Entonces fue Dupin quien le interrumpió:

—¿Marchand ha repetido su confesión?

Lelouche quiso decir algo, pero vaciló. Guardó silencio durante un rato y se quedó mirando a Dupin. Parecía indeciso.

—Así es —respondió por fin—. Lo ha contado todo sin tapujos.

Lelouche parecía resignado. Pero se mostraba contrariado. Daba la impresión de haber tomado una decisión.

—Toda su historia, y la de su padre. La de su esposa fallecida. La de su hijo. No se arrepiente de nada ni cree que tenga nada de lo que arrepentirse. Está firmemente convencido de que ese preciado vino le pertenece a él y a su familia. Probablemente también le dijo lo mismo a Brian Katell: que tenía derecho a una parte. Me parece que, en este sentido, desvaría por completo. Ha perdido la cabeza. Esta mañana lo valorará un psiquiatra. Al final, puede que él sea más un caso clínico que un reo para los tribunales.

Esas cosas ocurrían. Incluso con personas que, por lo demás, no llamaban la atención y eran formidables, amables y solícitas.

—Un delirio parcial, una psicosis parcial... Es posible —intentó resumir Claire.

—¿Y qué hay del hijo, Laurent Marchand? ¿Tuvo algo que ver? ¿Sabía algo de eso?

—En absoluto. Lo dicen los dos. Yo les creo.

Dupin también tenía esa intuición.

—Pero, naturalmente, todo esto será investigado. Se reconstruirán los hechos, se comprobarán las coartadas del hijo, etcétera.

Lelouche deambulaba de un lado a otro, en silencio.

—Al final, una historia lamentable —dijo entonces.

—Más bien, una historia brutal —insistió Claire.

—Creo —Lelouche se quedó quieto justo delante de Dupin—. Yo...

Quería decir algo más, se debatía consigo mismo.

—Lo siento, Lelouche. De algún modo, nos vimos envueltos en este asunto.

En cierto modo, incluso era cierto.

—De verdad que solo queríamos disfrutar de nuestra luna de miel.

Dupin tendió la mano a Lelouche.

Este la miró un instante, como si no supiera qué hacer.

Entonces se la tomó.

—Les deseo que tengan una magnífica luna de miel. A ambos. —Se volvió hacia Claire—. Pero, sobre todo, que sea tranquila.

Intentó dibujar una sonrisa, pero no lo logró del todo. Daba igual. Al menos lo había intentado. No quería ningún conflicto.

—¡Muchas gracias! Esperamos que pueda acabar de cerrar muy bien el caso. —Claire también le tendió la mano.

—*Au revoir.* —El inspector de Nantes se marchó.

Al cabo de un momento, Claire y Dupin estaban de nuevo a solas.

Dupin tomó a Claire de la mano.

—Gracias. Ha sido fantástico.

Claire era fantástica.

El sexto día

Era su última noche en Pornic. Al día siguiente partirían hacia Saumur.

Se reunieron de nuevo para tomar un pícnic en la *pêcherie* de Cécile. En su «pequeña felicidad». Había sido idea de Cécile.

A Dupin le habían dado el alta del hospital el día anterior por la mañana. Se sentía prácticamente como siempre. La herida, claro está, todavía le dolía, pero ya podía andar más o menos. «No tengo ninguna objeción médica, puede continuar usted su luna de miel —siempre que no se exceda—, pero, por favor, no haga ninguna carrera de obstáculos», le había dicho la doctora en la última visita.

Se habían llevado los manjares más deliciosos del restaurante: unas pequeñas brochetas de pato con ciruelas encurtidas; paté de cerdo con ciruelas mirabel; salmón ahumado con ajo negro; y un *curé Nantais*, un queso de leche cruda de la región madurado en cubas de cobre y afinado con muscadet. Todo ello acompañado de baguetes… y vino, por supuesto. Había tres bolsas grandes llenas.

Cécile incluso había llevado un mantel y dos velas. Para más tarde, cuando oscureciera.

En ese momento se encontraban sentados de nuevo en la terraza de madera y contemplaban el mar. Todo era perfecto.

Solo la llamada de la señora Claudel, su vecina, había sido un poco extraña. Decía haber oído «unos ruidos atroces» en el jardín de los Dupin. Eso la había llevado a hacer una inspección por su cuenta y había encontrado plumas verdes y negras en la terraza. Plumas de pájaro carpintero. Dupin no supo qué contestar al respecto y le había dado largas a la señora Claudel diciéndole que la llamaría muy pronto de nuevo. «El halcón es el enemigo natural del pájaro carpintero», había sido el comentario de Claire después de que él le hablara de esa llamada. «Hay además halcones amaestrados, el marido de Nolwenn es todo un experto…». Luego ella había cambiado de tema. Dupin había querido saber más cosas sobre el tema, pero esa noche, no. Al final, ella había acabado añadiendo: «Normalmente solo ahuyentan a los carpinteros. No hay de qué preocuparse. Los pájaros carpinteros son aves muy fuertes».

La marea volvía a ser alta; el Atlántico bañaba los elevados postes de la *pêcherie*. Delante tenían la isla Noirmoutier, convertida entonces en una línea plana en el horizonte.

—A mí me parece que la decisión de Brian de no nombrar heredero a Laurent Marchand fue el detonante para que el viejo Marchand perdiera el contacto con la realidad —dijo Claire, haciéndose con una brocheta de pato.

—Es muy posible —corroboró Dupin.

—Brian no era un patriarca, pero Marchand se sentía víctima de una explotación patriarcal. A ojos de él, durante tres generaciones, su familia se había sacrificado por completo por la causa de sus amos. Siempre fueron meros sirvientes, a pesar de que desempeñaron un papel importante en la construcción de la bodega. Pero nunca fueron propietarios de ninguna parte de ella. Brian, claro está, podría haber escogido al joven Marchand como el futuro jefe e incluso heredero. En cierto modo, habría sido lo justo. —Claire hablaba de modo totalmente objetivo—. Pero ¿cometer un asesinato por ello?

Cortó un pedazo de queso.

Se hizo un silencio.

—Es todo tan increíblemente triste.

Cécile sacudió la cabeza.

—De todos modos, al final, entiendo muy bien a Brian. —Claire posó la mano en el brazo de Cécile—. La bodega es el legado de su familia. Un mandato. Él no solo estaba obligado a pensar en el presente de la finca, sino también en su futuro. Dado el caso, debía cederla a las manos más competentes que conociera. Y estas eran las de la persona en quien más confiaba. Alguien de quien estaba seguro que seguiría llevando la bodega conforme al espíritu de su historia.

Aunque Cécile sonreía valientemente, Dupin le vio unas lágrimas en los ojos.

—A ti te conocía mejor que nadie, confiaba ciegamente en ti, incluso después del final de vuestro matrimonio. ¿Qué seguridad tenía de que Laurent Marchand fuera a seguir llevando la bodega según su voluntad? Sabes bien lo rápido que se puede destruir algo que se ha ido creando con pasión y sabiduría durante décadas. Brian solo podía tomar esa decisión. Yo también te habría dejado a ti la heredad.

Cécile se inclinó hacia Claire y la abrazó.

—¡Por ti, Cécile!

Claire alzó la copa.

Los tres tomaron un buen trago.

—Y ahora brindemos por vosotros. No soy capaz de deciros lo agradecida que me siento con vosotros —dijo Cécile.

Las copas tintinearon delicadamente.

—¡Y ahora, de nuevo, por vuestro matrimonio y vuestra luna de miel, que con estas palabras volvéis a reemprender de manera oficial!

Era la sensación que tenían en ese momento.

Aquel atardecer el cielo estaba despejado. El sol todavía permanecía suspendido en el horizonte. Pero pronto desaparecería por el Atlántico. El amarillo, el rosa, el naranja y el rojo se preparaban para el gran acto final; aquel sería un espectáculo impresionante.

Claire recorrió el mar con la mirada. Incluso la amplia bahía de Bourgneuf adoptó un aire solemne. El sol regalaba al intenso azul plateado de las aguas un brillo absoluto.

—No puede haber nada más hermoso.

Dupin miró a Claire.

Tenía razón.